CARINA MUELLER

Moonlit Nights

GEBISSEN

im.press

Moonlit Nights, Band 2: Gebissen

Im.press
Ein Imprint der CARLSEN Verlag GmbH
September 2014

Umschlaggestaltung: formlabor
Schrift: Alegreya, gestaltet von Juan Pablo del Peral,
Great Vibes / TypeSETi
Satz und Umsetzung: readbox publishing, Dortmund
Druck und Bindung: BoD, Hamburg
ISBN 978-3-551-30038-6
Printed in Germany
www.carlsen.de/impress

Alle Bücher im Internet: www.carlsen.de

1. Kapitel

Liam und ich waren jetzt seit einem guten halben Jahr ein Paar. Um genau zu sein, seit sechseinhalb Monaten und es war bis jetzt die schönste Zeit in meinem Leben.

Er war so aufmerksam, so feinfühlig, so liebevoll. Man konnte sagen, er trug mich auf Händen (auch wenn er das zu meinem Leidwesen öfter als gewünscht wörtlich nahm) und las mir jeden Wunsch von den Augen ab. Ich liebte ihn noch genauso wie am ersten Tag, und entgegen der Prophezeiung meiner Mutter, dass er mir mit der Zeit langweilig werden würde, liebte ich ihn von Tag zu Tag mehr. Manchmal fragte ich mich, wie ich es überhaupt geschafft hatte, ohne ihn so alt zu werden. Eigentlich unvorstellbar!

***

»Emma! Mr Henderson steht vor der Haustür!«, rief mein Dad von unten herauf. Ich seufzte.

Mr Henderson war mein Fahrlehrer und der Einzige, der meinen momentanen Glücksrausch trüben konnte. Mein Vater wollte mir eine Freude machen, indem er mir einen Führerschein zum Geburtstag schenkte, doch die damit verbundenen Fahrstunden waren der blanke Horror! In vier Wochen war bereits mein Geburtstag und ich hatte das dumpfe Gefühl, dass mit jeder weiteren Fahrstunde mein heiß ersehnter Führerschein in unerreichbare Ferne rückte.

Die Theorie war dabei nicht das Problem. Das war einfach. Bloßes Auswendiglernen. Doch die Praxis? Schrecklich! Ständig würgte ich die elende Karre ab und überfuhr sämtliche Schilder, die der Verkehrssicherheit dienten. Offensichtlich schien mein Unterbewusstsein sie eher als Empfehlung anzusehen, anstatt sich wirklich daran zu halten, aber das Ganze war auch mehr als schwierig. Man musste auf so vieles achten.

Warum wurde denn kein Auto erfunden, das die Schilder am Straßenrand scannen konnte und dann selbstständig alles erledigte? Nach meinem Buch, wie man einen Jungen richtig datet, würde das als Nächstes auf meiner Erfinderliste stehen.

»Emma! Jetzt komm!«, brüllte mein Vater erneut.

Ich zuckte zusammen. Ich hatte nicht die geringste Lust, mich schon wieder einer Fahrstunde bei meinem übergewichtigen Lehrer auszusetzen, der nur mit Mühe und Not auf den Beifahrersitz passte und am laufenden Band lauter schnaufte als das Auto selbst, doch Dad war der Meinung, dass ich einen Führerschein bräuchte.

Insgeheim wollte ich natürlich selbst gerne einen haben. Ich meine, wie schön wäre es bei dem miserablen Wetter, das wir hier manchmal hatten, mit dem Auto zur Schule zu fahren und trocken anzukommen, oder wie neu wäre es, wenn ich Liam zukünftig zu einer Verabredung abholen würde und nicht immer er mich? Wenn ich mir die damit verbundenen Umstände allerdings näher betrachtete, sollte ich mir das vielleicht noch mal überlegen. Ich durfte gar nicht darüber nachdenken, in welchem Verhältnis meine strapazierten Nerven zu der Freude standen, einen eigenen Führerschein zu besitzen. Wenn es nämlich danach ging, dann würde ich noch in 50 Jahren zu Fuß gehen.

Wenigstens war Mr Henderson ein gemütlicher Mensch und offensichtlich durch nichts aus der Ruhe zu bringen. Selbst wenn ich das Auto zehnmal hintereinander abwürgte oder mal wieder einen Bürgersteig mitnahm, korrigierte er mich ruhig und sachlich.

Ganz im Gegensatz zu meinem Vater!

Eigentlich dachte ich immer, mein Vater sei ein friedliebender, besonnener Mensch, der Ärger lieber aus dem Weg ging, anstatt welchen zu provozieren, doch dies galt nicht für die Zeit, an der ich hinter dem Steuer seines Wagens saß.

Dad hatte, um seinen Geldbeutel (nicht seine Nerven!) ein bisschen zu schonen und um mir das Fahren schneller beizubringen, bereits ein paar

Probestunden mit mir unternommen, die jedoch alle in einem absoluten Desaster geendet hatten. Ich – heulend – mit verquollenem Gesicht, um Gnade winselnd, völlig fertig hinter dem Steuer, und mein Dad – explodierend – mit hochrotem Kopf, schreiend wie auf dem Kasernenhof, nach Luft japsend, auf dem Beifahrersitz. Zu meiner Verteidigung konnte ich nur sagen: Es lag NICHT an mir! Wirklich nicht! Was das Fahren betraf, war mein Dad einfach irre! Aus dem verträglichen, unterwürfigen Obstverkäufer wurde, sowie er vier Räder unter sich hatte, eine heißblütige Furie, die jedem, der es ihr nicht recht machte (also jedem, denn ich konnte mir beim besten Willen nicht vorstellen, dass man es ihm diesbezüglich irgendwie recht machen konnte) am liebsten den Kopf abgerissen hätte.

Einmal zu viel Gas gegeben, einmal versucht ohne getretene Kupplung zu schalten und schon war die Hölle los. Von dem Gebaren, das mein Vater an den Tag legte, wenn ich das Auto abwürgte, wollte ich lieber erst gar nicht anfangen. Dann nahm ich doch eher die Fahrstunden bei Mr Henderson in Kauf. Der war wenigstens nicht so impulsiv und sein rhythmisches Schnaufen hatte auch irgendwie etwas Beruhigendes.

Ich nahm meine Jacke, die über meinem Schreibtischstuhl hing, und wollte gerade hinunterlaufen, als Liam mich am Arm zurückhielt und an sich zog.

Das Gefühl in seinen starken Armen zu liegen, war für mich immer noch unbeschreiblich und gehörte längst nicht zur Alltäglichkeit, obwohl ich Liam eigentlich ständig berührte.

Seine weichen Lippen hauchten mir einen zarten Kuss auf den Mund, bevor er sich mit einem leichten Grinsen und dem Satz »Bis morgen, Süße, wir sehen uns ja heute nicht mehr« verabschiedete.

Ich verzog das Gesicht. Stimmte ja! Das hatte ich total vergessen.

Heute war Vollmond und obwohl es für mich schon normal geworden war, Liam alle 29 Tage nicht zu sehen (wobei das ja nicht wirklich viel war, zumal wir hier eh nur von ein paar Stunden sprachen, da Liam sowieso immer erst abends nach Hause fuhr) versetzte mir seine Abwesenheit doch immer einen kleinen Stich in die Magengegend.

Dass Liam ein Werwolf war, auch wenn ich es anfangs kaum hatte glauben können, machte mir im Gegensatz zu den Stunden, die wir dadurch getrennt waren, nichts aus.

Manch einer würde mich deswegen sicherlich für verrückt erklären. Schon eine solche Beziehung einzugehen ... Doch Liam war sonst wie ein ganz normaler Junge. Ein Junge, der sich eben alle vier Wochen in einen Wolf verwandelte, wovon man aber überhaupt nichts mitbekam, wenn man es nicht wusste.

Sofort ärgerte ich mich über meine Fahrstunden. Die letzten Stunden mit ihm hätte ich wesentlich sinnvoller nutzen können.

Liam schob mich vor sich her, bis wir unten vor der Haustür standen.

»Wir sehen uns dann morgen«, flüsterte er mir zu und gab mir noch einen Kuss. Schon verschwand er aus der Haustür, stieg in seinen schwarzen BMW und brauste davon.

Liams Familie fuhr an den Vollmondtagen immer in die Berge. Wie er mir erzählt hatte, war der Werwolf seinem grauen Verwandten sehr ähnlich und dadurch ein sehr jagdlustiges, triebgesteuertes Tier, das seinen Geist schlecht bis überhaupt nicht kontrollieren konnte. Um niemanden in Gefahr zu bringen, verbrachten sie diese Nächte deshalb weitab jeglicher Zivilisation.

Eigentlich fand ich das sehr verantwortungsbewusst von ihm und seiner Familie, auch wenn ich mir stillschweigend wünschte, dass er bei mir bleiben würde.

Andererseits hatte ich auch wenig Lust, als Werwolf-Snack zu enden. Von daher war das alles okay, so wie es war. Seufzend folgte ich ihm aus der Haustür und ging zu meinem Fahrschulwagen.

Mr Henderson war bereits auf der Beifahrerseite eingestiegen und schaute genervt auf die Uhr.

»Ja ja, ich beeil mich ja schon«, nörgelte ich vor mich hin und öffnete die Fahrertür.

Wie immer, wenn Mr Henderson den Wagen selbst zu uns gefahren hatte, fiel ich regelrecht in den Sitz und musste erst einige Einstellungen vornehmen, bevor ich auch nur annähernd an das Lenkrad kam. Nachdem ich den Sitz zurechtgerückt und alle Spiegel passend eingestellt hatte, schnallte ich mich an und startete den Motor.

»Ob wir es heute mal ohne Abwürgen schaffen, vom Hof zu kommen?«, stichelte er.

Ich schenkte Mr Henderson mein grimmigstes Lächeln, welches er ebenso erwiderte. Offensichtlich war er mit mir als Fahrschülerin genauso gequält wie ich mit ihm als Fahrlehrer.

Ich sehnte bereits den Tag herbei, an dem ich endlich diesen blöden Führerschein in den Händen hielt und er und ich getrennte Wege gehen konnten, doch so, wie es momentan schien, würde das noch einige Zeit dauern.

***

Ich ließ die Kupplung langsam kommen ...

Nichts tat sich.

Ein Stückchen mehr ...

Es tat sich immer noch nichts.

Noch ein Stückchen ...

Schwups! Das Auto machte einen Satz nach vorne, stotterte und ging aus.

Mr Henderson stieß einen tiefen Seufzer aus und schaute mich an.

Keine Ahnung, ob ich den Blick, den er mir zuwarf, eher wütend deuten oder mit »du armes gehirnamputiertes Kind bist noch zu dämlich, ein Auto anzulassen« übersetzen sollte, aber letztendlich war das auch egal.

Zu meiner Schande musste ich gestehen, dass er mit beiden Varianten nicht gänzlich im Unrecht war.

Glücklicherweise klappte es beim dritten Versuch und wir konnten endlich los.

***

Wir fuhren zur nächstgrößeren Stadt und Mr Henderson ließ mich erstmal Einparken üben. Solange ich nicht rückwärts einparken musste, klappte das – wie ich fand – verhältnismäßig gut.

Im weiteren Verlauf meiner Fahrstunde überfuhr ich zwar noch ein Stoppschild, nahm einem anderen Fahrzeug die Vorfahrt und fuhr verkehrt herum in eine Einbahnstraße, aber ansonsten verlief die Stunde ganz okay. Zumindest kamen keine anderen Fahrzeuge zu Schaden und Passanten wurden auch keine verletzt. Was wollte man also mehr?

Erschöpft von der anstrengenden Fahrstunde fuhr ich mich selbst nach Hause und verabschiedete mich von meinem Fahrlehrer, der nicht weniger erleichtert schien als ich.

Ich ging hinauf in mein Zimmer, legte mich auf mein Bett und zappte durch sämtliche Fernsehkanäle. Wobei ich nicht wirklich mitbekam, was tatsächlich im Fernseher lief. Mittlerweile war es nämlich dunkel geworden und der Mond stand hoch am Himmel.

Ich dachte an Liam, wo er jetzt war, was er jetzt machte und wie es ihm ging. Ob er auch an mich dachte? Oder ob er wie immer nichts von seinem Dasein als Werwolf mitbekam?

Ich wusste nicht mehr genau zu welcher Uhrzeit, doch irgendwann machte ich den Fernseher aus und legte mich schlafen. Je früher ich einschlief, umso schneller würde ich Liam wiedersehen.

***

Am nächsten Morgen sprang ich gutgelaunt aus dem Bett. Früh aufstehen war mittlerweile kein Problem mehr für mich, denn ich wusste, dass ich Liam gleich wiedersehen würde. Ich machte mich für die Schule fertig und ging zu unserer Laterne.

Liam war noch nicht da, aber das war ja nichts Neues. Er verspätete sich immer, wenn er eine Vollmondnacht hinter sich hatte. Das war also kein Grund mehr zur Aufregung. Die Warterei war auch nicht mehr so schlimm.

Wir hatten Frühjahrsanfang und die nasse Kälte war ein paar (wenn auch kläglichen) Sonnenstrahlen gewichen.

Endlich kam er um die Ecke. Müde und abgekämpft, doch auch an diesen Anblick hatte ich mich bereits gewöhnt. Er benötigte heute ein bisschen mehr Schlaf als sonst, aber morgen würde er wieder ganz der Alte sein.

Liam ging zielstrebig auf mich zu und drückte mich fest an sich. Wie gut das tat!

»Ich hab dich vermisst«, flüsterte er mir ins Ohr und hielt mich dabei immer noch in seinen Armen.

»Ich hab dich auch vermisst«, wisperte ich zurück.

»Wie war deine Fahrstunde gestern?«

Ich machte eine abwertende Handbewegung. »Frag lieber nicht.«

Er grinste frech und vergrub sein Gesicht in meinen Haaren, während er mich noch fester an sich drückte. Ihm war es leider nicht entgangen, dass meine Stärken jenseits vom Autofahren lagen, aber er hatte mir versprochen, nachdem er mich bereits etliche Male schamlos ausgelacht und damit aufgezogen hatte, sich nicht mehr über mich lustig zu machen.

»Wir müssen zur Schule«, erinnerte ich ihn und Liam ließ mich widerwillig los.

***

In der Klasse angekommen, saßen unsere Mitschüler schon auf ihren Plätzen. Liam wurde freundlich begrüßt und auch für mich hatte sich einiges geändert, seit ich mit ihm zusammen war.

Ich wurde nicht mehr gehänselt und ich bekam keine dämlichen Sprüche mehr an den Kopf geworfen. Seit Liam und ich ein Paar waren, begrüßten mich einige meiner Klassenkameraden ebenso herzlich wie ihn. »Heuchler!«, dachte ich mir dann immer, doch irgendwie war ich auch froh, dass ich aus der Schussbahn war.

Erwin und Roswitha waren nun das neu erklärte Ziel des Klassenspotts. Ein bisschen taten sie mir leid und ich überlegte oft, ob ich ihnen nicht helfen sollte, wenn mal wieder jemand auf ihnen rumhackte, doch ich hatte zu große Angst, dadurch selbst wieder zum Zielobjekt zu werden, also nahm ich mir nur vor, beim nächsten Mal einzuschreiten.

Kyle, der mittlerweile neben Amilia saß, begrüßte mich überschwänglich und drückte mich mit seinen Mammut-ähnlichen Armmuskeln an seine massige Brust, sodass mir fast die Luft wegblieb. Zu meiner Zufriedenheit beobachtete Liam das mit inbrünstiger Missgunst. Es war ein tolles Gefühl, wenn er so reagierte.

Eigentlich hätte ich ihn so eingeschätzt, dass ihm das nicht besonders viel ausmachte. Liam musste doch wissen, wie toll er war und dass ich keinen besseren Freund als ihn finden konnte, dennoch war er sehr schnell eifersüchtig und das bestätigte mir neben seinen Worten nur noch mehr, wie sehr er mich liebte.

Wenn ich ehrlich war, wusste ich selbst nicht, woher Kyles neue Zuneigung zu mir kam. Egal wo er mich sah, auch wenn Liam nicht dabei war, grüßte er mich von weitem und versuchte Smalltalk mit mir zu halten. Ich hätte nie gedacht, dass ich das mal zugeben würde, aber Kyle konnte tatsächlich nett sein. Vielleicht hatte ich ihn auch nur immer falsch eingeschätzt.

Amilia hingegen flüsterte nur ein abschätziges »Hallo Emma« in meine Richtung. Sie behandelte mich nicht mehr wie Luft, was bei ihr schon ein absoluter Fortschritt war, doch wir waren noch weit davon entfernt, jemals sowas wie befreundet zu sein.

Liam hingegen zwinkerte sie aufmunternd zu und hauchte ihm ein verführerisches »Hey Liam!« entgegen, während sie sich mit einer Hand lasziv durch die blonden Haare strich. Wenn ich das sah, war es an mir, eifersüchtig zu reagieren.

Eigentlich hatte es dafür nie einen Grund gegeben, da Liam sie normalerweise weitgehend ignorierte, doch heute schenkte er ihr ebenfalls ein Lächeln. Ein – für meinen Geschmack – zu nettes Lächeln. Ich fragte mich, was das sollte. Hatte ich irgendetwas nicht mitbekommen? Doch bevor ich mir weiter darüber Gedanken machen konnte, zog mich Liam zu unserem Platz. Mr Graham war zur Tür hereingekommen und schwang seinen Mantel über die Stuhllehne. Jetzt hatten wir Geschichte. Ich packte mein Buch aus und folgte aufmerksam dem Unterricht.

***

Nachdem die Schule vorbei war, gingen Liam und ich gemeinsam zu mir nach Hause. Es war Donnerstag, also musste er im Laden aushelfen. Ungefähr fünf Meter vor unserer Haustür blieb ich stehen und seufzte tief. Liam schaute mich aufmerksam an, dann lächelte er liebevoll. Er wusste genau, was los war. Seit ich mit dem Führerschein begonnen hatte, nutzte mein Vater nämlich die Tage, an denen Liam im Laden war, um mir weitere Fahrstunden zu erteilen.

2. Kapitel

Heute war der Tag vor meinem Geburtstag und ich war über alle Maßen aufgeregt. Nicht wegen des nahenden Geburtstags selbst, sondern weil mich mein Fahrlehrer gleich zu meiner Führerscheinprüfung abholen würde.

Ich hatte Liam gesagt, er solle mich in der Schule krankmelden. Zuerst hatte er sich geweigert, doch nachdem ich ihm erklärte, dass ich wenig Hoffnung darin sah, meinen Führerschein beim ersten Anlauf zu bestehen und nicht jedem in der Klasse sagen wollte, dass ich jämmerlich versagt hatte, zeigte er Verständnis und willigte ein, mich aus gesundheitlichen Gründen zu entschuldigen.

Zu gut hätte ich mir Amilias Gesicht vorstellen können, nachdem sie erfuhr, dass ich meinen Führerschein doch nicht bestanden hatte. Ein fieses Grinsen voller Schadenfreude! Würg!

Sie selbst hatte ja gut lachen. Seit zwei Wochen gehörte sie ebenfalls zum Kreis der glücklichen Führerscheinbesitzer und fuhr seitdem mit einem protzigen Cabrio zur Schule, welches ihr Daddy ihr geschenkt hatte. Selbst wenn sie noch schlechter Auto fahren würde als ich, hätte sie unter Garantie ihren Führerschein bekommen. Ihr Vater hätte ihr vermutlich einfach einen gekauft.

Es hupte vor der Haustür und mir wurde ganz mulmig zumute. Meine Mutter hatte sich heute extra freigenommen und den Frühstückstisch mit lauter Köstlichkeiten gedeckt, damit ich mich stärken konnte, doch ich hatte solche Panik vor der Prüfung, dass ich keinen Bissen hinunterbekam. Obwohl ich in den letzten vier Wochen jede freie Minute mit Fahrstunden verbracht hatte und zusätzlich sogar freiwillig weitere Fahrstunden bei meinem Dad genommen hatte (und das wollte schon etwas heißen!), fühlte ich mich dennoch, als wäre dies heute meine erste Autofahrt. Mit flauem Magen nahm ich auf dem Fahrersitz Platz und begrüßte zuerst meinen

Fahrlehrer, der wie gewohnt auf dem Beifahrersitz saß, und danach den Prüfer, der hinter ihm Platz genommen hatte.

»Hallo, Mrs Forsyth. Ich bin Mr Dawson und werde Ihnen heute Ihre Prüfung abnehmen. Ich hoffe, das wird eine angenehme Stunde.« Mr Dawson lächelte freundlich und reichte mir seine Hand.

Mein liebenswürdiger Fahrlehrer allerdings unterdrückte ein Lachen und ich schaute vernichtend in seine Richtung. Das war eine Beeinflussung des Prüfers. Sowas war mit Sicherheit nicht erlaubt.

Ich machte alles, wie ich es gelernt hatte. Ich schob den Fahrersitz in die richtige Position, stellte sämtliche Spiegel ein und startete den Motor. Soweit so gut.

Ich ließ die Kupplung langsam kommen und betete inständig, dass ich die blöde Karre nicht schon wieder abwürgte.

Noch ein Stückchen ...

Noch ein Stückchen mehr ...

Noch mehr ...

Zu viel!

Der Wagen machte einen Satz nach vorn und erstarb unter lautem Stottern. So ein Elend! Musste das ausgerechnet heute passieren? Aber was hatte ich auch erwartet. Schließlich begann jede meiner Fahrstunden so.

Zu meiner Überraschung klopfte der Prüfer mir fürsorglich auf die Schulter.

»Das kann passieren. Seien Sie nicht so aufgeregt, dann klappt das auch.«

Er hatte leicht Reden. Er wusste ja nicht, wie meine Fahrstunden bis dato verlaufen waren. Ich lächelte dankbar und versuchte es erneut. Diesmal mit Erfolg.

Ich glaube, ich war noch nie so hochkonzentriert beim Autofahren wie an diesem Tag. Selbst das rückwärts Einparken klappte reibungslos. Ich übersah weder ein Stoppschild, noch nahm ich jemandem die Vorfahrt. Alles lief wie am Schnürchen, bis plötzlich eine Katze aus dem Gebüsch sprang und über die Straße lief.

Erschrocken trat ich auf die Bremse. Mein Prüfer wurde gegen den Beifahrersitz gedrückt und meinen Fahrlehrer presste es gegen die Windschutzscheibe. Dann ein Knall! Ich hatte sie erwischt! Mit einem lauten Schnaufen löste mein Fahrlehrer sein Gesicht von der Scheibe und starrte mich böse an.

Entsetzt drehte ich mich zu dem Prüfer um, der mindestens ebenso schockiert aus der Wäsche schaute wie ich. Er rückte seinen Hut zurecht und stieg aus, um nach der Katze zu sehen, doch von ihr war weit und breit keine Spur. Vermutlich hatte sie sich in irgendeinen Busch verkrochen und verblutete jetzt dort.

Ich merkte, wie es mir die Kehle zuschnürte und sich Tränenflüssigkeit in meinen Augen sammelte. Ich hatte meinen Führerschein nicht bestanden und oben drauf auch noch eine arme Katze überfahren. Ich starrte auf das Lenkrad und wartete auf weitere Anweisungen.

Der Prüfer nahm wieder Platz und klopfte mir abermals auf die Schulter.

»Ich glaube, für heute reicht's. Fahren Sie uns besser nach Hause.«

Ich linste zu meinem Fahrlehrer, der so kreidebleich im Gesicht war, dass ich mir nicht sicher sein konnte, ob er überhaupt noch lebte oder an einem Schock gestorben war. Trotzdem ließ ich den Wagen wieder an und fuhr zurück auf unseren Hof. Ich nahm den Türgriff in die Hand und drückte die Tür auf, damit ich aussteigen konnte, da packte der Prüfer mich erneut an der Schulter.

»Wo wollen wir denn so schnell hin, junge Dame?« Ich schaute betreten zu Boden. Ob er mich jetzt zur Polizei bringen wollte, um Anzeige gegen mich zu erstatten, weil ich eine Katze totgefahren hatte? Das mulmige Gefühl, das sich schon die ganze Zeit in meinem Magen breitgemacht hatte, verstärkte sich.

»Sie wissen ja, dass diese Bremsaktion Sie eigentlich den Führerschein kostet?« Streng sah er mich an.

»Ja, das weiß ich«, gab ich kleinlaut zu.

Der Prüfer nickte zufrieden. »Doch Sie haben Glück. Ich bin ein absoluter Katzenliebhaber und werde ausnahmsweise ein Auge zudrücken.

Sollte sich einmal eines meiner Kätzchen auf die Straße verirren, würde ich mir wünschen, alle Autofahrer wären so geistesgegenwärtig wie Sie.« Dann holte er eine kleine Karte hervor und überreichte sie mir.

»Meinen herzlichsten Glückwunsch, junge Dame. Ich hoffe, Sie werden viel Freude damit haben.« Mr Dawson lächelte herzlich und gab mir zum Abschied die Hand.

Ich konnte gar nicht glauben, was hier gerade passierte.

Fassungslos schaute ich auf meinen Führerschein, dann wieder zu dem Prüfer. Erst nach und nach realisierte ich, was er da eben gesagt hatte. Ein Gefühl unbändiger Freude durchfloss meinen Körper. Ich hatte meinen Führerschein bestanden! Wer hätte das gedacht? Ich bedankte mich und sprang aufgeregt aus dem Auto, um es direkt meinen Eltern zu erzählen.

Ich war sogar so neben der Spur, dass ich völlig vergessen hatte, mich auch von meinem Fahrlehrer zu verabschieden, aber das war ja jetzt auch egal. Den würde ich eh nie wiedersehen. Ich rannte zur Haustür und schlug sie so ungestüm auf, dass sie fast aus den Angeln fiel.

»Ich hab ihn!«, schrie ich wie eine Irre durch unser Haus und hüpfte dabei im Flur auf und ab. Augenblicklich kamen meine Mutter und mein Vater angerannt. Beide schauten zuerst etwas irritiert, doch nachdem sie den Beweis in meiner Hand sahen, umarmten sie mich.

»Ist doch nicht wahr!«, gluckste mein Vater vergnügt, während meine Mutter mich mit sämtlichen Glückwünschen überhäufte, die sie zu kennen schien. »Das hast du alles meinen lehrreichen Fahrstunden zu verdanken. Wenn du das vorher gewusst hättest, hättest du dich bestimmt nicht so angestellt. Ich meine, nach dem Ergebnis?!«

Zuerst wollte ich etwas darauf erwidern, doch bis auf ein Augenrollen verkniff ich mir jegliche Frechheiten und betrachtete weiterhin meinen Führerschein. Ich war so stolz! Ich konnte es kaum erwarten, dass Liam heute Abend vorbeikam und ich ihm alles berichten konnte.

***

Beim Abendessen erzählte ich dann die ganze Geschichte. Mein Vater und Liam amüsierten sich königlich darüber. Gut, dass Mr Henderson an der Windschutzscheibe geklebt hatte wie ein dicker Käfer, der bei 130 gegen die Scheibe klatschte, fand ich ja selbst witzig, aber was bitte sollte daran lustig sein, ein armes Kätzchen zu überfahren?! Das konnte ja wohl nicht wahr sein!

Ich hatte das Gefühl, darüber lachte Liam am lautesten. Wäre ich nicht so furchtbar glücklich gewesen, diesen doofen Führerschein endlich in der Tasche zu haben, wäre ich womöglich sauer geworden, doch meine Laune konnte heut Abend nichts und niemand trüben.

Na ja, fast nichts. Morgen war mein 17ter Geburtstag und es war eine Vollmondnacht. Ich hatte zwar nicht so einen schlauen Kalender in meinem Zimmer, wie sie überall in Liams Wohnung herumstanden, doch ich hatte oft genug nachgezählt, um zu wissen, dass morgen die 29 Tage vorbei waren und in der Nacht der Vollmond wieder hoch am Himmel stehen würde. Eigentlich hatte ich mir gewünscht, mit Liam ein bisschen länger zu feiern, doch daraus würde offensichtlich nichts werden.

3. Kapitel

Am nächsten Morgen holte mich Liam mit dem Auto zur Schule ab. Mit einem verschmitzten Grinsen reichte er mir seinen Wagenschlüssel, den ich aber dankend ablehnte. Nur weil ich jetzt den Führerschein hatte, hieß das noch lange nicht, dass ich nun gerne Auto fuhr.

Auf dem Beifahrersitz lag ein kleines Päckchen mit einer dicken roten Schleife und einem kleinen Namensschild, auf dem in Liams geschwungener Handschrift »Emma« stand.

Erwartungsvoll schaute er mich an, während ich das Päckchen prüfend in alle Richtungen drehte. Seinem Gesicht nach zu urteilen, war er ungeduldiger als ich, das Päckchen endlich zu öffnen. Ich riss die sorgfältige Verpackung auf und eine kleine dunkelrote Schachtel kam zum Vorschein. Ich schüttelte sie und es klapperte kurz.

»Boah, Emma ... jetzt mach sie endlich auf!«, maulte Liam ungeduldig.

Ich grinste und beschloss, ihn nicht länger warten zu lassen und öffnete sie. In der Schachtel lag eine silberne Armbanduhr, deren Ziffernblatt die Form eines Wolfkopfes hatte und wie das Innere einer Muschel schimmerte. Außen war sie zusätzlich mit lauter weißen Steinchen besetzt. Vermutlich Diamanten – so genau kannte ich mich damit nicht aus – doch selbst ein Ahnungsloser wie ich sah auf einen Blick, dass sie unheimlich wertvoll war.

Es war keineswegs eine normale Armbanduhr. Neben dem gewöhnlichen Ziffernblatt, auf dem man die Uhrzeit ablesen konnte, hatte sie ein kleines Fenster, das die Mondphasen anzeigte. Schmunzelnd, aber auch etwas wehmütig betrachtete ich den kleinen Vollmond, der auf der Uhr zu sehen war.

Ich wusste, dass Liam furchtbare Angst hatte, dass wir die Zeit vergessen würden, doch ich machte mir da wenig Sorgen. Er war dafür einfach zu gewissenhaft. Mit großen Augen holte ich die Armbanduhr heraus und betrachtete das funkelnde Schmuckstück.

»Wie schön sie ist«, brachte ich atemlos hervor.

Liam nahm mir die Uhr aus den Händen und legte sie mir sanft um das Handgelenk. Ich bekam Gänsehaut, als seine warmen Finger meine Haut leicht berührten und den Verschluss zumachten. »Damit du mich nie vergisst«, hauchte er mir ins Ohr, strich meine Haare aus dem Genick und küsste mich flüsterzart in meinen Nacken. Als könnte ich Liam je vergessen. Ich drehte meinen Kopf in seine Richtung und küsste ihn sanft auf den Mund. Zärtlich wurde mein Kuss erwidert.

»Happy Birthday, Liebste!«, sagte er feierlich und küsste mich erneut.

Ich hatte das Gefühl, mittlerweile war er darin wesentlich kontrollierter. Zumindest war es nie wieder zu solch einem stürmischen Ereignis gekommen wie damals in meinem Zimmer, als wir uns das erste Mal richtig geküsst hatten. Er war vor lauter werwölfischer Liebestollheit plötzlich nicht mehr zu bremsen gewesen und erst wieder zur Besinnung gekommen, als ich den sogenannten »Werwolf-Beruhigungsgriff« anwandte und mich in seinem Nacken festkrallte. Liam sagte danach, wir hätten alle Zeit der Welt und er schien es auch so zu meinen.

***

Er startete den Wagen und in kürzester Zeit waren wir auch schon an der Schule angekommen. Er parkte zwischen Amilias Cabrio und Kyles Audi. Kyle war selbst gerade erst gekommen und sprang mit einem Satz aus dem Fahrzeug. Er stand ungeduldig mit einem Fuß wippend vor meiner Beifahrertür, während Liam ein leises Knurren ausstieß.

»Er will mir doch nur gratulieren«, versuchte ich Liam zu beruhigen, der Kyle mit Argusaugen fixierte.

»Ja, ich weiß«, sagte er tonlos, doch trotzdem schien es ihm nicht zu passen.

Oh Mann! Liam war einfach total süß, wenn er eifersüchtig war, doch mich wunderte noch immer, dass jemand wie er überhaupt ein Wort wie Eifersucht kannte. Er war so vollkommen, ich würde nie auch nur auf die

Idee kommen, einen Gedanken an einen anderen Mann zu verschwenden. Mal abgesehen davon, dass mich auch erst mal ein anderer haben wollen müsste. Es war schon irgendwie alles komisch. Kyle hatte mir noch nie zum Geburtstag gratuliert, selbst nicht, wenn er es von einem Lehrer erfahren hatte und nun hatte er ihn sich eigenständig gemerkt? Alle Achtung. Kyles Gehirn schien doch noch aufnahmefähig zu sein.

Ich kletterte vorsichtig aus Liams Wagen, doch ich kam gar nicht dazu, mich gerade hinzustellen. Schon umschlossen mich Kyles Würgeschlangen-ähnlichen Arme und drückten mich an seine schwere Brust, sodass ich fast keine Luft mehr bekam.

»Alles Gute zum Geburtstag Emma!!!«, brüllte er mir ins Ohr und drückte noch einmal fester, dann ließ er los.

Nach Luft japsend und taub stand ich vor ihm, bedankte mich artig und nahm den kleinen Muffin entgegen, den er mir mitgebracht hatte. Sogar eine kleine Kerze steckte oben in dem Zuckerguss, die Kyle noch anzündete, bevor er sich von jedem einzelnen seiner Finger den Zuckerguss abschleckte.

»Welch ein Glück, dass er seine Finger erst nach der Muffin-Übergabe abspeichelt«, dachte ich, während ich angewidert beobachtete, wie Kyle seine Finger nacheinander genüsslich durch den Mund zog. Ich pustete die Kerze aus und ging mit Liam und Kyle in die Klasse. Auch Amilia stand auf, als sie mich sah, und reichte mir ihre seidenweiche Hand.

»Alles Gute, Emma«, sagte sie knapp und setzte sich wieder hin.

»Und? Führerschein bestanden?«, fragte mich Kyle.

Ich warf Liam einen bösen Blick zu, der verlegen zu Boden schaute. Glücklicherweise hatte ich ja bestanden und konnte guten Gewissens antworten.

»Klar«, sagte ich, doch meine Stimme klang mehr nach Stolz und Erleichterung als nach Selbstverständlichkeit.

Dann betrat der Lehrer den Klassenraum und wir setzten uns hin.

»Ich hatte dich doch gebeten, es niemandem zu sagen«, zischte ich Liam zu, der mich jetzt unverschämt angrinste.

»Warum nicht?

»Was, wenn ich nicht bestanden hätte?«

»War doch klar, dass du bestehst.« Schelmisch zwinkerte er mir zu.

»War es nicht!«

»Klar war es das!«

»Ich hab eine Katze überfahren!« Ich blickte ihm vorwurfsvoll in die Augen. Unsicher schaute Liam zurück.

»Du erwartest doch jetzt nicht, dass ich als Halb-Wolf darüber trauere, oder?!«

Da musste ich lachen. Von dieser Seite hatte ich es noch gar nicht betrachtet.

»Trotzdem«, gab ich zurück.

»Trotzdem« war eine perfekte Antwort für alle Lebenslagen. Sie ließ sich beliebig einsetzen, ohne dass man sich vorher groß Gedanken um den Sinn machen musste. »Trotzdem« passte einfach auf alles. Liam verdrehte die Augen und schaute nach vorne zur Tafel.

»Pssst! Emma ...«, flüsterte Kyle zu uns herüber. Nun ja, sagen wir, er versuchte zu flüstern. Kyle hatte einfach ein Organ, mit dem man nicht flüstern *konnte*. Liam ignorierte ihn, doch ich hob aufmerksam den Kopf. Was wollte er denn noch?

»Heut Nachmittag Party bei dir?«

Ich schluckte. Party bei mir?

»Amilia und ich würden gern vorbeikommen.«

Ich schluckte wieder. Auf so etwas war ich ja überhaupt nicht vorbereitet. Ich hatte weder Kuchen noch Getränke da und wo sollte ich sie hintun? Alle auf mein Bett in mein Zimmer setzen? Liam wandte den Kopf in Kyles Richtung.

»Nein«, sagte er schlicht und drehte sich wieder zur Tafel.

Kyle verzog das Gesicht, als würde ein Kind ein Geschenk auspacken und nicht das darin vorfinden, was es sich sehnlichst gewünscht hatte.

»Ist schon in Ordnung. Ihr könnt kommen«, flüsterte ich zurück in seine Richtung und prompt hellten sich seine Gesichtszüge wieder auf.

Ich wusste nicht, warum ich das gesagt hatte. Ich hätte den Nachmittag viel lieber mit Liam alleine verbracht, doch ich wollte Kyle nicht verärgern und damit unsere neue Freundschaft (oder was das auch immer war) wieder aufs Spiel setzen. Es war ganz bequem, nicht mehr von ihm geärgert zu werden und so sollte es nach Möglichkeit auch bleiben.

Liam schaute mich verwirrt an. Er konnte offensichtlich selbst nicht glauben, was ich da eben gesagt hatte. Ich streichelte ihm beruhigend über seinen starken Unterarm und widmete mich der Tafel.

***

Das Klingeln der Schulglocke beendete den Unterricht und wir gingen gemeinsam zum Auto. Kyle und Amilia begleiteten uns. »Dann bis heute Nachmittag, Emma!«, rief Kyle uns zu, während er sich in seinen Audi fallen ließ. Amilia sah weniger erfreut aus, aber auch sie nickte zustimmend.

»Bis später«, verabschiedete ich mich und Liam und ich fuhren nach Hause.

Als wir zu Hause ankamen, stand ein hellblauer Volvo in der Einfahrt. Aufgeregt rutschte ich auf meinem Sitz hin und her. War der etwa für mich? Liam hatte seinen glänzenden BMW daneben noch nicht richtig zum Stehen gebracht, da sprang ich auch schon vom Beifahrersitz, um mir das hellblaue Etwas zu betrachten. Neugierig beäugte ich das Fahrzeug. Gut, der Volvo war Marke uralt, aber einem geschenkten Gaul schaute man bekanntlicherweise nicht ins Maul, oder?

»Und? Was hältst du davon?«, fragte mich mein Vater. Ich war so mit dem Wagen beschäftigt, dass ich gar nicht mitbekommen hatte, wie er und meine Mutter aus dem Haus gekommen waren. »Ist der für mich?«, stellte ich begeistert als Gegenfrage.

Mein Vater nickte. »Nicht mehr der Neuste, aber er läuft tadellos.«

Ich fiel meinem Vater um den Hals. »Der ist super!« Und das war er wirklich. So einen schicken Flitzer wie Liam konnte ich sowieso nicht gebrauchen. Da würde ich mich ja zu Tode ärgern, wenn ich aus Versehen eine Schramme hineinfuhr – womit man bei mir durchaus zu rechnen hatte. Doch bei *Hugo* wäre das nicht so tragisch. Er schien schon mehr davon zu haben und *Hugo* sah so aus, als ob er mir das verzeihen würde.

«Hält zwar nicht ganz mit Liams Sportwagen mit«, begann sich mein Dad zu entschuldigen, doch ich ließ ihn gar nicht erst ausreden.

»Hugo ist spitze! Ich liebe ihn!«

Irritiert schaute mein Vater mich an. »Wer?!«

Ich lächelte. Es gehörte zu meiner Eigenart, Dingen, die ich neu bekam, erst einmal einen Namen zu verpassen. Ich fand, das machte das Ganze persönlicher.

»Na *Hugo*«, sagte ich stolz und klopfte dem Volvo auf sein hellblaues Dach.

»Lasst uns erst einmal reingehen, sonst wird der Kaffee kalt. Danach können wir ja alle noch mal rausgehen und Hugo bewundern.« Meine Mutter schob mich mit einem Lächeln ins Haus, an eine reich gedeckte Kaffeetafel. Wir saßen noch nicht richtig, da klingelte es auch schon an der Haustür. Verwundert schaute meine Mutter mich an.

»Erwartest du jemanden?«

Das hatte ich ja schon wieder vergessen. »Zwei aus meiner Klasse wollten heute Nachmittag vorbeikommen«, antwortete ich wahrheitsgemäß.

Jetzt schien meine Mutter noch verblüffter. Das hatte es noch nie gegeben. »Schön«, antwortete sie immer noch völlig irritiert. »Willst du nicht aufmachen?«

Ach so ... Ich stand auf und öffnete die Tür. Tatsächlich standen Kyle und Amilia bereits vor unserem Haus.

»Sorry, dass wir so früh sind, aber Kyle ließ sich nicht bremsen.« Amilia hatte den Satz noch nicht fertig ausgesprochen, da drängelte Kyle sich auch schon schnuppernd an mir vorbei und fand sich in der Küche ein. Amilia und ich folgten ihm. Als auch wir in der Küche ankamen, saß Kyle bereits auf meinem Platz und schaufelte sich ein Kuchenstück rein.

»Du hascht mir gar nischt erzählt, dass deine Mama so gut backen kann«, schmatzte Kyle, während meine Mutter ihn verzückt anlächelte. Wenn sie auf eins stand, dann waren es Komplimente.

»Nimm dir ruhig noch eins«, zwitscherte meine Mom und legte Kyle noch ein Stück auf den Teller, den er ihr fordernd entgegenhielt.

Amilia drückte mir derweil ein Geschenk in die Hand. »Hier, von Kyle und mir.«

Sie hatten mir sogar ein Geschenk mitgebracht? Überrascht und neugierig zugleich packte ich es aus. Nanu? Ein schwarzer Stofffetzen? Was sollte ich denn damit? Unbeholfen drehte ich ihn in der Hand hin und her, doch ich wusste nicht, was das sein sollte.

Mitleidig nahm mir Amilia das Stück Stoff aus der Hand, fasste es gekonnt an zwei Enden und hielt es in die Höhe.

Ein »Oh« entfuhr mir. Was Amilia da in den Händen hielt, war ein typisches Amilia-Oberteil. Aufreizend und sexy. Jedenfalls für Leute, die Amilia hießen. An Normalos wie mir sah das vermutlich eher billig aus. Außerdem fragte ich mich gerade, wann ich sowas je anziehen sollte.

»Ähm, vielen Dank. Das ist ... sehr ... schön?« Versehentlich klang der letzte Satz eher wie eine Frage, anstatt wie eine Aussage.

Amilia winkte ab und trank ein Schlückchen Kaffee.

»Gern geschehen!«, schmatzte Kyle, immer noch Kuchen essend.

»Ist das Et...« Amilia räusperte sich. »Ist der Wagen draußen deiner?«, fragte sie. Irgendwie klang die Frage schnippisch.

Ich nickte. »Das ist Hugo. Den habe ich zum Geburtstag bekommen.«

Kyle grunzte. »Hugo?«

»Der ist ... ähm ... nett«, sagte Amilia zögernd. Wieder erntete ich ein mitleidiges Lächeln.

Ich bedankte mich für das Kompliment, auch wenn ich genau wusste, dass das keineswegs höflich gemeint war. Ich meine, hallo? »Nett«. Jeder wusste doch, dass »nett« die kleine Schwester von »scheiße« war.

Der Nachmittag verlief ziemlich schleppend. Obwohl wir nur in der Küche saßen, empfand ich das als sehr anstrengend. Liam saß neben mir, hatte den Arm um mich gelehnt und versuchte Amilias Blicken auszuweichen, die ihn immer wieder anzwinkerte, während sie angewidert Schlückchen für Schlückchen aus ihrer Kaffeetasse nippte, als hätten wir sie vergiften wollen (was übrigens keine schlechte Idee gewesen wäre, wenn ich ihre liebreizenden Blicke zu Liam betrachtete).

Der Einzige, der sich in dieser Konstellation wohlzufühlen schien, war Kyle. Nachdem er ungefähr fünf Kuchenstücke verputzt hatte, war er zu Broten übergegangen, die meine Mutter ihm geschmiert hatte. Ich fragte mich, wie ein Mensch so viel essen konnte, ohne dabei hinter sich auf den Stuhl zu kacken. Umso fraglicher war, wie Kyle so eine Figur dabei behalten konnte. Er musste eine wahnsinnige Verbrennung haben. Der Nachmittag kroch dahin, ohne dass sich eine richtige Unterhaltung entwickelte. Ich glaubte, selbst mit meiner nervigen Verwandtschaft hatte ich noch nicht solch einen verkrampften Geburtstag erlebt.

Als es anfing zu dämmern, griff Liam plötzlich nach seiner Lederjacke und sprang von seinem Stuhl auf. Verwundert schaute ich ihn an.

»Wo willst du denn hin?«

»Schau mal auf die Uhr. Es ist schon spät.«

Ich warf einen Blick auf meine neuerworbene Armbanduhr, doch nicht die Uhrzeit stach mir ins Auge, sondern der kleine Vollmond, der auf dem Ziffernblatt signalartig prangte. Ich begriff. Das hatte ich völlig vergessen. Musste denn ausgerechnet heute Vollmond sein? Ich seufzte laut. Ich wollte nicht, dass Liam schon ging. Und schon gar nicht wollte ich, dass ich mit Amilia weiterhin hier sitzen musste – ohne Liam. Meine Mutter hingegen verstand rein gar nichts. Wie sollte sie auch? Außer mir wusste niemand etwas von Liams kleinem Geheimnis.

»Du musst schon gehen?«, fragte sie verblüfft. »Heute?«

Liam nickte. »Ich muss noch weiter zu meiner Tante. Die hat ebenfalls Geburtstag und wäre sehr unglücklich, wenn ich nicht wenigstens zum Gratulieren vorbeikäme.«

»Ach so«, nickte meine Mutter, »sehr anständig von dir, Liam.«

Es überraschte mich immer wieder, wie gut er sich mit seinem Leben arrangiert hatte. Um Ausreden war er nie verlegen und auch Lügen kamen ihm genauso leicht über die Lippen wie die Wahrheit.

»Wenn du möchtest, kannst du noch mit ihm fahren. Du bist ja jetzt siebzehn.« Meine Mutter zwinkerte mir zu und ich blickte zu Liam herüber, der schuldbewusst den Blick senkte. Wenigstens fiel es ihm genauso schwer, mich allein zu lassen, wie mir, ihn gehen zu lassen.

Liam hatte mal gesagt, dass er den Vollmond hasste, seit wir zusammen waren, weil er mich dann immer allein lassen müsste. Und das merkte man ihm nun auch deutlich an.

»Ähm, nein Mom, ich bleib lieber hier. Ich bin ... ähm ... schon recht müde«, stammelte ich, ein Auge auf Liam gerichtet. Nun schien meine Mutter endgültig verwirrt zu sein. Schließlich ließ ich sonst nie eine Gelegenheit aus, bei Liam zu sein.

Er beugte sich zu mir herunter und gab mir einen sanften Kuss auf meine halbgeöffneten Lippen. »Wir sehen uns morgen, Liebste. Hab noch einen schönen Abend.«

Glücklicherweise sprang Amilia ebenfalls auf.

»Ich geh auch, dann kannst du noch ein bisschen mit deiner Familie feiern.«

Innerlich fiel mir ein riesiger Stein vom Herzen. Ich hatte schon befürchtet, ich müsste Amilia nun alleine unterhalten. Die beiden gingen zu Tür, als Liam sich noch einmal umdrehte.

»Kyle?«, fragte er auffordernd.

»Ich bleib noch ein bisschen«, schmatzte Kyle in seine Richtung. Er hatte sich noch zwei neue Brote auf seinen Teller gelegt.

»Kyle, du möchtest jetzt bestimmt auch gehen«, sagte Liam noch einmal mit Nachdruck.

Widerwillig blickte Kyle zu Liam auf, der ihn böse anfunkelte. Es schien ihm nicht zu passen, wenn Kyle und ich allein blieben. Ich hatte sowieso das Gefühl, umso besser Kyle und ich uns verstanden, umso eifersüchtiger wurde er. Was aber eigentlich ziemlich albern war. Kyle reichte bei weitem nicht an Liam heran. Außerdem gehörte ihm meine ganze Liebe. Da war kein Platz für Gyle-Kyle, zu dem ich sowieso nur nett war, um nicht wieder gemoppt zu werden. Liam würde das zwar nicht zulassen, ich musste ihm aber ja nicht unbedingt eine Gelegenheit dazu geben.

»Na schön«, schnaufte Kyle verärgert und nahm die restlichen Brote vom Teller. »War schön Sie kennengelernt zu haben, Mrs Forsyth«, verabschiedete er sich von meiner Mutter.

»Du bist jederzeit herzlich willkommen«, lächelte sie zurück und freute sich immer noch, dass Kyle von ihrem Essen so begeistert war.

Liam, Amilia und Kyle verschwanden durch die Haustür und ich schlich in mein Zimmer hinauf. Ohne es vorher bemerkt zu haben, fiel mir nun auf, dass ich tatsächlich ganz schön müde war. Ich legte mich in mein Bett und es dauerte nicht lange, bis ich eingeschlafen war.

4. Kapitel

Mein Geburtstag war inzwischen vier Monate her und Liam und ich waren immer noch überglücklich miteinander, doch irgendetwas hatte sich verändert. Liam war zwar noch genauso liebevoll und zuvorkommend wie am ersten Tag, doch in der letzten Zeit hatte ich das Gefühl, er freute sich, wenn Vollmond war.

Normalerweise zögerte er unsere gemeinsame Zeit immer bis zum Äußersten heraus und war dann zutiefst deprimiert, wenn er gehen musste, doch die letzten beiden Male war er viel früher als nötig gegangen. Ich fragte mich, was das wohl zu bedeuten hatte und ob ich mir darüber Gedanken machen musste.

Und noch etwas war komisch. Es hätte durchaus sein können, dass ich mir das einbildete – in Bezug auf Amilia sah ich manche Dinge nicht so klar, wie ich sollte – aber es schien mir, als würden Amilia und Liam sich zusehends besser verstehen. Vor allem, seit Liam an den Vollmondtagen früher abhaute.

Eigentlich hatte er sie immer als eingebildete hohle Frucht abgestempelt, aber seit neustem begrüßte er sie morgens in der Schule.

Und das Schlimmste: Amilia grüßte auch noch übertrieben herzlich zurück und warf ihm dazu noch jeden Morgen einen Kuss mit ihren dicken Schmollmundlippen zu.

Liam sagte zwar, ich solle mir keine Gedanken machen, das wäre einfach Amilias übertriebene Art, aber irgendwie konnte ich das nicht so ganz glauben. Ganz zu schweigen davon, dass *Amilia allein* mir schon ein riesiger Dorn im Auge war. Auch ohne Kuss-Schmollmund.

Wenn ich nicht genau gewusst hätte, dass Liam seine Vollmondnächte weitab des Dorfes verbrachte, mutterseelenallein, in irgendeinem Wald, weil er sich in einen allesfressenden, gefährlichen Werwolf verwandelte, hätte ich auf den Gedanken kommen können, dass er sich mit Amilia traf. Das einzig Merkwürdige war eben nur, dass es ausgerechnet die Vollmondnächte waren.

Vielleicht traute Liam sich an den anderen Tagen auch nur nicht, sich mit ihr zu treffen? Immerhin gab es da ja noch mich, und dass ich das nicht gutheißen würde, musste ich ihm wohl nicht sagen. Ich dachte darüber nach, kam dann aber zu dem Entschluss, dass das absoluter Schwachsinn war. Wahrscheinlich war ich einfach mal wieder viel zu misstrauisch.

***

Zwei weitere Monate waren vergangen und nachdem Liam beim letzten Vollmond um zwei Uhr nachmittags verschwunden war (Hallo??? Zwei Uhr nachmittags? Das waren mindestens noch acht Stunden, bis der Mond aufging!!!), hatte ich mir fest vorgenommen, ihm am Montag, wenn wieder Vollmond war, zu folgen, sollte er sich wieder so früh aus dem Staub machen.

Ich hatte mit meiner Mutter darüber gesprochen. Also natürlich nicht über die Werwolfsache, sondern darüber, dass es Tage gab, an denen Liam früher als nötig nach Hause ging, doch sie schmunzelte nur und meinte, dass er vielleicht einfach auch mal ein paar Stunden für sich bräuchte. Schließlich würden wir jeden Tag aufeinanderhocken. Gut, sie hatte Recht. Wir waren jeden Tag zusammen. Aber mir wurde Liam doch auch nicht leid! Und ich brauchte schließlich auch keine Stunden für mich.

Ob's das etwa schon mit unserer romantischen Beziehung gewesen war? Ein dicker Kloß machte sich in meinem Hals breit. Nein, das konnte nicht sein. Liam war immer noch so aufmerksam und lieb zu mir wie am ersten Tag. Er behandelte mich, als ob ich das tollste und schönste Geschöpf auf Erden war. Er musste schon ein verdammt guter Schauspieler sein, wenn er mir das tatsächlich alles nur vorgaukelte.

***

Heute war Samstag und Liam wollte mit frischen Brötchen vorbeikommen, damit wir gemeinsam frühstücken und den Tag zusammen genießen konnten. Da morgen verkaufsoffener Sonntag war und ich mir ja schon länger ein paar neue Klamotten zulegen wollte, hatte ich mit meiner Mom eine Shoppingtour vereinbart. Ich hatte Liam zwar gefragt, ob er uns begleiten wolle, doch das hatte er mit einem leicht entsetzen Gesichtsausdruck und einem schiefen Grinsen abgelehnt. Zuerst war ich ein bisschen enttäuscht, aber bei genauerer Betrachtung war das ganz gut so. Erstens war mein Plan, mir auch ein paar hübsche Teile für ihn zu kaufen und es wäre ja doof, wenn er diese im Geschäft schon sehen würde. Und zweitens war er der Meinung, wenn er mich morgen schon nicht sehen würde, er mich wenigstens den heutigen Tag ganz für sich allein haben wollte und da hatte ich rein gar nichts gegen.

Es klingelte und ich rannte voller Vorfreude zur Tür, um zu öffnen. Liam kam herein und gab mir einen Kuss auf den Mund. Selbst jetzt, nach der ganzen Zeit, die wir bereits zusammen waren, spürte ich dieses Kribbeln, wenn er mich berührte, wenn er mich küsste und mit seinen seidigen Lippen über die meinen strich.

Ich ging mit ihm zu dem bereits gedeckten Tisch. Glücklicherweise musste meine Mom arbeiten und mein Dad war im Laden, sodass wir es uns ganz gemütlich machen konnten. Liam zog ein Croissant aus der Tüte und hielt es mir vor die Nase. Ich hatte nur einmal erwähnt, dass ich diese Dinger gerne mochte und schon brachte er mir eins mit.

Ich schnappte mir das noch warme Gebäck und bestrich es dick mit Schokocreme. Wer an solche Kleinigkeiten dachte, dem musste ich doch einfach wichtig sein, oder? Meine ganzen Zweifel kurzerhand über Bord geworfen, biss ich zufrieden in die Köstlichkeit und der Geschmack halb geschmolzener Schokolade breitete sich auf meiner Zunge aus. Lecker!

Den Rest des Tages verbrachten wir zusammen im Garten. Liam hatte sich neben mich auf die Decke gesetzt, die ich für uns ausgebreitet hatte und sofort dachte ich daran, dass ich ihn gerne malen würde. Doch Liam drehte sich zu mir um und begann mit seinen Fingern die Konturen meines Gesichts nachzufahren. Ich seufzte wohlig. Er lehnte sich näher zu mir und gab mir einen sanften Kuss auf meine Lippen, welchen ich nur allzu gern erwiderte. Dann übte er ein bisschen mehr Druck aus und ich ließ mich nach hinten auf die Decke gleiten, während er sich ebenfalls hinlegte und halb über mir gebeugt war. Wir küssten uns und gerade, als ich bereit gewesen wäre, Gott weiß was mit ihm anzustellen, wand er sich mit einem Lächeln von mir ab und holte ein Buch hervor. Es war ein rotes Buch mit samtenem Umschlag, auf dem in goldener Schrift »Das große Märchenbuch« stand. Dann begann er mir daraus vorzulesen. Ich brauchte wohl nicht zu sagen, welche Geschichte er sich für uns ausgesucht hatte. -Richtig. Rotkäppchen und der böse Wolf. Doch er las nur solange, bis der Wolf das erste Mal zum Einsatz kam. Dann klappte er das Buch zu und erzählte die Geschichte frei weiter. Obwohl mir der Wolf in meinen Kindertagen immer schrecklich unheimlich vorkam, ließ Liam ihn in seiner eigens abwandelten Version des Märchens charmant wirken und ich musste sogar ab und zu über ihn lächeln. Zufrieden kuschelte ich mich an ihn und lauschte dem Klang seiner maskulinen Stimme, bis es dunkel wurde…

5. Kapitel

Heute war es soweit. Die Shoppingtour mit meiner Mutter stand an. Ich hatte sie gebeten mit mir einkaufen zu fahren und ihr erklärt, dass ich ein paar schicke Teile und vor allen Dingen schöne Unterwäsche brauchte, damit sich die Mädels aus meiner Klasse nicht mehr über meine Baumwollwäsche beim Sportunterricht lustig machten.

Obwohl meine Mom sehr locker war und man mit ihr über alles reden konnte, war es mir doch irgendwie peinlich, ihr zu sagen, dass Liam mich mit der Wäsche attraktiver finden sollte. Sie hatte zwar verständnisvoll genickt, aber ich merkte sofort, dass sie mir kein Wort glaubte. Und noch schlimmer war, dass sie gemerkt hatte, dass ich mich für Liam herausputzen wollte.

Den ganzen Weg zum Einkaufszentrum über hatte sie mich mit unangenehmen Fragen gelöchert, wie: »Wann habt ihr denn euer erstes Mal geplant?«, »Wollt ihr das bei uns oder bei ihm machen?«, »Nimmt Liam Kondome?«. Und jede Frage endete mit einem »Hui… ist das aufregend – hihihi« hinten dran.

Es war absolut furchtbar und am liebsten wäre ich schreiend davongelaufen, doch ich brauchte ja jemanden, der mit mir in die Stadt fuhr. Ich bezweifelte nämlich stark, dass Hugo (auch, wenn ich ihn sehr gerne mochte) die ganze Strecke bis zur nächstgrößeren Stadt schaffen würde. Das war zumindest der Grund, den ich meiner Mom genannt hatte.

In Wirklichkeit wollte ich sie aber dabei haben, damit sie mir vielleicht den einen oder anderen guten Ratschlag geben konnte. Immerhin hatte sie meinen Dad ja auch irgendwie rumgekriegt, und wenn man bedachte, wie stoffelig er diesbezüglich war, hatte sie sich dafür mächtig ins Zeug legen müssen.

Nach einer zweistündigen Fahrt und jeder Menge weiteren Fragen (»Ob Liam untenrum auch so gut ausgestattet ist, wie sein Körper es erahnen lässt?«, »Rasiert er sich untenrum?« – und bei dem Wort »untenrum« begann sie jedes Mal zu kichern wie ein kleines Schulmädchen – offensichtlich amüsierte sie Liams Geschlechtsteil) waren wir endlich in dem Einkaufszentrum angekommen.

Eigentlich hatte ich meine Mutter ja nur als Fahrerin und zur Beratung mitgenommen, doch das Erste, was sie machte, war, sich auf einen Laden für Damenmode zu stürzen. Somit verbrachten wir dort die ersten anderthalb Stunden unserer Einkaufstour.

Seufzend ließ ich mich auf einem Sessel (der vermutlich schon für gequälte Kinder oder Ehemänner bereitstand) nieder und wartete ab, bis meine Mutter alle möglichen Teile anprobiert hatte.

Gut, ich wollte shoppen gehen, doch bei mir war das so: Ich ging in ein Geschäft hinein. Mit einem einzigen Rundumblick konnte ich sehen, ob mir dort etwas gefiel. Wenn ja, probierte ich es an, wenn nein, ging ich wieder heraus. Ganz einfach. Meine Mutter dagegen konnte sich stundenlang in diesen Läden aufhalten und darüber fachsimpeln, ob ein Teil nun schön war oder nicht. Wenn sie sich dazu noch von einer Verkäuferin beraten ließ, die ihre Meinung wechselte wie ein Fähnchen im Wind die Richtung, dann konnte es passieren, dass meine Mutter trotzdem mit einem Rock das Geschäft verließ, in dem sie aussah wie eine Stopfleberwurst. Und das dann nach anderthalb Stunden Beratung, wohlgemerkt!

***

Gegenüber war ein Geschäft mit Bademoden. Das passte sehr gut, denn ich konnte ebenfalls einen neuen Bikini gebrauchen, für den Fall, dass Liam und ich zum Schwimmen gingen. Da wollte ich gerüstet sein.

Ich beeilte mich beim Durchschauen der in Frage kommenden Bikinis, doch ich fand nichts. Die Farben waren viel zu grell (neonpink, neongelb, neongrün – wer, der nicht Afro-Amerikaner war, sollte darin gut aussehen?) und die Muster noch schrecklicher. Ganze fünf Minuten brauchte ich fürs Durchschauen, dann drehte ich mich um, um meiner Mutter mitzuteilen, dass ich hier nichts finden würde, doch sie war nicht mehr hinter mir.

»Mom?«, fragte ich in den ziemlich verlassenen Laden hinein.

»Hier hinten, Schatz«.

Ich erspähte meine Mutter vor einer Kabine, mit einer Verkäuferin (ätz!), die etliche Badeanzüge über den Arm gelegt hatte.

»Kommst du?«, fragte ich hoffnungsvoll, doch die Antwort kannte ich schon.

»Gleich. Will nur noch schnell was anprobieren.«

Seufzend trottete ich zu der Kabine, doch es war weit und breit kein Sessel in Sicht. Grummelnd machte ich auf die Missstände aufmerksam.

Meine Mutter schob den Vorhang ein klein wenig zur Seite und ließ mich hindurchschlüpfen. Die Kabine war mehr als groß und es stand sogar ein Stühlchen darin, auf das ich mich setzen konnte. Zwar wurde ich mit sämtlichen Klamotten, Tüten und Badeanzügen zugehangen, doch ich war froh, dass ich das wenigstens im Sitzen ertragen durfte.

Immer, wenn meine Mutter einen Badeanzug anhatte, kam die Verkäuferin dazu und beurteilte das Werk. Das hieß, sie gab zu, dass knatschbunte Badeanzüge meiner bleichgesichtigen Mutter nicht für fünf Cent standen.

Badeanzug für Badeanzug probierte sie an, doch einmal machte die Verkäuferin die Kabine zu früh auf und meine Mutter bedeckte erschrocken ihre Brüste, während die Verkäuferin mit knallrotem Kopf den Vorhang sofort wieder zu zog.

Ich kicherte, während meine Mom leise vor sich hinfluchte, dass die unverschämte »Tussi« (ihr Ausdruck – nicht meiner!) wenigstens fragen könnte, ob sie bereit sei.

Nachdem meine Mutter noch einen Badeanzug gekauft hatte, konnten wir auch diesen Laden wieder verlassen. Na endlich!

***

Wir kamen schließlich an einem Geschäft vorbei, wo die Schaufensterpuppen das trugen, was Amilia anzog. Zwar nicht genau das – schließlich waren diese Sachen hier nicht von Gucci oder sowas – aber immerhin so ähnlich. Ich schaute die Kleiderständer durch und meine Mutter drückte mir ebenfalls das eine oder andere Teil mit einer persönlichen Empfehlung von ihr in die Hand, doch die Röcke waren verdammt kurz und die Oberteile viel zu weit ausgeschnitten. Trotzdem probierte ich ein paar davon an.

Wer sagte schließlich, dass nur Amilia darin heiß und sexy aussehen konnte?!

Ich weiß, ich war bis vor kurzem noch der gleichen Meinung gewesen. Aber das war, *bevor* Liam anfing, sich gut mit Amilia zu verstehen, und *bevor* er an den Vollmondtagen früher als nötig nach Hause fuhr.

Weiter hinten gab es eine kleine Abteilung mit Reizwäsche. Ob es sich nun um richtige Reizwäsche handelte oder einfach nur um nuttige Unterwäsche oder ob es überhaupt einen Unterschied dazwischen gab, konnte ich nicht genau sagen. Jedenfalls sah ich die Teile durch, die wahrscheinlich sogar den Moulin Rouge-Mitarbeiterinnen die Schamesröte ins Gesicht getrieben hätten, und legte mir das ein oder andere über den Arm, um damit in der Umkleidekabine verschwinden zu können.

»Bin mal kurz anprobieren«, rief ich meiner Mutter zu, die ebenfalls nach einem BH Ausschau hielt, und verkrümelte mich in eine Umkleide.

Ich zog BH und Oberteil aus und versuchte, die rote Sünde aus Samt an meinem Körper anzubringen. Leider scheiterte es schon mal daran, dass ich überhaupt nicht wusste, wie das gute Stück zu öffnen war. Unschlüssig stand ich halb nackt in der Umkleidekabine und suchte nach dem Verschluss.

»Schatz? Hast du einen an?«

Doch bevor ich etwas erwidern konnte, hatte meine Mutter den gesamten Vorhang zur Seite gerissen und ich stand pudelnackig im Geschäft. In einer Hand den BH und mit der anderen verschämt meine Brüste bedeckend, während ich einen undefinierbaren Laut des Entsetzens von mir gab.

Kyle! – Ja! Auch das noch! – stand ein paar Ständer weiter und schenkte mir eines seiner fiesesten Speckbackengrinsen. Die Röte schoss mir ins Gesicht.

»Yo Emma! Heißer Fetzen! Da kann Liam sich ja auf was freuen!«, grölte er und ließ seinen Blick genüsslich über meine zaghaft bedeckten Brüste gleiten, bis er auf dem BH innehielt.

Vor Schreck ließ ich den BH fallen und zog voller Zorn den Vorhang wieder zu.

»Mutter!«, stieß ich entsetzt hervor.

»Jetzt reg' dich mal nicht auf, Kindchen. Du hast nichts, was andere nicht auch haben ... Außerdem ist dein Freund schon weitergegangen.«

Das war ja wieder klar. Die Sache bei mir einfach so abtun, als wäre es völlig normal, von einem fremden Jungen in Unterwäsche (wenn es das noch gewesen wäre! Ich war ja halb nackt!) beglotzt zu werden und bei sich selbst den Aufstand proben. Dabei war meine Situation hundertmal, ach was sag ich, tausendmal schlimmer! Meine Mutter war halbnackt schließlich nur von einer Verkäuferin gesehen worden, die Betonung liegt hier eindeutig auf VerkäuferIN. Aber bei mir??? Ich wurde von einem Klassenkameraden entdeckt. Und dann auch noch nicht mal von *irgendeinem* Klassenkameraden. Nö! Es musste ausgerechnet auch noch Kyle sein! Gyle-Kyle!!! Verdammt! Wie peinlich war das denn bitte? Wenigstens bestätigte sich mal wieder, warum ich auf Gyle gekommen war. G – wie glotzen oder glubschen oder auch geifern.

Ich ließ das verruchte Rote auf dem Boden liegen, mit der Begründung, dass es mir schon genug Scherereien gemacht hatte, und widmete mich stattdessen einer schwarzen, seidigen Ausführung, die sowieso viel eher meinem Geschmack entsprach. Beim Anprobieren achtete ich diesmal sorgfältig darauf, dass meine Mutter keine zweite Chance bekam, noch einmal ungefragt den Vorhang beiseite zu ziehen. Ich musterte mich im Spiegel.

»Schatz? Hast du ...«

»NEIN!«, blökte ich aus der Umkleide.

Ich konnte selbst entscheiden, ob mir die Unterwäsche gefiel oder nicht. Ich drehte und wendete mich und musste feststellen, dass dieser BH gar nicht so übel aussah. Im Gegenteil, ich fand mich sogar schon ein bisschen geil damit. Grinsend betrachtete ich das schwarze Spitzenhöschen, welches ich passend zu dem BH rausgesucht hatte. Heiß, aber nicht nuttig. Ganz wichtig! Das war ein äußerst schmaler Grat, auf dem man erst mal lernen musste, zu balancieren. Schließlich wollte ich für Liam sexy aussehen, aber nicht demnächst als Bordsteinschwalbe Karriere machen.

Zufrieden zog ich die Sachen wieder aus und schlüpfte in meine alte Montur. Den roten BH kickte ich unauffällig in die Kabine nebenan, die glücklicherweise nicht besetzt war. Meine Mom musste ja nicht unbedingt sehen, mit was ich ebenfalls geliebäugelt hatte. Ich bezahlte die Wäsche und wir verließen das Geschäft.

Ein paar Läden weiter hingen unheimlich coole Klamotten im Schaufenster. Marke à la Amilia. Na ja, vielleicht nicht ganz so extrem, aber dennoch todschick.

Zuerst wollte ich daran vorbeigehen. Diese Teile würde ich mir sowieso nie leisten können, aber ein schwarzes, kurzes Kleid, welches ganz rechts im Schaufenster hing, zog mich magisch an. Ich drückte mir die Nase an der Scheibe platt, um ein Preisschildchen oder sowas erkennen zu können und tatsächlich – ich fand eins! Mein Gesicht wurde heller. Sooo teuer war das Kleid gar nicht. Gut, es war jenseits von billig, aber erschwinglich. Ich sah meine Mom an, die mir aufmunternd zunickte und wir stürmten auch diesen Laden. Schnell schlüpfte ich in die Umkleide und zog mir das Kleid über. Es passte wie angegossen.

Meine Mutter reichte mir durch den Vorhang ein paar schwarze hohe Schuhe, passend zu dem Kleid. Bedacht darauf, diesmal den Vorhang nicht mehr als nötig zu öffnen.

Zuerst verzog ich das Gesicht. Absatzschuhe waren noch nie mein Fall gewesen, doch dieser Absatz hatte ungefähr die gleiche Höhe wie meine braunen Stiefel und da ich den Ausflug mit diesen Dingern letztens auch unbeschadet überstanden hatte, könnte ich diese ja wenigstens mal anprobieren. Wieder beäugte ich mich im Spiegel.

Wow! Wenn ich das mal ganz eingebildet sagen durfte: Ich sah echt scharf aus. Rattenscharf, um genau zu sein! Die hohen Schuhe ließen meine Beine extrem lang wirken (topmodelähnlich!) und das Kleid umspielte fließend meinen Körper – wie flüssige Seide. Es war kurz, hatte aber genug Länge, damit es nicht schlampig aussah. In diesem Outfit stand ich Amilia in nichts nach. Ich zog den Vorhang zurück und präsentierte mich stolz meiner Mom, die bei meinem Anblick große Augen bekam.

»Hola, señorita!«, stieß sie hervor und ich grinste breit. »Schatz?«

»Mmh?«

»Auch wenn Mütter sowas eigentlich nicht sagen und ich wahrscheinlich nicht die Person bin, von der du dir diese Reaktion erhoffst, aber ... du siehst echt heiß aus.«

Mein Grinsen wurde noch breiter (falls das überhaupt möglich war) und ich war mir sicher, momentan hätte eine Banane quer in meinen Mund hineingepasst. Ich hoffte nur, dass mein Gesichtsausdruck später, wenn Liam mich sah, nicht ganz so dümmlich sein würde und ich wenigstens ein bisschen Coolness wahren könnte.

Ich zog meine Klamotten wieder an und ging mit meiner neuen Errungenschaft zur Kasse. Gut, dass ich schon länger nicht mehr einkaufen gewesen war. Sonst hätte ich mir das hier nämlich nicht leisten können. Bestens gelaunt verließen wir auch dieses Geschäft und machten uns auf den Heimweg.

Im Auto merkte ich erst, wie müde ich war. Ich hatte völlig vergessen, wie anstrengend Einkaufen sein konnte. Zu Hause angekommen futterte ich schnell ein Stück kalte Pizza vom Vortag und schlich hinauf in mein Zimmer. Meine neuen Sachen stellte ich einschließlich Tüte fein säuberlich auf meinen Schreibtisch, bevor ich mich aufs Bett plumpsen ließ. Ehe ich mich versah, schlief ich ein.

6. Kapitel

Am nächsten Tag kam Liam nach der Schule wie gewohnt mit zu mir nach Hause. Auch wenn wir vorgestern noch einen wunderschönen Tag zusammen verbracht hatten und ich dachte, ich könnte nicht glücklicher werden, wurde alles durch Liams immer früher werdendes Abhauen an den Vollmondtagen überschattet. Die Sache ließ mir einfach keine Ruhe und ich fragte mich immerzu, warum er das auf einmal tat. Ich meine, was sollte das? Was gab es denn so Wichtiges? Wichtigeres als mich?! Wenn er keine Lust mehr auf mich hatte, warum sagte er es dann nicht einfach?

Wie vermutet (oder sollte ich lieber *befürchtet* sagen?), verabschiedete sich Liam wieder ungewöhnlich früh.

Der werte Herr saß vielleicht 10 Minuten in meinem Zimmer, da sprang er auf und sagte: »Ich mach mich auf den Weg. Hab noch was Wichtiges zu erledigen. Tschüss, Liebste.« Er drückte mir einen leichten Kuss auf die Stirn und verschwand.

Im ersten Moment war ich so perplex, dass ich völlig vergaß, was ich plante, doch schnell besann ich mich, nahm meine Jacke und machte mich auf den Weg. Liam ging in Richtung Wald. Den gleichen Weg, den er beim ersten Mal auch entlanggelaufen war. Da Liam mir erzählt hatte, dass Werwölfe selbst in Menschengestalt um ein Vielfaches besser hören und sehen können als Menschen, begnügte ich mich zuerst damit, nur die Richtung zu erspähen, in die Liam lief. Wenn ich richtig lag, wusste ich genau, wo ich ihn finden würde. Also warum das Risiko auf mich nehmen und erwischt werden?

Nachdem ich ungefähr eine halbe Stunde gewartet hatte, lief ich schließlich in den Wald hinein. Ich versuchte, mich an den Pfad zu erinnern und glücklicherweise dauerte es auch nicht lange, bis ich die richtigeLiam saß im Schneidersitz auf einer rotkarierten Decke. Um ihn herum etliche Teller und Döschen. Dazu ein Tablett, auf dem kleine Sektgläschen standen.

Und neben ihm?

Neben ihm saß AMILIA!

Die beiden veranstalteten mitten im Wald ein Picknick! War das noch zu fassen? Ich keuchte vor Schreck. Schlagartig überfiel mich eine Übelkeit, die mit Sicherheit noch nicht einmal diese stinkenden Dörrfleischdinger von Dan in mir ausgelöst hätten, und ich bekam am ganzen Körper Gänsehaut.

Amilia hatte sich vor Liam auf die Knie gesetzt, imitierte ein Flugzeug (Hallo? Wie alt sind wir denn?) und flog mit ihrer Scheißhand auf Liams Mund zu, um ihn zu füttern. Als ich mich halbwegs wieder gefangen hatte, stolperte ich auf die zwei zu. Liam schien ja mächtig beschäftigt zu sein, wenn er mich mit seinem Möchtegern-Super-Werwolf-Gehör nicht mal ansatzweise wahrnahm. Amilia holte erneut etwas aus einer Dose und steckte es ihm in den Mund.

So! Das war zu viel!

Ich begann zu laufen, da ich es nicht ertragen konnte, mir noch mehr davon anzusehen. Als ich aus dem Wald auf die Lichtung rannte, schwang Liams Kopf in meine Richtung und sofort wurde er stocksteif. Sehr gut! Wenigstens hatte er ein schlechtes Gewissen. Wobei das ja auch das Mindeste war, was ich erwarten konnte. Dann griff er sich verlegen in den Nacken.

Ich verlangsamte meine Schritte wieder und stolzierte hoch erhobenen Hauptes auf die zwei zu, um mich dann direkt vor ihnen aufzubauen. Meinen vor Zorn wippenden Fuß gab's natürlich gratis dazu.

»Was fällt dir überhaupt ein ...«, legte ich wutschnaubend los und verschränkte die Arme vor der Brust, doch Amilia lächelte mich nur mitleidig an. Bei ihrem Blick wurde ich plötzlich ganz unsicher, ob ich überhaupt hier sein sollte.

Schnell wischte ich den Gedanken wieder beiseite. Immerhin war Liam MEIN Freund und es war sehr wohl mein Recht, ihn zur Rede zu stellen, wenn ich ihn picknickend mit einer anderen Tussi vorfand.

»Ist das also das Wichtige, was du noch zu erledigen hattest?« Scheiße! Ich merkte, wie mir eine Träne über die Backe rollte. So viel zum Thema »demütigende Eigenschaften, die die Welt nicht braucht«.

»Emma ...«, begann Liam, stand auf und schritt auf mich zu, doch jeden Schritt, den er vorwärts machte, ging ich rückwärts. Ich wollte nicht von ihm berührt werden. Schon gar nicht, wenn er womöglich (womöglich? Sehr wahrscheinlich!) vorher noch Amilia befingert hatte.

»Emma ...«, begann er erneut und ich schaute ihn an, doch ich sah ihn nicht wirklich. Es war mehr, als würde ich durch ihn hindurchsehen. »Das ist ALLES nicht so, wie es aussieht. Und schon gar nicht, wie du denkst.«

»Ach nein? Wonach sieht es denn aus? Was denke ich? Dass mein arschiger Freund sich mit der größten Klassenschlampe allein im Wald trifft und bei ein paar Snacks vergnügt, vielleicht? Wie sollte ich denn auf so etwas kommen? Womöglich, weil es haargenau so ist?“

Amilia schaute pikiert, doch das war mir grad egal.

»Emma bitte, lass' es mich erklären, bevor du voreilige Schlüsse ziehst.«

Ich schnaubte erneut. Voreilige Schlüsse! Was sollte man denn sonst in einer solchen Situation denken?

»Also?«, fragte ich auffordernd. Nicht, dass das Ganze nicht eindeutig genug gewesen wäre, aber mein Herz hatte doch noch den kleinen Hoffnungsschimmer, dass es tatsächlich schlimmer aussah als es war und Liam immer noch mein über alles geliebter Freund sein würde.

»Ups ... da wär ich jetzt aber vorsichtig, *was genau* du alles erklärst«, mischte sich nun auch Amilia ein.

»Halt die Klappe«, raunzte ich sie an, »oder hat irgendjemand gesagt, Ausspanner-Schlampe mach‘s Maul auf?«

Ich glaube, so etwas Unhöfliches hatte ich noch nie zu jemandem gesagt. Gut, gedacht bestimmt schon millionenmal, aber wirklich gesagt? Nie! Dafür war ich eigentlich viel zu höflich, doch unter diesen Umständen schien meine gute Kinderstube etwas zu leiden und so dachte ich nicht großartig darüber nach, was ich sagte. Amilia schien zumindest platt zu sein und versuchte, mich mit ihrem Blick zu erwürgen.

»Emma, ich …« Liam griff sich wieder in den Nacken. »Es ist wirklich nicht so, wie du denkst. Wir haben nur …«

»Was?«, unterbrach ich ihn ärgerlich. »Ihr habt *nur* was? *Nur* gepicknickt? Sie hat dich *nur* gefüttert? Kann man das vielleicht auch noch beliebig erweitern?«, schnappte ich bissig. »Wie wär's mit: Wir haben uns *nur* geküsst? Wir haben *nur* miteinander rumgemacht? Oder sogar, wir haben *nur* miteinander geschlafen?«

»Ich … Emma, red' doch bitte keinen Unsinn.«

Kurz dachte ich, in seinem Blick sowas wie Empörung und Verletztheit zu erkennen, doch dann wurde ich erneut durch Amilia abgelenkt, die mich überheblich angrinste.

»Hat dieHat die kleine Emma etwa Angst, dass ihr Tugendwahn ihr nun ein Schnippchen schlägt?«

»Amilia, halt dich bitte da raus. Das geht nur Emma und mich was an.«

Amilia verzog schmollend den Mund.

»Also?«, hakte ich noch einmal nach und versuchte, Amilias Worte zu ignorieren.

»Ich kann, nein, ich darf dir das nicht alles erzählen, Emma. Aber du musst mir vertrauen, es ist wirklich nicht so, wie es aussieht. Ich tu das alles nur für uns. Ehrlich.«

Aufgrund seiner treublickenden Augen hätte man ihm das tatsächlich noch abkaufen können, doch ich hatte ihn schon oft genug lügen hören, um zu wissen, dass seine ehrliche Miene kein Garant für die Wahrheit war.

Außerdem: »Für uns«. Ich treff mich mit der hübschen Amilia, doch ich tu das alles nur »für uns«? Hatte er sich mal selbst zugehört? Was laberte er da für eine Scheiße? Ich merkte, wie sich meine Kehle zuschnürte.

»Vergiss es, Liam. Ich wünsch dir noch einen schönen Nachmittag mit ihr.«

Dann drehte ich mich auf dem Absatz um und ging zurück in den Wald. Ich war selbst darüber erstaunt, wie gefestigt meine Stimme klang und wie gut mir – trotz dieser Situation – mein Abgang gelungen war.

»Emma«, rief Liam mir nach, doch ich beachtete ihn nicht. Ich war wie in Trance.

»Lass sie doch. Ich hab dir doch gesagt, dass sie nicht zu uns passt«, hörte ich Amilia mit ihrer schmeichlerischen Stimme sagen, sodass mir beinahe übel wurde.

Wo sollte ich nicht hinpassen? Zu Liam? Oder in ihre reiche Schnösel-Gang?

Meine Augen füllten sich mit Tränen, doch ich konnte mich zusammenreißen, nicht laut loszuheulen. Zumindest nicht direkt.

Still und heimlich stahl sich eine Träne nach der anderen aus meinen Augenwinkeln, bis es immer mehr wurden und sie ohne Unterlass über meine Wangen liefen. Ich verkniff mir jedoch, mich noch einmal umzudrehen, bis ich im Dickicht verschwunden war. Ich dachte, wenn ich im Schutz der Bäume stünde, würde wenigstens Amilia mein verheultes Gesicht nicht sehen. Liam würde es auf jeden Fall. Ich wusste, selbst in seiner Menschengestalt waren seine Sinne um ein Vielfaches geschärfter als die eines normalen Menschen. Schließlich hatte er mir das oft genug eingebläut. Aber er konnte ruhig sehen, was er angerichtet hatte. Wie sehr er mich verletzt hatte. Es war mir egal.

Als ich mich endlich umdrehte, sah ich Liam immer noch schemenhaft auf der Lichtung stehen. Ich vermutete, genauso, wie ich ihn zurückgelassen hatte. Es sah zumindest so aus, als hätte er sich keinen Zentimeter bewegt.

Dafür aber Amilia. Sie stand nun neben ihm und es schien, als hätte sie ihn in den Arm genommen. Sie waren zu weit entfernt, um es mit Sicherheit sagen zu können, aber allein, dass sie so nah neben ihm stand, war schon genug für mich.

Ich blinzelte. Ein kläglicher Versuch, meinen Blick zu schärfen. Vielleicht war es ja doch nicht so, wie ich dachte? Ich schaute noch einmal genauer hin. Ja, Amilia hatte Liam nun definitiv in den Arm genommen.

Wem machte ich hier eigentlich etwas vor? Wem wollte ich weismachen, dass das, was ich gesehen hatte, nicht der Realität entsprach oder ganz anders war, als es den Anschein hatte? Sprach das alles nicht für sich selbst? Amilia und Liam mit lauter Köstlichkeiten auf einer Decke mitten im Wald, wo er doch eigentlich bei mir sein sollte? Dann brach ich schluchzend auf dem Waldboden zusammen und ließ meiner Trauer freien Lauf.

Ich weinte darüber, was ich soeben gesehen hatte. Weinte darüber, warum er so etwas tat. Weinte darüber, warum er ausgerechnet Amilia nahm. Weinte um die Zeit, dir wir miteinander hatten und weinte um die Zeit, die wir nun nie mehr miteinander haben würden. Weinte, weil ich einfach weinen wollte.

Eine Person zu verlieren, die man liebt, ist nicht leicht. Doch wenn man auch noch herausfindet, dass genau diese Person, die alles für einen war, für die man alles getan hätte, einen belügt und hintergeht, und *dein* Glück plötzlich mit einer Anderen teilt, ist es, als würde man dir bei lebendigem Leibe das Herz herausreißen und du müsstest zusehen, wie es wie ein alter Fußball getreten wird.

Mir war zwar klar, dass meine Heulerei die Sache nicht besser machte, doch sie verschaffte mir wenigstens Erleichterung.

7. Kapitel

Ich wusste nicht, wie lange ich dort gelegen hatte. Es war zwar noch nicht dunkel, aber dennoch kam es mir wie eine halbe Ewigkeit vor. Als ich mich wieder aufrappelte, waren Amilia und Liam nicht mehr auf der Lichtung.

Sie hatten mich einfach liegenlassen.

Liam hatte mich einfach liegenlassen.

Erneut spürte ich einen Stich in meinem Herzen. Allein der Gedanke daran und dass er stattdessen mit Amilia heimgegangen war, zerriss mein Herz in tausend Stücke und schon wieder füllten sich meine Augen mit Tränen, die langsam aber stetig über meine Wangen kullerten.

Nachdem ich mich halbwegs wieder beruhigt hatte, ging ich zurück zu unserem Haus. Gott sei Dank traf ich weder meine Mom noch meinen Dad. Ich hätte auch keinen von beiden ertragen können. In meinem Kopf hörte ich schon ihre Fragen: Schatz, was ist denn los? Was hast du denn gemacht? Wie siehst du denn aus? Warum weinst du? Und so weiter und so fort.

Ich schlich hinauf in mein Zimmer, da fiel mein Blick auf die Sachen, die ich extra gekauft hatte, um Liam besser zu gefallen. Besser? Vielleicht hätte ich sagen sollen, um ihm überhaupt zu gefallen. Verärgert feuerte ich sie in eine Ecke des Zimmers und verkroch mich unter der Bettdecke.

Wieder begann ich zu weinen. Ich wollte es gar nicht, doch ich konnte nichts dagegen tun. Zu quälend waren die beißenden Warum-Fragen. Wie schnell man doch von absolutem Glück in ein tiefes Nichts stürzen konnte. Ich verstand das alles nicht. Warum hatte er mir nicht einfach gesagt, dass er lieber mit Amilia zusammen war? Warum traf er sich schon monatelang mit ihr hinter meinem Rücken? Und warum ausgerechnet nur an den Vollmondtagen? Ich verstand die Welt nicht mehr …

Aber eigentlich konnte ich mir die Fragen auch selbst beantworten. Er hatte es mir nicht gesagt, weil er mich nicht verletzen wollte. Was hatte ich mir überhaupt jemals eingebildet, dass jemand wie Liam mit MIR zusammen sein wollte, wo er doch Amilia haben konnte? Und die Vollmondnachmittage hatte er mit Sicherheit gewählt, da es dort nicht so sehr auffiel, wenn er mal etwas früher ging. Immerhin hatte er ja bis dato ganz passable Ausreden gehabt, die ich bis vor kurzem auch noch geglaubt hatte. Dämlich, wie ich war.

Doch was hatte ich falsch gemacht, dass er mich nicht mehr liebte? Dass er mich mit Amilia hinterging? Wo er doch genau wusste, dass Amilia schon immer ein rotes Tuch für mich gewesen war?

Nachdem ich mir immer und immer wieder das Hirn zermarterte, wie das alles geschehen konnte, glaubte ich plötzlich zu wissen, was ich falsch gemacht hatte. Ich erinnerte mich, wie Liam und ich damals in meinem Zimmer waren, er mich küsste und ich ihn, als er mir zu weit ging, abgewiesen hatte.

Ich schluckte schwer.

Ob das der Grund war? Aber er hatte doch zu mir gesagt, dass es nicht schlimm sei, dass wir alle Zeit der Welt hätten, meldete sich eine Kleinmädchen-Stimme in meinem Kopf.

Oder waren das genauso leere Worte wie das »Ich liebe dich«? Es tat weh, in dieser Weise über seine Worte nachzudenken, die mir mal alles bedeutet hatten. Aber wenn man eine Person liebte, betrog man sie nicht. Ich mochte da ja altmodisch sein, aber es gab einfach Sachen, die änderten sich nicht und die würden sich auch nicht ändern. Nicht mal in einer Million Jahre.

Wenn ich Liam nicht für mich alleine haben konnte, wollte ich ihn lieber gar nicht. Das furchtbare Gefühl, ihn teilen zu müssen, war stärker als die Gewissheit, ihn verloren zu haben.

***

Diese Nacht schlief ich mehr als beschissen. Immer und immer wieder waberten mir diese quälenden Fragen durch den Kopf und letztendlich fragte ich mich, warum ich eigentlich mit ihm zusammengekommen war.

War unsere Beziehung denn jemals richtig echt gewesen? Oder hatte ich mich da in etwas verrannt, was – vermutlich ausgelöst durch Wunschdenken – gar nicht der Realität entsprach?

Wenn ich an Liam dachte, dachte ich automatisch an sein Lächeln. Seine strahlend weißen Zähne. Seine dunklen Wuschelhaare. Sein hübsches Gesicht und natürlich auch an seinen durchtrainierten Körper. Doch jetzt, wo ich mir mal die Zeit nahm, darüber nachzudenken, fiel mir auf, dass das alles lediglich Äußerlichkeiten waren.

Mein Gott. Ich warf Amilia vor, dass sie oberflächlich war. Und was war ich dann? Amilia hoch 100?

Ich meine, natürlich liebte ich ihn auch und vor allem wegen seines Charakters. –Zumindest dachte ich das immer. Doch wenn man davon enttäuscht wurde, was blieb einem dann noch? Auf Äußerlichkeiten konnte man schließlich keine Beziehung aufbauen. Und hätte ich mal früher so genau darüber nachgedacht, wäre mir das hier vielleicht sogar erspart geblieben.

***

Als dann endlich der Wecker klingelte, hatte ich alles in allem vielleicht eine Stunde geschlafen. Ich stand auf, doch auf Duschen hatte ich keinen Bock. Gemächlich zog ich mich an, wusch mir mein verquollenes Gesicht, putzte die Zähne und machte mich auf den Schulweg. Ich hatte mir weder etwas zu essen eingepackt noch zu Hause gefrühstückt. Ich hatte einfach keinen Hunger. Und so, wie ich mich im Moment fühlte, würde ich auch nie wieder Hunger haben.

Teilnahmslos lief ich auf die Laterne zu, an der Liam und ich uns immer trafen, oder – getroffen hatten. Da gestern Abend Vollmond gewesen war, würde Liam heute nicht auf mich warten (falls er jemals wieder dort auf mich warten würde) und er würde wieder viel zu spät kommen, wenn er es überhaupt noch schaffte, vor Unterrichtsbeginn da zu sein.

Ich für meinen Teil hatte mir jedenfalls fest vorgenommen, nicht auf ihn zu warten.

Nie mehr!

Nachdem ich mir die ganze Nacht den Kopf zerbrochen hatte, warum, weshalb, wieso, hatte sich meine Trauer in Wut gewandelt.

Interessant, wie schnell die vier Phasen der Trauerbewältigung bei mir voranschritten, über die ich in Moms Ratgebern mal gelesen hatte. Von »nicht wahr haben wollen«, zu »sich die Schuld geben«, über »Wut« bis hin zu »Gleichgültigkeit«.

Ich hoffte, dass die letzte Phase nicht allzu lange auf sich warten ließ, doch ich hatte leider auch gelesen, dass die Wutphase sich über Jahre hinziehen konnte, bis endlich die Gleichgültigkeit einsetzte.

Und wieder liefen mir Tränen über die Wangen, die ich verärgert wegwischte. Hoffentlich fing ich in der Schule nicht an zu heulen. Das wäre absolut entwürdigend.

***

Ich schlenderte auf den Schulhof. Amilia war bereits dort, erblickte mich und grinste dämlich.

Ich rempelte an ihr vorbei und stürmte in die Klasse, wo ich mich auf meinen Sitzplatz fallen ließ.

Erwin begrüßte mich mit einem fragenden »Was ist denn mit DIR los?«, doch ich antwortete nicht. Ich hatte nicht die geringste Lust dazu, mich mit irgendjemandem zu unterhalten.

Kurz bevor der Unterricht begann, betrat auch Liam die Klasse. Langsam kam er auf mich zu und wollte sich auf seinen Platz setzen, doch ich stellte demonstrativ meinen Rucksack auf seinen Stuhl und schaute nach vorne zur Tafel.

»Emma …«, begann er leise und irgendwie hörte er sich verdammt niedergeschlagen an, ganz zu schweigen von seinem zerknirschten Äußeren, doch ich wusste ja, woher das rührte und außerdem änderte das nichts an dem, was ich gestern beobachten musste.

Ich hatte meinen Ipod mitgenommen und steckte mir die Kopfhörer in die Ohren, um deutlich zu machen, dass ich nicht im Geringsten an seinen

Worten interessiert war. Ich hatte keine Lust, mir irgendwelche scheinheiligen Ausreden anzuhören.

Er stellte sich direkt vor mich, sodass ich ihn ansehen musste, und legte seine Hand auf meine, die ich jedoch ruckartig wegzog. Liam schaute mich dermaßen traurig und verletzt an, dass es mir schwerfiel, meine Wut aufrechtzuerhalten.

Ich schloss die Augen.

Wenn ich ihn nicht sah, würde das Gefühl, das mich plötzlich zu übermannen drohte, Liam die Sache erklären zu lassen und ihm zu verzeihen, bestimmt vergehen und so war es auch.

Unschlüssig stand er vor mir, das spürte ich. Doch ich war nicht gewillt, die Tasche wegzunehmen. Sollte er sich doch zu Amilia setzen. Schließlich verbrachten sie doch so gerne Zeit miteinander.

Ich hatte den Satz noch nicht zu Ende gedacht, da rief Amilia schon herüber: »Liam? Du kannst dich zu mir setzen.«

Ich blinzelte und Liam sah mich weiter an. Ich hatte das Gefühl, er hoffte, ich würde meine Meinung ändern und den Rucksack wegnehmen, doch ich tat es nicht. Ein kleiner Teil in meinem Inneren versuchte sich gegen meine Entscheidung zu wehren. Wollte meine Hand in Bewegung setzen und die Tasche wegräumen, damit Liam dort sitzen konnte, doch die Wut, die ich empfand, war stärker.

Unser Lehrer kam in die Klasse und forderte Liam auf, sich hinzusetzen. Noch einmal schaute Liam mich an, doch ich sah weg. Mit hängenden Schultern ging er nach vorne und setzte sich zu Amilia auf den einzigen Platz, der außer dem neben mir noch frei war. Ich sah es zwar nicht, doch ich wusste, dass Amilia triumphierend in meine Richtung schaute.

***

Mr Graham begann mit dem Unterricht, doch ich konnte mich nicht konzentrieren. Ich kritzelte die Notizen ab und ließ meinen Blick durch die

Klasse schweifen. Er blieb auf Kyle hängen, der ebenfalls zu Amilia und Liam herüberstarrte.

Kyle! An den hatte ich ja gar nicht mehr gedacht. Warum saß er eigentlich nicht neben Amilia? Durfte er nicht oder wollte er nicht? Auch wenn Kyle immer den Eindruck erweckte, als wäre er über alles erhaben und nichts könne ihm etwas anhaben: Er sah verdammt ... schockiert aus, als könne er nicht fassen, was er da sah. Er merkte, dass ich ihn anschaute, und sah mir in die Augen. Ich rang mir ein mitleidiges Lächeln ab, auf das er mit Kopfschütteln reagierte und betreten zu Boden blickte. Ich hätte nie gedacht, dass ich das mal sagen würde, doch Kyle tat mir gerade furchtbar leid. Ich wusste nicht, inwieweit er bereits kombiniert hatte, dass zwischen den beiden etwas lief.

Er hatte bestimmt auch nichts von Amilias und Liams Techtelmechtel gewusst, doch so, wie Amilia Liam anhimmelte, war es nicht zu übersehen, dass sie reges Interesse an ihm hegte. Und sie schien sich auch nicht daran zu stören, dass Kyle ein paar Tische weiter saß und ihre Flirtversuche mitansehen musste – auch wenn Liam nicht darauf einging. Aber das tat er bestimmt nur nicht, weil er mich nicht noch weiter verletzen wollte.

Ich beobachtete Kyle weiter. Wenn er sich jetzt nur halb so fühlte wie ich, hatte er mein vollstes Mitgefühl. Ich war schon gespannt auf die Pause. Ich konnte mir nicht vorstellen, dass Kyle das alles so hinnehmen würde. Es dauerte ewig, bis endlich das erlösende Schlagen der Schulglocke zur Pause erklang.

Liam stand auf und ging auf mich zu, doch ich steckte mir die Kopfhörer meines Ipods wieder in die Ohren und ging hinaus auf den Schulhof. Ich hatte mitbekommen, wie Kyle sich ebenfalls erhoben hatte und Liam mit einem alles vernichtenden Blick hinterhersah.

Auch, wenn ich zu neugierig war, was gleich zwischen den beiden ablaufen würde, wollte ich auf keinen Fall zwischen die Fronten geraten. Kyle war ein dermaßen aufgepumptes Muskelpaket, dass selbst der durchtrainierte Liam neben ihm schmal wirkte. Von Liam aber wusste ich, dass er unheimlich einschüchternd sein konnte. Ich persönlich würde mich weder mit dem einen noch mit dem anderen anlegen wollen. Wenn einem sein Leben lieb war, war das garantiert der beste Weg.

Ich setzte mich auf die Palisaden, auf denen ich in der Pause immer saß. Weit weg von Amilia und ihrer Gang. Ich zog die Beine an meinen Oberkörper und umschlang sie mit den Armen, während ich meinen Kopf auf die Knie stützte und mit den Tränen kämpfte. Vielleicht hätte ich besser, bevor ich mir den Ipod schnappte und Musik hören wollte, alle rührseligen Lieder herunterschmeißen sollen.

Plötzlich fasste mir eine Hand auf die Schulter. Die kribbelnde Wärme, die ich verspürte, konnte nur von einer Person kommen, doch ich wollte ihn nicht sehen, also starrte ich stur auf den Boden.

Liam setzte sich neben mich und strich mir sanft eine Strähne aus dem Gesicht, doch ich zuckte zurück. Erneut durchfuhr mich ein angenehmer Schauer.

Ich wollte nicht von ihm berührt werden!

Ich wollte noch nicht mal in seiner Nähe sein!

Zu schmerzhaft war die Erkenntnis, dass unsere Beziehung beendet war, und es machte mich stinkwütend zu merken, dass mein verräterischer Körper trotz allem so auf ihn reagierte.

»Emma ... lass uns doch bitte reden«, flehte er.

Und wenn wir schon dabei waren, alles aufzuzählen, was ich nicht wollte: Schon gar nicht wollte ich mit ihm sprechen!

Ich drehte mich weg, kämpfte mit den Tränen. Die Traurigkeit in seiner Stimme war nicht zu überhören, doch er war ja wohl selbst schuld. Er hätte einfach sagen sollen, dass er lieber mit Amilia zusammen war. Ich wäre zwar enttäuscht gewesen und bestimmt auch ein bisschen sauer (na gut, vielleicht auch ein bisschen mehr), aber das wäre nichts gegen den Zorn gewesen, den ich jetzt verspürte, nachdem er mich so offensichtlich hintergangen hatte.

Denn ... seien wir ehrlich: Amilia war nun mal das beliebteste Mädchen der Schule und ich kannte keinen Jungen, der nicht scharf auf sie war. Außerdem war ich mir sicher, dass – auch wenn es wehgetan hätte – ich mich mit seiner Wahl irgendwie hätte arrangieren können. Zumindest eher, als belogen und gedemütigt zu werden.

»Emma, bitte ... du fasst das alles ganz falsch auf. Sieh mich bitte an.« Er umfasste mein Kinn und versuchte meinen Kopf sanft in seine Richtung zu drehen, doch ich entzog mich mit einer schwungvollen Kopfbewegung. »Emma, gib mir zwei Minuten. Dann kannst du mich immer noch zum Teufel jagen.«

Doch ich schüttelte den Kopf. Ich wollte nicht hören, was er zu sagen hatte. Zumal ich merkte, dass ich meine Tränen nicht mehr unter Kontrolle hatte und sie mit aller Kraft versuchten, auszubrechen. Wenn er etwas hätte erklären wollen, hätte er es gestern schon tun können, anstatt mich wie ein altes abgetragenes Kleidungsstück im Wald liegenzulassen und sich mit Amilia zu verpissen. Es fiel mir schwer mich zu beherrschen, doch es gelang mir. Ich wollte nicht mehr, dass er sah, wie sehr er mich verletzt hatte. Er sollte nicht sehen, wie schwach ich war.

»Emma, es tut mir so Leid, dass du das sehen musstest, aber es ist wirklich ...«

Ich drehte den Ipod so laut, dass ich nichts mehr hören konnte, umschlang meine Knie noch fester und wiegte mich leicht hin und her, während ich weiter teilnahmslos auf den Boden starrte.

Die Situation war eindeutig genug gewesen und obwohl ich mir zu Hause jeden möglichen Umstand ausgemalt hatte, wie es dazu gekommen sein könnte, endeten sie doch alle gleich. Er hatte mich belogen, um sich mit Amilia zu treffen. Er hatte sie mir vorgezogen und er hatte sich keine Gedanken darüber gemacht, wie sehr er mich verletzen würde, wenn das rauskam.

Liam stand auf und ich sah aus den Augenwinkeln, wie seine Lippen die Worte »Ich liebe dich« formten, bevor er mit hängendem Kopf wegging.

Nun konnte ich mich nicht mehr zusammenreißen. Meine Tränen rannen sturzbachartig über meine Wangen und ich unterdrückte gerade noch mühevoll ein Schluchzen.

Es klingelte und die Pause war zu Ende, doch ich erhob mich nicht. Wie sollte ich so in den Unterricht gehen? Ohne als Gespött der Klasse zu enden? Der Schulhof leerte sich und ich saß immer noch auf den Palisaden. Erneut griff mir eine Hand auf die Schulter.

»Liam! Ich hab doch gesagt, du sollst mich in Ruhe lassen!«, blaffte ich, schaffte es aber nicht, mich umzudrehen. Ich wollte nicht in sein hübsches Gesicht sehen. Schon gar nicht, nachdem seine Lippen eben diese Worte geformt hatten. Die Worte, die mich bis vor kurzem noch so glücklich gemacht hatten und jetzt so viel Leid in mir hervorriefen. Da sich die Hand nicht von der Stelle bewegte, ruckte ich mit der Schulter, um sie abzuschütteln, doch sie hielt mich immer noch fest

»Liam, geh bitte«, sagte ich mit halbwegs gefasster Stimme, doch die Hand blieb, wo sie war. Ich drehte mich um, wollte ihn anbrüllen, ihm sagen, dass er abhauen und sich zum Teufel scheren sollte, aber vor Verblüffung brachte ich kein Wort heraus. Es war gar nicht Liam, der hinter mir saß.

Es war Kyle. Er rang sich ein Lächeln ab, auch wenn es furchtbar gezwungen aussah.

»Geht's wieder?«, fragte er und seine Stimme klang so mitfühlend, wie ich traurig war, doch ich brachte keinen Ton heraus. Ich weiß nicht, was mich mehr schockierte. Dass Kyle Gefühle hatte oder dass er nett zu mir war, obwohl Liam nicht mehr mein Freund war. Ich starrte ihn an. Meine Augen füllten sich erneut mit Tränen. Ich versuchte, sie wegzublinzeln, wollte mir vor Kyle die Blöße nicht geben und versuchte zu antworten.

»Es geh ...«, doch meine Stimme erstarb. Daran waren nur die blöden Tränen schuld. Ich spürte, wie sich eine davon aus dem Augenwinkel stahl, und versuchte alles erdenklich Mögliche, nicht schon wieder loszuheulen, aber ich konnte nichts dagegen tun.

Kyle rutschte näher an mich heran, legte seine riesigen Prankenarme um meine Schultern und quetschte mich gegen seine Brust, während ich vor mich hinschluchzte.»Ist ja gut«, flüsterte er in mein Haar, während er mir sanft darüber strich, doch es wurde durch seine tröstenden Worte nur noch schlimmer. Ich weinte und weinte. Ich wusste gar nicht, wie lange wir dort so saßen, bis ich mich ein wenig beruhigt hatte und es endlich schaffte, den Kopf anzuheben, um Kyle mit meinen verheulten Augen anzusehen.

»Du verpasst den ganzen Unterricht«, brachte ich heraus und wischte mir die Augen trocken. Doch Kyle zuckte mit den Schultern.

»Es gibt Wichtigeres«, sagte er knapp und sah mich einfach nur an. So kannte ich Kyle überhaupt nicht.

Ich kannte den überheblichen Kyle, das Arschloch, das alle niedermachte, die ihm nicht in den Kram passten, den es nicht mal gestört hatte, dass sein (angeblich) bester Freund gestorben war. Und ich hatte – seit ich mit Liam zusammen war – den übertrieben fröhlichen Kyle kennengelernt, der einen immer in einer Lautstärke begrüßte, dass es vermutlich das ganze Dorf mitbekam, wenn er einen von uns sah.

Doch dieser Kyle hier war mir ganz neu. Und ich war mir auch nicht sicher, ob das ein Stück von dem ganzen Kyle Paket war oder ob er mich nur verarschen wollte.

Er kramte in seiner Jeanshose und holte ein zerknülltes Taschentuch heraus, welches er mir hinhielt. Ich wollte schon ablehnen, da es benutzt aussah, doch als könne Kyle Gedanken lesen, sagte er: »Du kannst es ruhig nehmen. Ist ein Frisches.«

»Danke«, flüsterte ich leise.

»Gern geschehen. Kann ich sonst noch was für dich tun?«

Ich schüttelte den Kopf und er strich mir eine Haarsträhne aus dem Gesicht, wie Liam es immer getan hatte.

Erneut kämpfte ich mit den Tränen, doch diesmal war ich stärker. Vermutlich war auch einfach nichts mehr da zum Weinen. Ich hatte so viel geheult, dass ich normal schon aussehen müsste wie eine Trockenpflaume – bei dem Flüssigkeitsverlust.

»Sicher?«, fragte Kyle.

Ich nickte und putzte mir die Nase.

Er erhob sich und bot mir seinen Arm an, um mir beim Aufstehen zu helfen, doch ich schüttelte den Kopf.

»Ich komm nicht mit«, sagte ich, »geh ruhig.«

»Willst du etwa hier draußen sitzenbleiben?«, fragte er und hob die Augenbrauen.

Ich nickte. »Du glaubst doch nicht im Ernst, dass ich so verheult in die Klasse geh.« Ich rang mir ein Lächeln ab.

»So schlimm ist es gar nicht«, entgegnete Kyle.

»Ohhh doch! Ich weiß genau, wie ich jetzt aussehe.« Wieder lächelte ich, diesmal aber überzeugender.

»Wie du willst.« Kyle wollte gehen, doch ich hielt ihn zurück.

»Kyle?«

Er drehte sich um.

»Könntest du mir doch noch einen Gefallen tun?«

Er nickte.

»Könntest du mir meine Sachen aus der Klasse holen? Und dem Lehrer sagen, dass mir schlecht geworden ist? Ich möchte ungern ...« Doch ich brauchte nicht zu Ende zu reden.

»Klar«, antwortete Kyle und setzte sich in Bewegung. Es dauerte keine fünf Minuten, da war er schon wieder da und reichte mir Rucksack und Jacke.

»Danke.«

»Nicht der Rede wert«, sagte er und machte eine abwertende Handbewegung.

Ich erhob mich und wollte mich auf den Heimweg machen, als Kyle mich erneut ansprach. »Emma?«

»Mmh?«

Er kam näher und reichte mir eine kleine Karte. »Ruf mich an, wenn du reden möchtest. Wann immer du willst.«

Ich nickte dankbar und musste unfreiwillig lächeln. Wie viele Siebzehnjährige gab es schon, die ihre eigene Visitenkarte hatten?

***

Ich schlurfte nach Hause. Ich hatte nicht wirklich Lust, schon daheim zu sein und am Ende meiner Mom oder meinem Dad über den Weg zu laufen, deshalb ging ich betont langsam und dachte über Liam nach, wie er sich mir gegenüber verhalten hatte. Warum er überhaupt noch zu mir gekommen war. Jetzt, wo die Sache mit Amilia doch raus war, konnte er sich auch voll und ganz ihr widmen.

Außerdem dachte ich an Kyle. Es wunderte mich immer noch ein bisschen, dass er so nett und hilfsbereit sein konnte und plötzlich kam ich mir ganz mies vor. Er hatte mich getröstet, weil ich Liam verloren hatte. Aber ich hatte keine Sekunde daran gedacht, *ihn* zu trösten. Immerhin hatte er Amilia verloren.

Ich bekam ein flaues Gefühl im Magen und hoffte, Kyle würde mir das verzeihen. Er schien echt in Ordnung zu sein, wenn man ihn näher kannte.

Schneller als gehofft hatte ich unser Haus erreicht. Ich versuchte, mich so leise wie möglich hineinzuschleichen, doch ich hatte Pech. Meine Mom war zu Hause. Besorgt kam sie aus der Küche, als sie mich erblickte.

»Was ist denn los, Spätzchen?« Sie nahm mir Rucksack und Jacke ab und streichelte mir über die Wange.

»Ich ... ich hab nur ein bisschen Bauchweh«, log ich und hoffte, dass meine verheulten Augen sich etwas beruhigt hatten.

Meine Mom musterte mich kritisch, doch sie sagte nichts dazu.

»Leg dich ein bisschen hin. Ich bring dir gleich einen Tee.«

»Danke«, murmelte ich und ging die Treppe hinauf in mein Zimmer. Glücklicherweise war ich aufgrund meiner schlaflosen Nacht so müde, dass mir ziemlich bald die Augen zufielen und ich einschlief.

Als ich wieder aufwachte, sah ich eine Tasse Tee neben meinem Bett stehen. Da sie noch warm war, konnte es nicht lange her sein, dass meine Mutter im Zimmer gewesen war. Ich war heilfroh, dass ich zu dieser Zeit noch geschlafen hatte.

Meine Mom hatte einen sechsten Sinn dafür, wenn bei mir irgendetwas nicht so lief, wie es sollte, und sie merkte immer sofort, wenn ich sie anlog. Ich nahm die Teetasse und nippte vorsichtig daran. Gott sei Dank! Kein Kamillentee. Was aber wiederum auch hieß, dass meine Mutter mir die Sache mit den Bauchschmerzen nicht abgekauft hatte. Wenn ich nämlich tatsächlich Magenprobleme hatte, zwang sie mich immer, diese ekelhafte Plörre zu trinken. Igitt!

Ich schaltete den Fernseher ein und wartete darauf, dass meine Mom zum Essen rief. In Gedanken überlegte ich bereits fieberhaft, wie ich mich davor drücken konnte. Doch da mir nichts Passendes einfiel, tapste ich herunter, als sie rief. Man sah mir zum Glück nicht mehr an, dass ich geheult hatte, doch Appetit hatte ich trotzdem keinen.

Mom servierte mir Gemüseauflauf. Eigentlich mein Lieblingsessen, doch ich stocherte nur lustlos darin herum und schob das Essen auf dem Teller von einer Seite auf die andere.

»Geht's dir immer noch nicht besser?«, fragte meine Mutter besorgt und schaute mir in die Augen. Ich wusste, sie versuchte darin den wahren Grund für meine Appetitlosigkeit zu finden, doch ich starrte zurück und versuchte so unergründlich auszusehen, wie Liam das manchmal tat. – Ach Liam. Ich seufzte.

»Doch, geht wieder.«

»Wenn du über deine *Bauchschmerzen* reden willst, sag einfach Bescheid.« Sie zwinkerte mir zu und widmete sich weiter dem Essen, doch ich schüttelte nur zaghaft den Kopf.

Ich wusste nicht, ob ich das Angebot komplett ausschlagen würde, doch im Moment hatte ich keine Lust dazu. Nachdem das Abendessen beendet war, ging ich wieder in mein Zimmer und legte mich ins Bett. Die Nacht schlief ich immer noch nicht gut, aber besser als die letzte.

Als ich morgens aufstand, ging ich wie gewohnt unter die Dusche und, um ehrlich zu sein, fühlte ich mich danach gut. Wenn man das ganze Liam-Problem mal wegließ, könnte es sogar ein schöner Tag werden. Ich nahm mir ein paar Müsliriegel und machte mich auf den Schulweg. Hungrig biss ich in einen hinein und freute mich, dass er schmeckte, doch als ich in Sichtweite der Laterne war, sah ich Liam dort stehen und mir verging schlagartig der Appetit.

Ich warf den Riegel auf die Straße, steckte meine Hände in die Tasche und stapfte auf der gegenüberliegenden Straßenseite an Liam vorbei, doch dieser holte mich mühelos mit ein paar Sätzen ein.

»Guten Morgen, Emma«, nuschelte er mir entgegen.

Ich sagte nichts.

»Weißt du, ich würde wirklich gerne mit dir darüber reden.«

Ich sagte wieder nichts. Zufällig fanden meine Finger in der Tasche meinen Ipod. Ich holte ihn heraus und steckte mir die Stöpsel in die Ohren.

Liam hielt mich am Arm fest. »Emma, bitte!«

Ich schaute ihn nicht an, sondern machte die Musik so laut, dass ich nichts außer ihr mehr wahrnahm. So gingen wir schweigend nebeneinander her.

Auf dem Schulhof angekommen, kam Amilia uns entgegen und flirtete Liam ein »Guten Morgen, Süßer« entgegen.

Ätzend, wie sich diese hohe Stimme selbst durch meine Kopfhörer bohrte. Sie grinste mich an, doch ich ließ sie einfach stehen.

»Emma!« Liam schubste Amilia beiseite und rannte hinter mir her.

»Du solltest lieber nett zu mir sein!«, fauchte sie hinter ihm her.

Ich nahm all meine Kraft zusammen und drehte mich zu ihm um. »Geh ruhig zu ihr«, sagte ich, »stör dich nicht an mir«.

Ich wandte mich wieder ab und ging in das Schulgebäude. Liam ging nicht zurück zu Amilia, sondern folgte mir mit ein paar Metern Abstand. Auch wenn ich ihn nicht sehen wollte, beruhigte es mich irgendwie zu wissen, dass er wenigstens nicht zu ihr gegangen war.

In der Klasse angekommen, stand ein kleines Schokoladentörtchen auf meinem Platz und es lag ein kleiner Zettel daneben. Verblüfft schaute ich mich in der Klasse um. Wer das wohl dorthin gestellt hatte?

Da sah ich Kyle, der bereits auf seinem Platz saß, den Kopf auf eine Hand gestützt und mit einem ebensolchen Törtchen vor sich.

Oje, Kyle sah echt beschissen aus. Völlig übermüdet stocherte er mit dem Finger auf dem Kuchen herum. Ich nahm Platz und öffnete den Zettel.

Kalorien sind die beste Medizin und Schokolade soll glücklich machen

stand in einer furchtbaren Krakelschrift darauf. Es handelte sich hierbei unverkennbar um eine Männerhandschrift.

Ich blickte zu Kyle hinüber, der mich müde anlächelte. Von ihm war also der Schokokuchen. Ich nickte dankbar und lächelte ihn an.

Liam hatte sich wieder neben mich gesetzt. Zuerst wollte ich protestieren, doch nachdem ich sah, dass Dana heute neben Amilia saß, blieb mir wohl nichts anderes übrig, als ihn zu dulden.

Missbilligend beäugte er das Törtchen und sein Blick wanderte zu dem Zettel in meiner Hand.

»Was steht denn da drauf?«, fragte er neugierig.

»Nichts, was dich etwas angehen würde«, giftete ich zurück und schob mir den Kuchen in den Mund.

Kyle hatte bedingt recht. Schokolade machte zwar nicht wirklich glücklich, aber zumindest glücklichER.

Der Unterricht begann und ich bemerkte, wie Kyle einen Zettel schrieb, den er zu mir durchreichen ließ.

Guten Morgen Emma. Gut geschlafen?

Ich antworte:

Es geht so. Und du?

Liam beäugte die Zettel kritisch. Ich wette, er hätte zu gerne einen aufgemacht und gelesen, doch das hätte er sich mal wagen sollen. Dann begann er selbst einen zu schreiben. Ich rechnete fest damit, dass er mir das heimzahlen wollte und den Zettel zu Amilia durchreichen lassen würde, doch stattdessen schob er ihn zu mir.

Emma, können wir reden? BITTE!

Ich zerknüllte den Zettel und steckte ihn in meine Schultasche. Liam schrieb erneut:

Bitte Emma, es ist mir wirklich sehr wichtig.

Diesmal antwortete ich und schob den Zettel zurück.

Das hättest du dir vorher überlegen sollen, bevor du mich mit Amilia hintergangen hast.

Liam schnaubte, als er das las. Er nahm das Papier und begann zu schreiben. Dabei drückte er so fest auf, dass die Knöchel an seinen Fingern weiß hervortraten.

Ich habe dich nicht hintergangen!!! Ich könnte es dir erklären, wenn du mich nur lassen würdest!!!

Ich nahm den Zettel und steckte ihn ebenfalls in die Tasche. Ich hatte keine Lust mehr zu antworten.

Außerdem hatte unser Lehrer das mit dem Zetteln gesehen und es würde nicht lange dauern, bis er sie sich aushändigen ließ.

Enttäuscht sah Liam mich an.

Ich schluckte schwer, als ich den Kummer in seinen Augen sah. Doch schnell besann ich mich wieder. Schließlich hatte *er mich* mit Amilia betrogen. Wenn es ihm jetzt tatsächlich so leidtat, hätte er vorher darüber nachdenken sollen. Aber vermutlich hatte er auch nicht erwartet, dass klein dumm Emma ihm auf die Schliche kommen würde. Dem tollen allwissenden Liam. Da hatte er mich wohl etwas unterschätzt.

Wieder schrieb Liam einen Zettel, und als ich ihn öffnete, merkte ich, wie meine Augen wieder zu brennen begannen.

Ich vermisse dich!

Ich starrte auf den Zettel. Zu gern würde ich ihm das glauben. Doch ich wollte nicht. Konnte nicht. Ich zerriss die Nachricht und stopfte die Überbleibsel in meine Hosentasche.

Liam schaute mich traurig an, drehte sich dann aber zur Tafel, um dem Unterricht zu folgen.

Ich merkte, wie mein Kopf immer heißer wurde und mein Blick verschwamm. Ich stierte auf meinen Block und versuchte, mich zusammenzureißen, doch ich merkte, dass es mir diesmal nicht gelang. Scheiße! Das Letzte, was ich wollte, war wie ein Kleinkind vor der Klasse loszuheulen. Ich unterdrückte ein Schluchzen.

Liam drehte sich wieder zu mir und sah mich mitfühlend an. Konnte er das nicht mal sein lassen? Das machte alles nur noch schlimmer! Viel schlimmer! Er griff auf mein Bein und streichelte sanft über mein Knie. Vermutlich wollte er mir damit sagen, dass er für mich da war, doch Liam war ausnahmslos der Letzte, den ich jetzt sehen oder spüren wollte.

Ich rutschte weiter weg von ihm. Er begriff sofort und nahm seine Hand weg. Irgendwie machte sich ein Gefühl der Leere in mir breit, jetzt, wo Liam mich nicht mehr berührte. Doch ich wollte seine Hand nicht da haben. Wenn ich mir vorstellte, wo diese Hand noch vor kurzem überall gewesen war, wurde mir kotzschlecht.

Zum Glück läutete die Pausenglocke. Ich sprang auf, schnappte meinen Rucksack und ging nach Hause. Ich hörte Schritte hinter mir, doch ich wollte mich nicht umdrehen, also ging ich unbeirrt weiter. Die Person hinter mir begann zu laufen. Auch das noch! Aber ich versuchte erst gar nicht, vor Liam davonzulaufen. Das mit dem Nachlaufen hatten wir ja bereits und bis jetzt hatte ich dabei immer kläglich versagt. Also, wofür sich die Mühe machen?

»Hey Emma!« Verblüfft drehte ich mich um.

»Kyle?!« Ich glaube, ich klang ein bisschen zu fassungslos, da Kyle kurz innehielt.

»Ähm, sorry, ich wollt nicht stören«, begann er.

»Oh, nein nein!«, unterbrach ich ihn. Gut, er störte mich schon irgendwie, aber es war kein unangenehmes Stören. »Was gibt's?«, fragte ich so locker wie möglich.

»Hast du Lust auf nen Kaffee? Ich meine … ähm … ich möchte … momentan fällt's mir halt einfach schwer in der Klasse zu sitzen, wenn … weil … ach … du weißt schon …«, brach er ab. Ich nickte. Und ob ich wusste.

»Und ich möchte ungern jetzt schon nach Hause. Unsere Haushälterin ist eine alte Petze, weißt du?« Kyle lächelte. Und zwar ziemlich süß, wenn ich das mal so sagen durfte.

»Gern«, erwiderte ich.

»Gut, warte hier. Ich hol das Auto.«

Bevor ich etwas sagen konnte, joggte Kyle von dannen und binnen fünf Minuten war er mit dem Wagen zurück. Ich stieg ein und ließ mich auf den weißen Ledersitz fallen.

Kyles Audi war noch prolliger als Liams BMW. Doch daran hatte ich mich schon gewöhnt. Für die Schnöselkinder, wie ich sie gerne nannte, war das gar nichts Besonderes und musste deshalb auch nicht entsprechend gewürdigt werden.

***

Kyle fuhr aus der Stadt raus und ich befürchtete, dass er mich genau zu dem Café bringen würde, wo ich mit Liam bei meinem ersten Date gewesen war, aber zum Glück tat er das nicht.

Das Café, in das wir gingen, war nicht halb so romantisch und es war auch kein Vergleich, erst mit Liam und nun mit Kyle Kaffee trinken zu gehen, doch jede Abwechslung war mir momentan willkommen. Hauptsache, ich konnte ein paar Minuten mal an etwas anderes denken als an Liam und Amilia.

Kyle ging voraus und ließ die Tür hinter sich zufallen, sodass ich aufpassen musste, dass sie mir nicht ins Gesicht schlug.

Gut, das war schon mal der erste Unterschied zwischen den beiden. Obwohl ich das zuerst mehr als unhöflich fand, war ich froh, dass Kyle mich nicht so behandelte, wie Liam es tat.

Das Café war ziemlich modern eingerichtet. Glastische, schwarze Stühle mit Eisengestell, weiße Fließen. Es tat gut, dass es ganz anders war als das Holzhäuschen, in das Liam mich mitgenommen hatte. Wir bestellten uns einen Kakao und unterhielten uns.

Zu meiner Überraschung stellte ich fest, dass man das viel besser konnte, als ich immer gedacht hatte. Kyle war nicht im Geringsten so hohl, wie ich ihn immer eingeschätzt hatte. Meine einzige Bedingung war, dass ich weder über Amilia noch über Liam sprechen wollte und schon gar nicht über beide zusammen, und Kyle war damit mehr als einverstanden. Offensichtlich hatten wir mehr gemeinsam, als ich immer gedacht hatte.

Die meiste Zeit redete sowieso Kyle und ich war froh, einfach nur dasitzen und zuhören zu können. Er erzählte von seiner Familie, was sein Dad und seine Mom arbeiteten. Wie oft sie in den Urlaub fuhren und wie wenig er sie eigentlich zu Gesicht bekam.

Auf meine Frage hin, wie seine Kindheit gewesen war, wurde seine Stimme wehmütig. Er erzählte, dass sie ihm von klein auf jeden finanziellen Wunsch von den Augen abgelesen hatten. Er brauchte wohl nur zu sagen, wenn er etwas haben wollte, und schon bekam er es.

Zuerst war ich beeindruckt, doch als ich dann die andere Seite von Kyles Leben erfuhr, war ich froh, dass meines nicht so verlaufen war. Seine Eltern waren geschäftlich viel unterwegs und eigentlich hatte ihn die Haushälterin mehr oder weniger allein aufgezogen. Sie hatten sich nie mit ihm auf die Couch gekuschelt, hatten sich keine Zeichentrickfilme mit ihm angeschaut und er hatte auch keine Bücher vorgelesen oder Geschichten erzählt bekommen. Was für eine trostlose Kindheit.

Ich fragte mich, ob das der Grund war, warum Kyle manchmal so war, wie er eben war.

Auf einmal sah er auf die Uhr.

»Emma?«

»Ja?«

»Danke, dass du mitgefahren bist. Es tut gut, jemanden zum Reden zu haben.«

Ich lächelte. »Jederzeit wieder.«

Und das war keine leere Floskel. Das meinte ich wirklich ernst. An dem Spruch »Geteiltes Leid ist halbes Leid« schien tatsächlich etwas dran zu sein. Wir tranken unseren Kakao leer und machten uns auf den Heimweg. Kyle hatte die Befürchtung, dass die Putzfrau sonst doch noch Verdacht schöpfte und seinem Dad erzählte, dass er die Schule geschwänzt hatte.

Zuerst war ich ein wenig verwundert. Schließlich gab Kyle sich immer so, als wäre er über alles erhaben und jeder könnte ihn am Arsch lecken, doch irgendwie schienen seine Eltern es trotzdem geschafft zu haben, ihm gehörig Respekt einzuflößen.

Kyle fuhr mich nach Hause und ich ging hinein. Meine Mom schien beschäftigt, also konnte ich mich unbemerkt in mein Zimmer verdrücken.

Da klingelte es an der Haustür. Ob Kyle was vergessen hatte?

Ich ging die Treppe hinunter und öffnete. Es war Liam, mit einer langstieligen Rose in der Hand.

»Was willst du?«, fragte ich forsch.

»Mir dir reden.«

Ich wollte die Tür zuknallen, doch Liam schob seinen Fuß dazwischen.

»Bitte«, sagte er.

Und in diesem »Bitte« lag so viel Gefühl, dass ich gar nicht anders konnte, als nachzugeben. So wie ich Liam kannte, würde er sowieso nicht aufhören mich zu nerven, bevor ich mir das anhörte, was er zu sagen hatte, also ließ ich ihn eintreten.

Ich nahm ihn jedoch nicht mit in mein Zimmer, sondern ließ ihn in der Küche Platz nehmen. Ohne einen Kommentar, warum und wieso, setzte sich Liam. Ich setzte mich nicht, sondern lehnte mich an die Küchenzeile.

»Also?«, fragte ich.

Ich dachte über die Zeitschrift meiner Mutter nach und stellte fest, dass ich mich eindeutig nicht mehr in der Mitleidsphase, sondern in der Wutphase befand.

»Zu allererst möchte ich klarstellen, dass ich dich nicht betrogen habe. Das würde ich nie tun.«

Ich sah ihn an, gab aber keine Antwort.

Liam seufzte. »Zwischen mir und Amilia läuft nichts. Da ist nie was gelaufen und da wird auch nichts laufen.«

Ich zog skeptisch die Brauen nach oben und merkte, wie ich schon wieder mit den Tränen kämpfte. Zu gern würde ich ihm das glauben. Zu gern hätte ich meinen Liam wieder. Würde mich von ihm in den Arm nehmen lassen, damit er mir sagen konnte, dass er mich liebte und dass es nie eine Andere geben würde. Doch was konnte ich ihm noch glauben?

»Und warum erzählst du mir dann, dass du *wichtige Sachen* zu erledigen hast, und triffst dich dann mit *ihr*?«

Wut schäumt schon wieder durch meinen Körper, wenn ich nur daran dachte. Ich atmete tief ein und versuchte mich zu beruhigen. Gerade, als Liam antworten wollte, kam meine Mom herein.

»Oh, Liam, schön dich zu sehen! Warum sitzt ihr denn hier unten in der Küche?« Dann blickte sie zu mir. »Möchtest du ihm nicht was zu trinken anbieten?«

»Nö«, sagte ich kurz und knapp.

Verdattert blickte meine Mutter mich an. Sie wusste nicht, was sie davon halten sollte, warum ich plötzlich so abweisend war, wo ich doch sonst bei dem Namen Liam immer total aus dem Häuschen gewesen war.

»Solltest du aber«, sagte sie und blickte zwischen mir und Liam hin und her.

»Na gut. Wie du willst. Liam, was darfs sein? Ein bisschen Wasser, zum Schlabbern?«

Ohne eine Antwort abzuwarten – ich wusste, Liam würde sowieso ablehnen, egal was ich ihm anbot – holte ich eine silberne Rührschüssel aus dem Schrank, ließ Leitungswasser hineinlaufen und knallte sie Liam vor die Füße. Liam schaute ein bisschen entsetzt, doch ich war mir sicher, jeder Hund hätte sich darüber gefreut. Sagte er schließlich nicht immer, der Wolf in mir mag das?

»Emma!« Meine Mutter schien entrüstet. »Sei doch nicht so unhöflich. Liam ist doch kein Hund!«

»Ist er nicht?«, stellte ich die Gegenfrage.

Ich merkte, wie Liam die Luft anhielt. Aber ich hätte ihn nicht verraten. Erstens war ICH kein Verräterschwein und zweitens, wer würde mir das glauben? Und auch, wenn ich Liam gerade erwürgen könnte, ich würde nie wollen, dass ihm etwas passierte. Dafür liebte ich ihn immer noch zu sehr.

»Ähm … ich lass euch dann mal allein.« Kopfschüttelnd verließ meine Mom die Küche. Gut, dass sie so schnell kapiert hatte, dass sie störte.

»Also?«, sprach ich Liam an, der etwas verletzt auf die Metallschüssel hinabsah. Plötzlich tat mir furchtbar Leid, was ich da getan hatte. Ich wusste doch, dass Liam sowieso schon ein Problem mit seinem Werwolf-Dasein hatte. Musste ich auch noch darauf herumhacken?

Ich hob die Schüssel auf und schüttete das Wasser aus. Danach nahm ich ein Glas, füllte es mit Cola und schob es etwas versöhnlicher zu ihm herüber.

»Danke«, murmelte er.

»Also?«, fragte ich noch mal, diesmal aber ruhiger.

»Es stimmt. Amilia und ich treffen uns schon seit ein paar Monaten.«

Ich schnappte nach Luft. Also doch!

»Aber es ist nicht so, wie du denkst. Amilia und ich haben eine Art Abkommen. Sie bringt mir etwas bei, was ich nur für dich zu lernen versuche.«

Verwirrt blickte ich ihn an.

»Und was soll das sein?«

»Das darf ich dir leider nicht sagen, Emma. Aber bitte glaub mir doch, Amilia ist mir völlig egal.«

Seine Augen füllten sich mit Tränen und auch ich merkte, wie ich bei seinem Anblick schon wieder anfing zu weinen. Leise aber stetig kullerte eine Träne nach der anderen über meine Wange. Liam stand auf und ging zu mir. Er nahm mich in den Arm. Wie gut das tat. Ich weinte mehr und Liam streichelte mir leicht über die Haare.

»Sch ...«, machte er, »bitte hör auf damit. Dafür gibt's überhaupt keinen Grund. Ehrlich, Emma.«

Ich machte mich von ihm los. »Dann sag mir doch, um was für ein Abkommen es sich handelt.«

»Das kann ich nicht.«

Er hob mein Kinn an und sah mir eindringlich in die Augen. Ich ging einen Schritt zurück. So nah bei ihm war ich einfach nicht Herr meiner Sinne.

»Gut«, begann ich, »wir machen einen Deal.«

Liam schaute auf.

»Wenn du mir sagst, was du da mit Amilia treibst – außer das Offensichtliche, das eindeutig nach Picknick und Flirterei aussah – bin ich vielleicht gewillt dir zu verzeihen.«

Liam schaute mich traurig an. »Emma, ich habe dir doch gesagt, ich darf es dir nicht sagen.«

»Nicht mal, wenn du mich dadurch verlierst?«, fragte ich.

Ich sah, wie Liam innerlich mit sich rang und ich dachte, ich hätte gewonnen, doch dann sagte er leise: »Nicht mal dann.«

Ich schluckte. Das war ein Statement.

So großartig konnte er mich ja nicht lieben, wenn er zulassen würde, dass unsere Beziehung wegen so einer Nichtigkeit – so wie er es betitelte – in die Brüche ging.

Ich straffte meine Schultern. »Gut, dann soll es wohl so sein.«

Entsetzt blickte Liam auf. »Bitte, Emma, tu das nicht. Ich liebe dich! Ich brauche dich!«

Doch ich schüttelte den Kopf. Seine Worte hatten mich wie Pfeile in die Brust getroffen, doch ich musste mich damit abfinden, dass es alles nur leere Worte waren.

Liam stand auf. Er sah aus, als würde er jeden Moment zusammenbrechen. Aber warum sollte es ihm besser gehen als mir?

»Eine Frage noch«, Liam hielt sich am Küchentisch fest, als bräuchte er eine Stütze.

»Ja?«, fragte ich.

»Wo warst du vorhin?«

Verdattert über die Frage, antwortete ich wahrheitsgemäß. »Kakao trinken.«

Liam zog die Augenbrauen hoch und ich kam mir schlecht vor, weil das ja eigentlich »unser« Date war.

»Mit wem?«, kam blitzartig als Gegenfrage.

Ahh, daher wehte der Wind. »Mit niemandem«, sagte ich leichtfertig.

»Emma. Ich hab dich und Kyle gesehen.«

Ich zuckte mit den Schultern. »Warum fragst du dann?« Ich sah, wie seine Finger den Küchenstuhl umklammerten.

»Emma, tu mir einen Gefallen und halt dich von Kyle fern.«

Zuerst wusste ich nicht, was ich sagen sollte, doch erneut schwappte eine Welle der Wut über mich hinweg. Wie ich nämlich feststellen musste, gab es neben Eifersuchtswellen auch gigantische Wutwellen.

»Warum? Kyle ist nur nett zu mir.«

»Emma, Kyle ist nie einfach nur nett.«

»Ach, du darfst dich mit anderen Frauen treffen, aber ich nicht mit anderen Männern?«, fragte ich bissig.

Liam seufzte, dann blickte er mir kämpferisch in die Augen. Irgendwie war das ziemlich einschüchternd.

»In der Tat wäre es mir lieber, wenn du dich nicht mit anderen Männern treffen würdest, sondern mich zurücknimmst.« Er machte eine kurze Pause. »Aber wenn du mich nicht mehr willst und gerne einen anderen Mann hättest, nimm bitte nicht Kyle.«

Ich war total verblüfft über seine Ehrlichkeit. Welcher Mann gab schon gerne zu, dass er die Frau, die ihn gerade abgewiesen hatte, trotzdem zurückhaben wollte? Doch dann fing ich mich wieder.

»Kyle hat mich getröstet, weil du mich hintergangen hast! Und er ist selbst traurig, weil du ihm seine Freundin ausgespannt hast!«, schleuderte ich ihm wütend entgegen.

»Emma, Kyle ist nicht der Typ für große Trauer. Du hattest ihn doch immer richtig eingeschätzt. Woher diese Wandlung?«

»Tja, vielleicht bin ich nicht besonders gut darin, Leute einzuschätzen. Womöglich habe ich mich bei ihm geirrt? So wie bei dir?«

Ich merkte, wie Liam beim Satzende zusammenzuckte. Er ging zur Tür, drehte sich dann noch einmal um.

»Pass einfach auf dich auf, Emma. Und wenn du Hilfe brauchst: Du kannst mich immer anrufen. Egal, wie das jetzt zwischen uns ist und ob du Kyle jetzt lieber hast.«

Dann verließ er das Haus und ich begann erneut zu weinen. Liam war so blöd. Er verstand rein gar nichts. Ich wollte Kyle nicht! Nie und nimmer! Er war einfach nur nett, weil Liam mich im Stich gelassen hatte. Doch deswegen wollte ich doch nichts von ihm. Er hatte mich lediglich getröstet und zugegeben: Er war wirklich nett gewesen. Aber es brauchte schon mehr, damit ich mich für jemanden interessierte.

Außerdem liebte ich Liam immer noch abgöttisch. Und dass er mich so einfach aufgab, weil er mir nicht sagen wollte, was da zwischen ihm und Amilia war, schmerzte so unheimlich, dass sich dafür keine Worte fanden.

Ich ging zurück in mein Zimmer, legte mich aufs Bett und starrte die Decke an. Wieder liefen mir Tränen aus den Augenwinkeln. Oh Mann! Ich entwickelte mich noch zu einer richtigen Heulsuse. Ich holte den Ipod aus der Tasche, machte die Musik an und versuchte mich auf die Liedtexte zu konzentrieren, damit all meine Gedanken aus meinem Kopf verschwanden, doch leider klappte das nur halbherzig.

***

Die Wochen verstrichen und Liam legte sich mächtig ins Zeug, mir zu beweisen, dass er mich immer noch liebte und zurückhaben wollte. Es verging kein einziger Tag, an dem ich nicht eine kleine Botschaft in Form eines Liebesbriefes oder Gedichtes auf meinem Platz vorfand.

Jaaa … Liam war echt hartnäckig und ich bewunderte, dass er nicht aufgab, obwohl ich nicht mehr als nötig mit ihm sprach und auch jedes seiner Schreiben unbeantwortet ließ.

Theoretisch war das ja auch alles mehr als süß und vielleicht wäre ich sogar versucht gewesen, über die Picknick-Flirterei-was-auch-immer hinwegzusehen. Aber wie gesagt: Nur theoretisch. Auf der anderen Seite hatte es sich nämlich Amilia zur Aufgabe gemacht, zu einem weiblichen Liam zu mutieren und brachte ihm jeden Tag irgendwelche Leckereien mit.

Liam machte zwar den Eindruck, als wäre er mehr als gequält mit Amilias Annäherungsversuchen, doch er war nie unhöflich zu ihr oder stieß sie vor den Kopf. Und solange das so war, konnte ich ihm einfach nicht glauben, dass er wirklich *nur nett* zu ihr war. Wenn er nichts von ihr wollte, warum sagte er ihr dann nicht einfach, dass sie damit aufhören sollte?

8. Kapitel

Nach Schulende wartete Kyle auf mich.

»Hey, Emma. Soll ich dich nach Hause fahren?«

Ich blickte sehnsüchtig zu Liam hinüber, der gerade das Schulgebäude verließ. Auch er sah mich aus traurigen Augen an und kurz überlegte ich, Kyle eine Absage zu erteilen und zu ihm zu gehen, doch wie aufs Stichwort kam Amilia hinter Liam her, legte den Arm um Liams Hüften und flüsterte ihm irgendetwas ins Ohr.

Liam entwand sich ihrer Berührung und reagierte gar nicht auf das, was Amilia zu ihm gesagt hatte, doch allein, dass er diese Nähe von ihr zuließ, reichte mir, um Kyle ein überfreundliches »Ja bitte« zuzulächeln.

Wir gingen zu seinem Auto und stiegen ein. Kyle ließ den Motor an und parkte gekonnt aus. Dann fuhren wir los.

»Sag mal, Emma, hast du Lust, heute mit mir in die Stadt zu fahren? Ich wollte ein bisschen bummeln gehen.«

Ich sah Kyle bestürzt an. Gut, Kyle war netter als ich gedacht hatte, aber dass der Testosteron-geladene Kyle wie eine Tussi »bummeln« gehen wollte, machte mir nun doch ein bisschen Angst.

Was sollte mich da erwarten? Fehlte nur noch, dass er eine pinke Handtasche von dem Rücksitz hervorholte, ein paar Stilettos anzog, mit der Handtasche wedelte und dazu gebrochen sagte: »Die Handetasche e musse lebendig sein.«

Kyle schniefte und seine Augen waren verdächtig rot. »Ich dachte nur … Amilia hat das immer gern getan.«

Oh. Der arme Kyle. Er schien sie echt zu vermissen.

Eigentlich hatte ich ja überhaupt keine Lust zum Shoppen. Ich ging prinzipiell nur einkaufen, wenn ich tatsächlich etwas brauchte, doch Kyle tat mir total leid, also willigte ich ein.

»Ich hol dich in 'ner Stunde ab.«

»Ist gut«, flötete ich ihm zu, während ich ausstieg und ihn aufmunternd anlächelte. Auch Kyle lächelte – wenn auch halbherziger, als ich es tat.

***

Sein Kommen kündigte sich durch lautes Autoreifenquietschen an. Ich ging die Treppe hinunter und meine Mutter stand skeptisch vor der Haustür und linste hinaus.

»Himmel, Emma, was ist denn das für ein Rowdy? Ist der etwa zu dir gekommen?«

Ich nickte. »Das ist Kyle. Weißt du noch? Der an meinem Geburtstag dein Essen so gemocht hat.«

Meine Mutter blickte kritisch wieder zu dem Fahrzeug. »Aha. Weiß Liam, dass du mit anderen Männern ausgehst?«

Ich wurde rot. So wie sie es betitelte, ließ mich das aussehen, als wäre *ich* die treulose Tomate. Dabei war es doch Liam, der mit anderen Frauen ausging. Ausging?! Wohl eher »sich verwöhnen ließ wie eine kleine überfressene, sich im Speck suhlende Larve«.

Ich antwortete ihr nicht und öffnete stattdessen die Haustür.austür.

»Sag ihm, er soll vorsichtig fahren«, verabschiedete mich meine Mutter mahnend.

»Mach ich«, antwortete ich und gab ihr einen Schmatz auf die Backe.

Meine Mutter schien gar nicht erfreut darüber zu sein, doch sie ließ mich gehen.

»Hey, Emma«, begrüßte Kyle mich.

Etwas verdutzt grüßte ich zurück. Dieser Kyle hatte nichts mehr mit dem Häufchen Elend gemeinsam, mit dem ich vorhin noch im Auto gesessen hatte.

Schlagartig dachte ich an Liams Worte »Kyle ist nie einfach nur nett.« Kurz zögerte ich, mich zu ihm ins Auto zu setzen, doch nachdem Kyle mir ein aufmunterndes »Kommst du?« zuflötete, stieg ich ein.

Vielleicht versuchte er auch einfach nur, stark zu sein und mich auf andere Gedanken zu bringen. Oder sich selbst.

Wir bummelten durch die Stadt und ich musste gestehen, dass es ein angenehmes Bummeln war. Wir drückten uns die Nasen an den Schaufenstern platt und waren uns aber einig, kein Geschäft zu betreten, sollte nicht unser Leben davon abhängen.

Nachdem wir uns beide einen Eisbecher zum Mitnehmen gekauft hatten, verließen wir das große Kaufhaus wieder und schlenderten die Straßen entlang, bis wir zu einer großen Brücke kamen.

Ich setzte mich auf das Geländer und Kyle blieb neben mir stehen. Er meinte, das wäre sicherer. So könnte er mich am schnellsten packen, sollte ich alter Tollpatsch hinunterfallen. Ha ha. Sehr witzig! Doch es war einfach zu herrlich, um mich über diese Neckerei zu ärgern.

Das Wetter war toll, Kyle entpuppte sich immer mehr als angenehme Gesellschaft und ich hatte ein Eis in der Hand. Ich fühlte mich so leicht, dass ich mir sicher war, dass selbst wenn ich von dem Geländer runterfallen würde, ich wie ein Vogel in die Lüfte steigen könnte. Fast hätte ich Liam für einen Moment vergessen können, aber nur fast.

Plötzlich blickte Kyle zu mir auf. »Emma?«

»Mmh?«, fragte ich gut gelaunt und wackelte mit den Füßen hin und her, während ich mir einen besonders großen Löffel Eis in den Mund schob.

»Dein Vater muss ein Dieb gewesen sein.«

»Warum das denn?«

»Er hat die Sterne vom Himmel gestohlen und sie dir in die Augen gesetzt.«

Ich erstarrte und verschluckte mich prompt an meinem Eis. Ich hustete und blickte entsetzt in Kyles Richtung. Das hatte er jetzt nicht wirklich gesagt, oder?! Hallo? Wie peinlich war das denn?! Ein dämlicherer Spruch war ihm wohl nicht eingefallen.

Ich hustete immer noch. Das kam eben davon, wenn man beim Eis essen mit so einer idiotischen Anmache konfrontiert wurde und dadurch versuchte, Eis mit der Luftröhre aufzunehmen.

»Hast du dich verschluckt?«, fragte Kyle besorgt und tätschelte mir das Knie.

»Geht schon«, brachte ich hervor, hustete aber weiter.

Mein Kopf war knallrot. Ich war aber nicht sicher, ob es an dem Verschlucken lag oder an Kyles Annäherungsversuch. Ich nahm an, es war eine Mischung aus beidem.

Nachdem ich mich halbwegs wieder beruhigt hatte, rutschte Kyle näher an mich heran. Ich reagierte gar nicht auf das, was er eben zu mir gesagt hatte. Wie auch? Was hätte ich auf solch eine Peinlichkeit antworten sollen? Doch das brauchte ich gar nicht. Er ergriff erneut das Wort.

»Du, Emma, sag mal, tun dir eigentlich nicht die Füße weh?«

Was? Zuerst wollte ich fragen, wie er darauf kam, als ich verwirrt auf meine Sneakers hinuntersah, doch andererseits war ich heilfroh über diesen Themenwechsel. Vermutlich kannte er das von Amilia, die ja immer nur in Highheels herumlief, die so hoch und spitz waren wie kleine Eifeltürme.

Ich lächelte. »Nö. Sollten sie?«

»Nun ja, ich vermute es. Schließlich gehst du mir schon den ganzen Tag im Kopf herum.«

Wenn ich eben schon gedacht hatte, ich könnte ein bestürztes Gesicht machen, hätte man dieses jetzt sehen sollen. Ich öffnete den Mund, um etwas zu antworten. Doch dann klappte ich ihn wieder zu. Mir wollte beim besten Willen nichts einfallen, was ich darauf hätte erwidern können, was nicht beleidigend und verletzend gewesen wäre und was mich weniger peinlich berührt aus dieser Gefahrenzone gebracht hätte.

Ich meine, was dachte er sich dabei? Für was für eine Hohlbirne hielt er mich? Es mochte ja sein, dass Amilia darauf ansprang – aber ich doch nicht! Entrüstet und immer noch geschockt ließ ich mich von dem Geländer gleiten.

»Ähm ... mir ist gerade noch was sehr Wichtiges eingefallen. Ich muss gehen«, log ich und lächelte entschuldigend.

Gerade, als ich mich auf den Weg machen wollte, fasste Kyle mich am Arm und hielt mich fest.

»Jetzt komm schon, Emma. Das glaubst du doch wohl selbst nicht. Glaubst du etwa nicht an Liebe auf den ersten Blick?«

»Hä?«

Ach du liebe Güte! Was um alles in der Welt war in ihn gefahren? Ich war ja selbst wegen Liam schon ziemlich neben der Spur, aber das hier schoss doch wirklich den Vogel ab. Ich schüttelte vehement den Kopf.

»Nein? Soll ich dich nach Hause fahren und dann nochmal vorbeikommen?« Kyle wackelte anzüglich mit den Augenbrauen.

»Ähm ... Kyle, also ... du, äh ... verstehst da was falsch«, stammelte ich mir einen ab, während er näherrückte.

Unbewusst trat ich einen Schritt zurück und stieß mit dem Rücken gegen das Geländer.

»Aber Emma ... hab dich doch nicht so.«

Und da war es wieder: Kyles typisches hämisches Speckbackengrinsen, wie es leibte und lebte. Kyle steckte sich seinen Finger in den Mund und leckte ihn genüsslich ab, bevor er mir damit auf die Schulter tippte. Angewidert betrachtete ich die Stelle, die nun feucht von seiner Spucke war. Wie eklig! Doch er ließ nicht locker:

»Na? Willst du nicht aus den nassen Klamotten raus?«, schäkerte er weiter.

So! Jeder, der mich kannte, wusste, dass ich mich bis zu einem gewissen Grad beherrschen konnte. Doch das war jetzt vorbei. Ich blickte in sein Gesicht, dann wieder auf die Spuckereste auf meiner Schulter und dann wieder zu ihm, der immer noch selbstgefällig grinsend vor mir stand und sich für unwiderstehlich zu halten schien. Dann brach ich in schallendes Gelächter aus.

Schlagartig verfinsterte sich Kyles Miene und er umfasste mit beiden Armen das Geländer, sodass er mich geradezu daran festpinnte.

»Jetzt hör mir mal gut zu, Zuckerpuppe«, begann er und die Aggressivität in seiner Stimme machte mir deutlich, dass ich den Bogen überspannt hatte und nun besser gut aufpassen sollte. Also blieb ich mucksmäuschenstill vor ihm stehen und starrte ihm in seine vor Zorn verengten Augen.

Schade, dass kein Hirte in der Nähe war. Er hätte mich sicher für ein verängstigtes Lämmlein gehalten, so weit, wie ich die Augen aufgerissen hatte, und er hätte mich zügig zu meiner Herde zurückgetrieben.

Kyle räusperte sich und ich schenkte ihm meine ganze Aufmerksamkeit.

»Ich hab mir nicht die ganze Zeit deine blöde Heulerei über Liam angehört, nur um jetzt nicht auf meine Kosten zu kommen. Er hat mein Mädchen, also gehörst du jetzt mir«, blaffte er mich an. »Hattest du dir eigentlich die sexy Unterwäsche gekauft? Ich bin schon sehr gespannt, wie du darin für mich aussiehst.«

Ich schluckte. Hieß das etwa das, was ich vermutete? Mir wurde unwohl. Gegen ihn hatte ich nicht die geringste Chance. Was sollte ich nur tun? Nun gut, da Flüchten im Moment nicht in Frage kam (Kyle hätte mit Sicherheit erst ein Flugzeug auf den Kopf fallen müssen, bevor er das Geländer wieder losließ und den Weg freigab), beschloss ich »Angriff ist die beste Verteidigung«, straffte die Schultern und versuchte, besonders überlegen zu klingen.

»Kyle«, ermahnte ich ihn. »Geh mir sofort aus dem Weg, sonst wird dir etwas Furchtbares passieren«, drohte ich.

Nun war Kyle an der Reihe, mich auszulachen. Und nachdem ich den Satz, den ich soeben gesagt hatte, in meinem Kopf nochmal Revue passieren ließ, konnte ich ihn sogar noch verstehen.

Ich meine … »Dir wird etwas ganz Furchtbares passieren«. Wer war ich? Harry Potter? Wollte ich ihn mit einem Zauberspruch von mir schleudern?

Wenigstens hatte ich den Eindruck, dass sein Zorn verflogen war, da er immer noch herzhaft lachte. Nachdem er sich halbwegs beruhigt hatte, ergriff Kyle wieder das Wort.

»Ach, Emma, du kannst ja richtig witzig sein. Aber du brauchst dir keine Gedanken zu machen. Ich verspreche dir, es wird dir gefallen. Du musst wissen, ich bin echt gut.«

Was hatte ich mir nur dabei gedacht, mit Kyle in die Stadt zu fahren? Ich hatte doch nicht wirklich geglaubt, dass er sich geändert hatte? Wieder grinste er dämlich, leckte sich anzüglich über seine Lippen, schloss die Augen und kam mir mit gespitztem Mund immer näher.

Da ich mir nicht anders zu helfen wusste, hob ich vorsichtig eine Hand noch oben, ballte eine Faust, holte soweit ich konnte aus und ließ sie auf Kyles Nase krachen. Und wenn ich sagte krachen, meinte ich krachen. Das Geräusch, was Kyles Nase beim Aufprall meiner Hand von sich gab, ging mir durch Mark und Bein und hörte sich an, als hätte man ein paar Zweige entzwei getreten.

»Auuuu!!!!«, jaulte Kyle los und hielt sich seine Nase, während er durch die Gegend hüpfte, als würde er auf heißen Herdplatten stehen. Ich sah, wie Blut auf sein Hemd tropfte. O mein Gott! Was hatte ich da getan?

»Kyle?«, sprach ich ihn an, doch ich traute mich nicht wirklich, näher an ihn heranzugehen. »Kyle, nimm mal die Hand weg.«

Ich hatte nicht erwartet, dass Kyle meiner Aufforderung Folge leisten würde, doch er sah mich nur erschrocken an, als er die Hand wegnahm.

»Ach du liebes Bisschen«, entfuhr es mir. Seine Nase hatte sich bereits leuchtend lila verfärbt, nahm immer mehr die Größe und Form einer dicken Kartoffel an, so angeschwollen war sie und Blut schoss sturzbachartig aus beiden Nasenlöchern.

»Was ist?«, fragte mich Kyle, als er in mein entsetztes Gesicht blickte. Wortlos zog ich ihn am Arm von der Brücke hinunter, vor das nächste Schaufenster. Als Nicht-Tussi konnte ich leider nicht mit einem Handtaschenspiegel dienen. Er begutachtete sich in der Scheibe und betastete behutsam seine Nase.

»Kyle, ich ...«, stotterte ich los, doch Kyle ließ mich nicht ausreden.

»Du Miststück hast mir meine Nase gebrochen!«, schrie er fassungslos und ich zuckte unfreiwillig zusammen.

Ich hatte Kyle schon oft sauer erlebt, doch das hier war eine ganz neue Dimension davon.

»Kyle, es tut mir ...«, doch weitersprechen konnte ich nicht, da hatte Kyle mich bereits am Hals gepackt, und zwar so fest, dass ich Mühe hatte, überhaupt noch Luft zu bekommen. Wie ein Welpe winselnd versuchte ich krampfhaft seine Hand von meinem Hals zu lösen, kratzte ihn, versuchte seine Finger zu öffnen, doch Kyles Griff war eben typisch Kyle.

Ich dachte wieder an meine ursprüngliche Definition von Gyle-Kyle. Dass er sich einfach mit G-Worten am besten beschreiben ließ. Schlagartig schoss mir das Wort »Granit-Griff« in den Kopf. Sollte ich das hier überleben, würde ich dieses Wort in meine Sammlung aufnehmen.

Ein paar Passanten gingen an uns vorbei und blickten verstohlen in unsere Richtung, doch keiner traute sich irgendetwas zu sagen. Einerseits war das ärgerlich. Ich meine, war das nicht unterlassene Hilfeleistung?! Andererseits konnte ich es gut verstehen. Wenn man sich dieses Untier von Kyle ansah, war es mit Sicherheit ratsam, die Aufmerksamkeit nicht auf sich zu lenken und sich lieber klammheimlich aus dem Staub zu machen, um dann aus sicherer Entfernung die Polizei zu rufen.

»Du kleine Schlampe, dir werd ich schon noch Manieren beibringen«, drohte Kyle weiter, während ich das Gefühl hatte, dass seine Hand immer fester zudrückte.

Ich japste nach Luft und dachte, mein letztes Stündlein hätte geschlagen, da hörte ich Liams Stimme.

»Lass sie los, sonst ...«, forderte er ohne viele Umschweife. Ich blinzelte und entdeckte Liam hinter Kyle, lässig gegen ein Schaufenster gelehnt. Wie war er dorthin gekommen?

»Was *sonst*?«, antworte Kyle in einem herausfordernden Ton. Wäre ich in diesem Fall nicht die Leidtragende gewesen und ginge es hier nicht grade um meine Luftröhre, die diesem Hardcore-Belastungstest standhalten musste, hätte das alles ziemlich interessant werden können.

»Tu es«, befahl Liam erneut.

Kyle ließ mich los und ich glitt zu Boden wie einer dieser grünen Slimi-Klumpen, die man auf dem Jahrmarkt kaufen konnte. Die, die man als Kind immer gegen die Wand warf, wo sie hässliche graue Fettflecken hinterließen (sehr zum Ärger jeder Mutter), während man darauf wartete, dass sie langsam heruntertropften.

Ich betastete meinen Hals. Ich wusste nicht, was ich gedacht hatte vorzufinden, doch angesichts Kyles unmenschlicher Kraft vermutlich wenigstens ein paar Vertiefungen seiner Finger.

Kyle jedoch schien jetzt jemand Neues gefunden zu haben, an dem er seine Wut auslassen konnte.

»Was willst du überhaupt hier? Ihr seid nicht mehr zusammen«, fuhr Kyle Liam an, doch dieser stand immer noch seelenruhig an die Schaufensterscheibe gelehnt und entgegnete mit einer stoischen Ruhe, die man sonst nur bei Schafen fand (der Wolf im Schafspelz, hihi), als wenn es das Selbstverständlichste auf der Welt wäre: »Emma gehört mir. Und das weißt du auch.«

Zuerst wollte ich mich darüber beschweren. Ich *gehörte* schließlich gar keinem. Aber in Anbetracht der Situation wollte ich Liam ungern vergraulen. Nicht, dass er mich mit dem Wahnsinnigen (warum fängt dieses Wort eigentlich nicht mit G an?!) Kyle wieder allein ließ.

»Dir?«, höhnte Kyle, doch plötzlich schien er etwas unsicher zu werden. »Habt ihr euch etwa gepaart?«, fragte er zweifelnd.

Gepaart??? Was waren wir? Tiere?! Doch Liams Antwort war noch besser!

»Noch nicht.«

Das war doch alles nicht mehr zu fassen. Über mich wurde hier diskutiert, als wäre ich irgendein Vieh, das keine eigene Meinung hatte. Oder noch besser: was keine eigene Meinung haben durfte. Ich rappelte mich auf, straffte die Schultern und ging schnurstracks auf die beiden Streithähne zu. Zuerst wandte ich mich an Kyle.

»Von dir hatte ich wirklich gedacht, dass du gar nicht das Arschloch bist, für das ich dich immer gehalten habe.« Kyle grinste triumphierend, während Liam etwas ungläubig aus der Wäsche guckte. »Aber ich hatte unrecht. Du bist noch ein viel größeres Arschloch! Ich will nie wieder etwas mit dir zu tun haben!«

Kyles Mund war zu einer Antwort geöffnet, klappte aber hörbar wieder zu.

Dann wandte ich mich an Liam, der mich aufmerksam ansah und diesen vertrauten liebevollen Ausdruck in den Augen hatte. Schon wieder spürte ich ein Brennen in meinen Augen.

»Und von dir ... bin ich maßlos enttäuscht.«

Liam nickte, als würde er mir Recht geben. Wenn ich es nicht besser gewusst hätte, hätte ich behauptet, dass ich in seinen Augen ebenfalls ein feuchtes Glitzern sah.

Dann ließ ich die beiden ohne ein weiteres Wort einfach stehen und ging zur nächstbesten Bushaltestelle, um mich auf eine sehr lange und langweilige Heimfahrt zu machen. Ich setzte mich ziemlich weit nach hinten an einen Fensterplatz und starrte hinaus.

Es war bereits dunkel, als ich endlich zu Hause ankam. Ich wollte mich lautlos in mein Zimmer schleichen, um von niemandem bemerkt zu werden, doch ich hatte den Schlüssel noch nicht richtig in der Haustür herumgedreht, da stand meine Mutter schon parat.

Ich hatte zwar schon seit ungefähr einer halben Stunde nicht mehr geweint, doch ich war mir sicher, dass man es mir noch sehr gut ansehen konnte.

»Bitte, nicht jetzt«, sagte ich zu meiner Mutter, die nickte und wieder in der Küche verschwand.

Ich eilte hinauf, in der Hoffnung, nicht auch noch meinem Dad über den Weg zu laufen. Ihn hätte ich mir sicherlich nicht so schnell von der Pelle schaffen können. Doch ich hatte Glück und konnte unbemerkt in mein Zimmer schlüpfen.

***

Es dauerte noch keine zehn Minuten, da klingelte es an der Haustür. Wer konnte das wohl sein? Ich zog mir die Bettdecke über den Kopf. Meine Mutter würde wohl schlau genug sein, mir in meinem Zustand keinen Besuch hinaufzuschicken. Keine zwei Minuten später klopfte es an meiner Zimmertür.

Tja. Da hatte ich meiner Mom wohl zu früh ein paar Vorschusslorbeeren erteilt. Ich richtete mich auf. Unsicher, wer das sein könnte. Ich konnte mir nicht vorstellen, dass Kyle gekommen war, um mich zusammenzuschlagen. Das heißt, natürlich konnte ich mir das vorstellen. Doch ich dachte nicht, dass er dreist genug wäre, das hier bei mir zu Hause zu tun. Ich müsste mich wohl eher morgen in der Schule in acht nehmen. Bevor ich weiter darüber nachdenken konnte, hörte ich Liams samtweiche Stimme hinter der Tür.

»Darf ich reinkommen?«

Zu gern hätte ich »JA!« geschrien, ihn in die Arme genommen und mich dafür bedankt, dass er mich vor dem Erwürgungstod bewahrt hatte, doch dann fiel mir das »noch nicht« wieder ein und ich antwortete: »Nein.«

Trotzdem öffnete Liam die Tür und kam zu mir ans Bett. Verwirrt schaute ich ihn an.

»Welchen Teil von *Nein* hast du nicht verstanden?«, fragte ich, doch ich wollte wütender klingen, als ich es letztendlich tat.

»Bevor du irgendetwas sagst und mich rausschmeißt: Gib mir fünf Minuten und ich verschwinde wieder.«

Ich nickte. Auch wenn ich noch so sauer war, freute ich mich über seinen Besuch. Ich war noch nicht halb so gut über ihn hinweg, wie ich es mir gewünscht hätte.

»Es tut mir leid, was da vorhin passiert ist. Das hätte ich nicht sagen dürfen, doch mir blieb keine Wahl. Kyle hätte es sonst nie akzeptiert.«

»Aha«, antwortete ich und versuchte ganz neutral zu klingen. Doch Skepsis und Sarkasmus waren zwei Freunde von mir, die ich selten zum Schweigen bringen konnte. »Und nur weil du Kyle bekundet hast, dass du demnächst mit mir schlafen willst, lässt er mich in Ruhe?«

Liam nickte verlegen. »Emma, du verstehst das alles nicht. Wenn ...«

Ich unterbrach ihn und schleuderte ihm ein bissiges »Na dann erklär's mir doch! Gefälligst!« entgegen.

Gefälligst war ein weiteres Wort aus meiner wunderbaren Sammlung (ich erinnere an »trotzdem« & Co.) um wütenden Sätzen noch das i-Tüpfelchen zu verpassen.

»Emma. Ich verstehe, dass du sauer bist, und wenn ich ehrlich bin, wüsste ich auch nicht, wie ich reagieren würde, wenn jemand so etwas in meinem Beisein über mich sagen würde. Aber du kennst mich. Ich würde sowas nie ohne einen triftigen Grund sagen. Und du kennst Kyle, hast ihn gesehen, wie außer sich er war.«

Ich überlegte, was Liam da gerade gesagt hatte. Dann schaute ich ihn aus bekümmerten Augen an und schlug die Lider nieder.

»Falsch, Liam, ich kenne weder dich noch Kyle. Immer, wenn ein Junge nett zu mir war, entpuppte er sich danach als Riesenmistkerl. Der einzige Unterschied zwischen euch beiden ist, dass Kyle den direkten Weg mit seiner Selbstdarsteller-Arschloch-Show gewählt hat und du nicht mal den Mumm dazu hattest, mir auch nur ansatzweise von Amilia zu erzählen. Und so gesehen muss ich sagen, dass ich Kyles Art bevorzuge.«

Liam sah mich so unglücklich an, dass es mir fast das Herz zerriss. Ich hatte mich mal gefragt, ob Liam mich tatsächlich liebte oder ob er einfach nur ein begnadeter Schauspieler sei. Jetzt hatte ich meine Antwort. Und ob sie mir gefiel oder nicht, musste ich erkennen, dass er wohl doch eher der perfekte Schauspieler war.

Tränen kullerten aus meinen Augenwinkeln, ohne dass ich was dagegen tun konnte.

Liam rieb sich mit den Fingern über die Stirn und schloss die Augen. Es sah aus, als hätte er furchtbare Kopfschmerzen, aber er schien nachzudenken. Auch unter seinen dichten Wimpern sah ich etwas glitzern.

Ich berührte vorsichtig sein Knie, nun nicht mehr ganz so böse. Vielleicht gab es ja tatsächlich eine Erklärung dafür.

»Liam«, sprach ich ihn an, »ich möchte dir wirklich gerne glauben. Aber du musst mir schon einige Erklärungen liefern. Dein ganzes Tun in letzter Zeit ist für mich nicht gerade nachvollziehbar.«

Liam schaute mir in die Augen und mir wurde ganz warm ums Herz. Ich nickte ihm ermutigend zu. Er starrte mich eine Weile an. Liam sah aus, als würde er innerlich einen Kampf ausfechten, ob er mir tatsächlich die Wahrheit sagen sollte. Die Wahrheit über alles. Amilia und ihn, die Sache mit Kyle vorhin …

Aufmerksam beobachtete ich ihn. Zu gern hätte ich ihn geschüttelt und ihn angeschrien: »Warum sagst du es mir nicht einfach?«, doch ich beherrschte mich. Ich wusste, wenn ich ihn drängte, würde er nicht antworten.

Liam umfasste meine beiden Hände, hielt sie vor sein Gesicht und gab mir einen zärtlichen Kuss darauf. Ich entzog sie ihm wieder. Warme, weiche Liam-Lippen waren beim besten Willen keine gute Voraussetzung für ein klärendes Gespräch. Da er immer noch schwieg, stupste ich ihn freundschaftlich an.

»Du kannst mir alles sagen, Liam. Wirklich. Und wenn die Wahrheit womöglich nicht das ist, was ich mir erhoffe, würde ich sie trotzdem lieber hören, als weiter im Ungewissen zu tappen.«

Er sah mich an. Ich hatte das Gefühl, dass jetzt endlich der Moment gekommen war, wo er mir alles beichten würde. Warum er mir das mit Amilia verschwiegen hatte, warum er sich schon seit Monaten mit ihr traf, wo da doch angeblich nichts lief und, ganz wichtig, warum er mit Kyle über mich sprach, als wäre ich ein Stück übrig gebliebene Pizza vom Vortag, von der man ganz ungeniert verkünden konnte, dass man vorhatte, sie zu verspeisen.

»Emma«, begann Liam heiser und strich mir ein paar Haarsträhnen aus dem Gesicht. »Amilia und ich …«, doch den Rest des Satzes verschluckte er und antwortete stattdessen: »Die Sache mit Kyle und dir, das war nur blödes Gelaber. Weißt du? Ganz normal – wie Kerle halt untereinander reden.«

Zuerst traute ich meinen Ohren nicht und schaute ihn fassungslos an.

»Das wolltest du nicht sagen«, brachte ich hervor, doch Liam hatte sein altes Pokerface wieder aufgesetzt. Mal wieder verabschiedete ich mich von meiner Selbstbeherrschung.

»Wie Kerle untereinander reden? WIE KERLE UNTEREINANDER REDEN?!«, schrie ich, bevor meine Stimme versagte.

Liam nickte. In seinen Augen schimmerten Tränen.

»Ich glaube dir kein Wort«, sagte ich dann etwas ruhiger.

Er sah enttäuscht aus, aber er hatte doch nicht wirklich geglaubt, dass er mich mit so einer banalen Ausrede abfertigen konnte und ich sie auch noch glauben würde.

Ich stand auf, stellte mich vor ihn und tippte mit meinem Zeigefinger auf seine Brust. Gut, es machte wohl eher den Anschein, als würde ich versuchen, ihn mit meinem Finger aufzuspießen, aber ich war sicher, er konnte das verkraften. Schließlich war er selbst Schuld. Wenn er mich in letzter Zeit nicht ständig auf die Palme bringen würde, könnte ich mich besser beherrschen.

»Du sagst mir jetzt sofort die Wahrheit, oder ich will dich nie – und hör mir jetzt gut zu, denn das meine ich verdammt ernst – nie wiedersehen!«

Völlig entsetzt starrte Liam mich an und die kleinen Tränchen, die vorhin noch still in seinen Augenwinkeln vor sich hin geschimmert hatten, kullerten nun über seine Wangen.

»Emma, nicht!«, stieß er hervor, doch ich blieb hart.

»Du hast die Wahl, Liam. Ich lass mich nicht mehr für dumm verkaufen.«

Ärgerlich stand Liam auf, packte mich an beiden Armen, sodass ich kurzfristig meine aggressive Haltung aufgab, und sah mir unverwandt in die Augen.

»Emma«, sagte er ruhig, »es gibt einfach Dinge, die ich dir nicht erzählen *kann*.« Liam sah mich so eindringlich an, dass ich kurz davor war, ihm tatsächlich zu verzeihen. »Verdammt Emma! Denk nach!«, bellte Liam völlig aufgebracht und schon hatte mich mein Zorn wieder.

»Jetzt bin ich die Doofe? Das dumme Huhn, das nix kapiert?«, brüllte ich ihm zornig entgegen und zu allem Überfluss nickte Liam auch noch. Das war ja wohl der Hit. Doch ich war so perplex, dass ich nichts darauf sagen konnte.

Liam wiederholte sich noch einmal ganz langsam, und diesmal wesentlich ruhiger.

»Emma, es gibt Dinge, die ich dir nicht erzählen *darf*. Bitte. Denk. Nach.« Dabei betonte er jedes Wort so einzeln und deutlich, als würde er mit einer Behinderten reden.

Ich machte mich los von ihm, biss die Zähne zusammen und sagte in betont ruhigem Tonfall: »Gut, Liam. Wenn du es mir nicht sagen willst, dann wars das wohl. Ich hatte wirklich gedacht, du magst mich, aber anscheinend war das ein Irrtum. Ich hoffe, ich muss dich nie wiedersehen.«

Ich wusste nicht, wem diese Worte mehr wehtaten. Mir oder Liam, der momentan so fröhlich aussah wie jemand, dem man eine Kugel ins Knie geschossen hatte.

Er griff nach seiner Jacke, trat an mich heran, packte mich am Hinterkopf, zog mich an sich und küsste mich so leidenschaftlich, dass ich im ersten Augenblick gar nicht wusste, wie mir geschah. Als ich es dann endlich realisierte und mich losmachen wollte, hatte er mich bereits losgelassen und ging aus der Tür.

Zuerst wollte ich ihm nachgehen. Der Kuss – so küsste man niemanden, für den man keine Gefühle mehr hatte! Aber dann warf ich mich doch aufs Bett. Schließlich hatte Liam selbst gewählt. Ich leckte mir über die Lippen. Der Kuss hatte salzig geschmeckt, doch ich wusste nicht, an wessen Tränen es gelegen hatte.

9. Kapitel

Am nächsten Morgen ging ich mit gemischten Gefühlen zur Schule. Ich wollte Liam ungern über den Weg laufen. Nicht, nachdem er mich die ganze Nacht noch so beschäftigt hatte.

Immer wieder fragte ich mich, was Liam damit gemeint haben könnte. Warum er nicht einfach reinen Tisch machen konnte und mir sagte, was er mit Amilia hatte. Sicher, die Sache mit Kyle ärgerte mich auch, aber schlimmer war die Affäre, die angeblich keine war.

Ich blieb nochmal kurz stehen, um mich zu sammeln. Gleich war ich bei der Laterne und er würde dort auf mich warten, um mich weiter von seiner Unschuld zu überzeugen. Ein letztes Mal ausatmen und ich setzte meinen Weg fort.

Ich kam der Laterne immer näher, doch ich konnte Liam nirgends erblicken. Gut, er hatte also kapiert. Irgendwie erleichtert, dass ich nicht schon wieder seinen leidenden Augen ausgesetzt war, ging ich zur Schule. Ich hatte ein bisschen getrödelt, sodass meine ganzen Klassenkameraden schon in der Klasse waren und auf den Lehrer warteten, der glücklicherweise noch nicht da war. Ich zwängte mich durch die Sitzreihen zu meinem Platz.

Nanu? Liam war gar nicht da. Ich blickte automatisch zu Amila, doch auch sie saß allein. War gestern Vollmond? Ich schaute auf meine Uhr. Laut ihr hatten wir keinen Vollmond gehabt. Ich tippte mit dem Zeigefinger drauf herum und hielt sie mir schließlich prüfend an mein Ohr. Vielleicht war sie stehengeblieben?

Schnell kramte ich meinen Schülerkalender hervor, der eigentlich für Hausaufgaben gedacht war, wo ich aber alle Mondphasen eingetragen hatte. Nein, gestern war definitiv kein Vollmond gewesen. Vermutlich schwänzte er einfach die Schule.

Ich hatte ja eigentlich auch nicht die geringste Lust gehabt, ihm hier heute Morgen über den Weg zu laufen. Ihm musste es ähnlich gegangen sein. Es klingelte zur Pause und ich verließ das Klassenzimmer.

Plötzlich packte mich eine Pranke an der Schulter und drückte fest zu.

»Emma«, sprach mich eine tiefe, raue Stimme an und ich zuckte entsetzt zusammen.

Scheiße! Das war Kyle! An den hatte ich ja gar nicht mehr gedacht. Schüchtern drehte ich mich herum, den Kopf schon so weit wie möglich eingezogen, dass ich mir bereits vorkam wie eine dicke Schildkröte. Doch sicher war sicher.

Ich sah Kyle an und wartete darauf, dass die Pranke, die mich momentan noch an der Schulter fasste, mir gleich mit einem Wusch meinen Schädel vom Hals fegen würde. Seltsamerweise lächelte er mich aber an. Und es war ausnahmsweise nicht die Art von Lächeln, die Kyle kennzeichnete, wenn er sich darauf freute, jemandem wehtun zu können. Nein, es war ein nettes Lächeln.

Verwirrt zog ich die Augenbrauen nach oben. »Ja?«, fragte ich zaghaft. Immer noch Angst, dass ich gleich zermatscht auf dem Fußboden liegen würde und der Hausmeister kommen müsste, um mich abzukratzen.

»Du, Emma.« Kyle räusperte sich. »Ich muss mit dir über gestern reden.«

Aha. Reden nannte man das also heutzutage. Ich schloss die Augen und hoffte, dass es dann nicht ganz so wehtun würde, was ja eigentlich unsinnig war, doch ich fühlte mich so besser.

»Emma? Würdest du mich bitte ansehen?«

Bitte?! Ich öffnete ein Auge, immer noch in der festen Überzeugung, dass ich gleich nach allen Regeln der Kunst die Fresse poliert bekäme, wie man so schön sagte, doch Kyle hatte das offensichtlich nicht vor.

»Also, ich äh … ich wollte mich bei dir entschuldigen«, sagte er leise und sah dabei so reumütig aus wie ein Hund, der eine Wurst vom Tisch geklaut hatte.

Ich konnte nicht glauben, dass das tatsächlich Kyle war. Nun öffnete ich mein zweites Auge auch noch und starrte ihn an. Offenbar sah ich so ungläubig aus, dass Kyle erneut das Wort ergriff.

»Im Ernst, Emma. Ich hab keine Ahnung, was da in mich gefahren ist. Manchmal hab ich mich eben schlecht unter Kontrolle, wenn es um so eine attraktive Frau geht. Aber du musst mir glauben, wenn ich dir sage, dass es mir wahnsinnig leidtut und sowas nie wieder vorkommen wird.«

Ich nickte. Natürlich würde das nie wieder vorkommen. Aber nicht, weil Kyle mir das soeben versprochen hatte, sondern weil ich ihm nie wieder die Chance dazu geben würde. Ich hatte zwar realisiert, dass Kyle mich attraktiv genannt hatte, aber das ging spurlos an mir vorüber. Es hatte nicht ansatzweise die Wirkung auf mich wie bei Liam damals. Im Nachhinein konnte ich sowieso nicht verstehen, wie ich auf die wahnwitzige Idee gekommen war, mit Kyle irgendwo hinzugehen. Diesem Blender!

»Also, bist du mir nicht mehr böse?«

»Was ist mit deiner Nase?«, schoss es aus meinem Mund.

Ich weiß, ziemlich dämlich von mir, ihn ausgerechnet jetzt darauf aufmerksam zu machen, wo er sich doch grad bei mir entschuldigt hatte, doch Kyles Nase sah völlig normal aus. Ich schaute genauer hin.

»Was ist?«, fragte Kyle mit einem leichten Lächeln.

»Deine Nase sieht völlig normal aus.«

»Warum sollte sie nicht?«, fragte er.

»Weil sie gebrochen war?!«

Kyle lachte. »Nein, war sie nicht.«

»Natürlich war sie das.«

»Nein, war sie nicht«, wiederholte er.

»Doch! Ich hab es krachen gehört«, hielt ich weiterhin dagegen.

Kyle schüttelte den Kopf und nahm meine Hand. »Emma, schau dir deine zierlichen Hände an. Glaubst du wirklich, du könntest mir damit die Nase brechen?«

Ich sah auf meine Hände hinunter und dann wieder zu Kyle.

»Aber … aber du hast geblutet.« Meine Stimme klang nun nicht mehr ganz so sicher.

Er machte eine abwertende Handbewegung. »Du hattest mich vermutlich so unglücklich getroffen, dass ein Äderchen geplatzt ist. Aber meiner Nase geht's gut. Ehrlich.« Wieder ein Lächeln.

Nun ja, ich musste mich wohl geirrt haben. Wenn ich ihm tatsächlich die Nase gebrochen hätte, könnte er erstens nicht so unversehrt vor mir stehen und zweitens hätte er mir mit Sicherheit jetzt auch was gebrochen, anstatt sich zu entschuldigen. Wie es schon in der Bibel stand: »Auge um Auge, Zahn um Zahn« und in Kyles Fall eben »Bruch um Bruch«.

»Ist angenommen«, sagte ich kurzerhand und wandte mich um zum Gehen.

»Vielleicht darf ich dich als Entschädigung nochmal auf einen Kakao einladen?«, rief er hinter mir her.

»Vielleicht«, entgegnete ich ohne mich umzudrehen. Doch das hatte ich nur geantwortet, um ihn nicht zu verärgern. Ich für meinen Teil war mir jedenfalls sicher, dass ich nie – nie nie nie wieder! – mit Kyle ausgehen würde.

***

Der Schultag schien heute kein Ende zu nehmen. Megaätzend! Als dann endlich das erlösende Schlagen der Schulglocke kam, hatte ich alle Sachen bereits eingepackt um direkt aufzuspringen. Endlich! Endlich weg hier.

Zu Hause angekommen wollte ich eigentlich direkt in mein Zimmer hochgehen, doch mein Dad rief mich zu sich in den Laden. Auch das noch! Heute war Donnerstag und das bedeutete, dass Liam da war. Am liebsten wäre ich gar nicht hineingegangen, doch wo sollte das enden, wenn ich mich sogar zu Hause vor ihm verstecken würde? Und dass er mich betrogen hatte und nicht mehr liebte, hieß auch nicht, dass ich nicht noch Gefühle für ihn hatte und nicht jede Chance wahrnahm, ihm doch irgendwie nahe zu sein. Umso besser, wenn es nicht so auffällig war und ich Dad als Grund vorschieben konnte.

Ich betrat kurzerhand den Laden und sah mich um. Liam war nirgends zu sehen. Vermutlich war er im Keller. Bananenkisten stapeln. Wieder lief ein Schauer über meinen Körper, als ich mich daran erinnerte, wie er mich dort das erste Mal in den Armen gehalten hatte.

Meine Augen fingen augenblicklich an zu brennen. Oh nein, Emma! Jetzt fang bloß nicht schon wieder an zu heulen. Ich räusperte mich.

»Was gibt's, Dad?«, versuchte ich so locker wie möglich zu fragen, doch ich hörte mich an wie jemand, der gleich in Tränen ausbrechen würde. Ich setzte ein Grinsen auf, doch ich merkte, dass es mehr als gekünstelt aussah und meine Augen nicht erreichte, also ließ ich meine Gesichtsmuskulatur wieder erschlaffen.

Mein Vater blickte mich an. Er schien unentschlossen, ob er was zu meinem Zustand sagen sollte oder mich lieber das fragen, wozu er mich hergerufen hatte. Glücklicherweise entschied er sich für Letzteres.

»Könntest du mir bitte zwei Kisten raufholen? Einmal Äpfel und einmal Bananen?«

Verwirrt sah ich ihn an. Schließlich war das Liams Arbeit. Zumindest an den Tagen, wo er da war. Er war doch da, oder? Mein Vater hatte mein ratloses Gesicht richtig interpretiert und antwortete auf meine nicht gestellte Frage: »Liam hat sich heute abgemeldet. Er kommt nicht mehr.«

Mein Mund klappte auf. Dann stammelte ich: »Äh … ist er krank?«

»Nein, Emma. Er kommt gar nicht mehr.«

»Warum?«

Das Brennen, von dem ich gedacht hatte, dass es sich wieder beruhigt hatte, wurde stärker.

Mein Vater schaute verdutzt. »Hat er dir das nicht gesagt?«

Ich schüttelte den Kopf. Offensichtlich hatte mein Dad nichts von dem ganzen Drama zwischen Liam und mir mitbekommen. Aber gut so. Er musste ja auch nicht alles wissen.

»Er meinte nur, dass er nicht mehr kommen könne.«

»Sonst nichts?« Meine Stimme erstarb.

»Nein, sonst nichts.«

Ich ging in den Keller und holte die gewünschten Kisten nach oben.

»Du kannst jetzt Hausaufgaben machen. Heute ist nicht viel zu tun.«

Ich räusperte mich nochmal, damit meine Stimme wieder etwas klarer klang. »Er hat sonst wirklich nichts gesagt?«

Mein Dad schüttelte den Kopf. Ich schlich zurück zu unserer Wohnung. Liam hatte also gekündigt. Ich wusste nicht, wieso mich das so aus der Bahn warf. Ich war doch eigentlich sowieso stinkwütend auf ihn. Aber … ach, ich wusste auch nicht. Ich würde ihn morgen fragen und ihm sagen, dass er nur meinetwegen nicht seinen Job aufgeben musste.

Gerade, als ich die Tür hinter mir ins Schloss fallen lassen wollte, rief mein Vater. »Emma? Er hat doch noch was gesagt.«

Blitzartig schoss ich zurück und stand erwartungsvoll vor meinem Dad.

»Was?«, drängte ich.

»Er hat sich noch für die gute Zusammenarbeit bedankt.«

Ich zog die Augenbrauen nach oben und rollte genervt mit den Augen. »Oh, Dad … ich meinte etwas Wichtiges.« Dann ging ich zurück in unser Haus.

»Das war wichtig. Das heißt, dass es ihm bei uns gefallen hat. Für einen Chef ist sowas wichtig«, rief mein Vater mir hinterher, doch ich hörte schon gar nicht mehr wirklich zu.

Der tickte wohl nicht ganz richtig. Als würde sich irgendjemand für diesen gammeligen Laden interessieren.

***

Am nächsten Morgen stand ich früher auf als sonst. Ich hatte mir bereits die halbe Nacht um die Ohren geschlagen und immer wieder überlegt, was ich zu Liam sagen könnte, damit er zwar immer noch merkte, dass ich sauer auf ihn war, aber begriff, dass seine Kündigung eine völlig übertriebene Reaktion war.

Nun stand ich vorm Spiegel und übte immer und immer wieder, wie ich es am besten ausdrücken konnte, ohne mich dabei völlig zum Klops zu machen und ohne Liam zu zeigen, wie sehr ich noch an ihm hing.

Ich machte mich auf den Weg zur Schule. Wieder stand er nicht an der Laterne. Gut, dann würde ich es ihm eben in der Pause sagen oder ihm einen Zettel schreiben.

In der Schule angekommen, war Liam nicht da. Er kam auch nicht zu spät, wie ich insgeheim gehofft hatte, und die Schule wollte wieder nicht enden. Ob es schon Leute gegeben hatte, die an Langeweile gestorben waren? Ich dachte weiter darüber nach, warum Liam heute wieder gefehlt hatte. Sich über ihn zu ärgern oder um ihn zu trauern war immer noch besser, als gar keinen Liam um sich zu haben.

Ich verschob das Gespräch auf den nächsten Tag, doch auch da wurde ich enttäuscht. Genau wie den Rest der Woche. Wo war Liam nur? Ich überlegte, ob ich ihn vielleicht anrufen oder ihm eine SMS schreiben sollte, doch ich verwarf die Gedanken schnell wieder. Es sollte ja schließlich nicht so aussehen, als würde ich ihm hinterherlaufen.

Heute war Freitag und die Schule war glücklicherweise vorbei. Ich wollte mich gerade auf den Heimweg machen, da hörte ich Kyle mit Amilia sprechen, wie sie sich für Samstag im Nightmare verabredeten. Alle anderen wären auch da.

Kyle hatte sich mit Amilia verabredet? Waren sie wieder zusammen? Hmm. Zumindest schien sie nicht mit Liam dahin zu gehen. Ob er trotzdem zu »allen anderen« gehörte? Ich beschloss einfach, am Samstag »rein zufällig« im Nightmare aufzukreuzen und das selbst herauszufinden.

10. Kapitel

Es war Samstagabend. Ich stand im Badezimmer und machte mich für das Nightmare fertig. Ich hatte mir den Fummel angezogen, den Amilia mir zum Geburtstag geschenkt hatte. Meine Haare waren frisiert – ja, diesmal wirklich frisiert – mit Locken und so und ich hatte mich geschminkt. Zwar nicht besonders stark, aber sichtbar. Und ich sah gut aus.

Gerade, als ich das Haus verlassen wollte, steckte meine Mutter den Kopf durch die Tür und wünschte mir »viel Kraft.«

Ich war stolz auf meine Mom. Ich hatte das Gefühl, sie wusste genau, was los war, doch sie hatte so viel Anstand, mich nicht mit unangenehmen Fragen zu löchern, sondern zu warten, bis ich mich ihr anvertrauen würde.

Ich parkte Hugo genau auf dem Platz, wo ich letztes Mal mit Liam gestanden hatte. Aufgeregt schaute ich mich um, doch Liams Auto war nirgends zu sehen. Nun ja, es war auch noch früh. Ich hatte mitbekommen, dass Kyle und Amilia sich erst für 23 Uhr verabredet hatten. Vermutlich würde Liam um die gleiche Zeit kommen, also stöckelte ich zum Eingang. Zuerst machte ich mir etwas Sorgen, dass ich ohne ihn nicht hineinkommen würde, doch Liam hatte mal gesagt, hier würde nicht kontrolliert, also schritt ich hoch erhobenen Hauptes zur Tür, als wäre es das Selbstverständlichste auf der Welt und ließ sie mir aufhalten, was die Türsteher auch brav erledigten.

Drinnen war tatsächlich noch nicht viel los, somit lag ich sicher richtig, dass Liam ebenfalls später kommen würde. Ich ging durch den Technoraum hindurch, bis zu der Holztür, die die eigentliche Disco von dem Pub trennte, und schlüpfte hindurch. Dann suchte ich mir direkt an der Theke ein schönes Plätzchen und setzte mich.

»Emma!!!«, grölte der Barkeeper. Ich lächelte Dan an. Er hatte mich also nicht vergessen. »Wo hast du Liam gelassen?«

»Ich bin ohne Liam hier«, antwortete ich mit einem schiefen Lächeln.

»Na na, lass das mal nicht Liam hören.« Er grinste mich mit seinen gelben Zähnen an, doch ich zuckte nur mit den Schultern. »Was willst du trinken?«

»Cola.«

Während Dan mir meine Cola holte, sah ich mich in dem Raum um. Immer noch keine Spur von Liam. Hmpf! Dan kam wieder und stellte mir die Cola vor die Nase.

»Ich komm gleich nochmal und dann quatschen wir zwei, was meinst du?«

Ich nickte. Ich hatte zwar nicht die geringste Lust, mein zerrüttetes Liebesleben vor Dan auszubreiten, doch andererseits freute ich mich, dass sich wenigstens einer mit mir unterhalten wollte und außerdem war es mehr als blöd, hier mutterseelenallein an der Theke zu sitzen. Überhaupt alleine auszugehen ...

Nachdem er noch ein paar Getränke verteilt hatte, kam er zurück, stützte seine Unterarme auf die Theke und begann mit dem Gespräch, das ich eigentlich nicht führen wollte.

»Jetzt erklär mir doch mal, warum du ohne Liam da bist?«

Mein Hirn ratterte. Tausende von Ausreden schossen mir durch den Kopf, leider eine unglaublicher als die andere. Doch der Versuch ohne Demütigung aus der Situation rauszukommen, scheiterte mit einem Schlag, als ich meine Gefühle nicht mehr zügeln konnte und ihm das mitteilte, was er sich vermutlich sowieso schon dachte.

»Liam will mich nicht mehr.« Tränen rannen mir ungewollt die Wangen hinab, doch Dan stand ganz unberührt vor mir.

»Das glaubst du doch nicht im Ernst, oder?«, fragte er vorwurfsvoll und zog dabei ungläubig seine Augenbrauen nach oben.

Ich holte ein Taschentuch hervor und schnäuzte mich zur Bestätigung kräftig hinein.

»So wie er dich immer angesehen hat? Bitte, Emma ... Wie kommst du denn darauf?«

Weitere Tränen kullerten über meine Backen. »Er hat eine andere.«

»Eine andere?«, wiederholte Dan skeptisch.

»Ja, verdammt!« Eigentlich neigte ich nie zum Fluchen, aber was konnte er daran bitte nicht verstehen?

»Und wer soll das sein?« Mittlerweile hatte Dan den »Du bist klein und weißt nix«-Unterton meiner Mutter angenommen, was mich zusätzlich auf die Palme brachte.

»Amilia«, stieß ich gerade noch hervor, bevor ich erneut losschluchzte und zu allem Überfluss auch noch einen Schluckauf bekam.

Dan lachte. »Ich bezweifele nicht, dass Amilia Liam nicht abgeneigt wäre, aber andersherum kann ich mir das in tausend Jahren nicht vorstellen.«

»Ach, und warum nicht?«, fuhr ich ihn an.

»Drücken wir's mal so aus. Die beiden spielen in unterschiedlichen Ligen.«

Skeptisch zog ich eine Augenbraue nach oben, was Dan nur noch mehr grinsen ließ.

»Du kannst mir das ruhig glauben, Emma. Das ist so.«

Ich dachte kurz darüber nach. Irgendwie irritierte mich die Selbstverständlichkeit, mit der er das sagte, doch ich sammelte mich wieder und setzte nach: »Er hat sich heimlich hinter meinem Rücken mit ihr getroffen.«

Zuerst machte Dan ein ziemliches dummes Gesicht. Ha! Er hatte sich das wohl selbst nicht vorstellen können! Und so wie er jetzt gerade aussah, musste auch er diese Info erstmal verdauen.

Doch Dan fing sich schnell wieder, schüttelte den Kopf und streichelte mir behutsam meinen Unterarm.

»Was hat Liam gesagt, als du es herausbekommen hast?«

Ich zuckte mit den Schultern, was nicht hieß, dass ich es nicht mehr wusste (Oh nein ... diese Worte würde ich sicher nie vergessen), sondern eher so viel wie »das Typische halt«.

Da Dan mich immer noch fragend anschaute, fühlte ich mich genötigt, es doch ein bisschen genauer zu erklären, also antwortete ich in ganzen Sätzen.

»Er sagte, es sei *alles ganz anders,* als es den Anschein hätte.« Dabei legte ich eine besondere Betonung in die Worte »alles ganz anders« und ließ sie nur so vor Ironie und Sarkasmus strotzen. Dann nahm ich meine Cola und nippte lustlos daran. Sie schmeckte alt und abgestanden und es war so gut wie keine Kohlensäure mehr darin.

»Aus welchem Jahrhundert ist die Cola?«, fragte ich Dan.

Er lächelte verlegen. »Sorry, Emma, aber so oft wird hier keine Cola bestellt.«

Ich zog die Augenbrauen hoch. »Nein? Was denn sonst?«

»Die Leute trinken hier eher richtige Sachen, weißt du?«

Nö. Wusste ich nicht.

»Gut, dann bring mir doch auch etwas Richtiges«, sagte ich mit einem leichten Lächeln.

»Du willst Alkohol?« Dan schien sichtlich geschockt, doch ich hatte es satt, immer wie ein kleines Mädchen behandelt zu werden.

»Warum nicht?«

»Bist du plötzlich einundzwanzig?«

»Natürlich«, log ich, »das weißt du doch.«

»Dein Vater bringt mich um. Ich komme in Teufels Küche, Emma.«

»Dan, ich bin seit ein paar Wochen einundzwanzig. Haben wir nie über mein Alter gesprochen?« Ich sah ihm fest in die Augen und zog die Augenbrauen ein wenig hoch. Ich konnte sehr überzeugend sein, wenn ich wollte.

Schließlich zuckte er ergeben mit den Schultern. »Wodka-Redbull?«

Hmm … ich wusste zwar nicht, wie das schmeckte, aber wenn es so viele Leute tranken, konnte es ja nicht so schlecht sein, also nickte ich.

Keine zwei Minuten später stellte er mir ein 0,2l Glas vor die Nase, welches ich kritisch beäugte. Was sollte ich denn mit so einer Pfütze? Doch ich sagte nichts, sondern nahm den Wodka-Mix und leerte das Glas mit wenigen Schlucken. Igitt! Gut schmeckte der Kram aber nicht wirklich. Außerdem spürte ich, wie meine Augen rot wurden und von dem Alkohol brannten, der nebenbei vermutlich gerade dabei war, meine gesamte Speiseröhre zu verätzen, aber »shit happens« oder wie war das?

Dan sah mich argwöhnisch an. Ich dachte erst, er wollte was zu meinem Trinkverhalten sagen, doch dann versuchte er, das Gespräch weiterzuführen.

»Wirklich, Emma, du solltest Liam nicht so vorschnell verurteilen.«

Langsam nervte es mich, dass sich alle auf die Seite von Liam stellten. Ich sollte nicht vorschnell urteilen? Was würden denn »normale Leute« denken, wenn sie ihren Liebsten mit einer anderen bei einem lauschigen Picknick im Wald entdeckten?

Ich schaute auf die Uhr. Mittlerweile war es 23 Uhr durch und es war immer noch kein Liam in Sicht.

»Dennoch wartest du auf ihn.«

Ich schaute Dan an und ohne auf seinen Kommentar einzugehen, wies ich ihn an, mir noch einen Wodka zu mischen. Er nickte mitleidig und kam mit einem neuen Glas wieder, welches ich ebenso schnell hinunterstürzte. Ich merkte, wie ich leicht nach links kippte, doch ehe ich mich versah, stützte Dan mich und führte mich an einen Tisch.

Ui ui ui, das Zeug hatte es aber in sich.

»Meinst du nicht, du solltest lieber nach Hause gehen?«

»Wozu? Wartet doch keiner auf mich«, schnappte ich bissig. So ganz war das zwar nicht richtig – immerhin konnte ich mir nur zu gut vorstellen, wie mein Dad wieder hinter dem Ladenfenster auf und ab lief – doch es war eben nicht der richtige Mann, der sich auf meine Rückkehr freute.

Dan zuckte nur mit den Schultern und sah mich verständnislos an.

»Bring … mir … noch … einen …«, befahl ich. Ich merkte, dass meine Zunge nicht mehr so rund lief, wie sie eigentlich sollte. Ob das von dem Alkohol kam? Wie auch immer … Ich war gerade wieder in einer Phase, wo mir eh alles egal war. Von daher … sollte meine taube Zunge doch machen, was sie wollte.

Er brachte erneut ein Glas, doch dieses schmeckte nicht mehr so bitter wie die ersten beiden. Gewöhnte man sich an den Geschmack? Beim ersten Glas konnte ich mir schwer vorstellen, dass er sich bessern würde, aber jetzt? Ich roch an dem Glas. Es roch mehr nach Redbull als nach irgendwas anderem. Dan wollte mich bescheißen! Er hatte den Wodka weggelassen!

»Dan?!«

»Ja bitte?«

»Du hast den Wodka vergessen!«, beschwerte ich mich.

Er zog eine Augenbraue nach oben.

»Ich hab dich entlarvt. Das Glas riecht nur nach Redbull.«

Jetzt setzte Dan ein überlegenes Grinsen auf. So wie Liam es manchmal tat. Am liebsten hätte ich ihm sein blödes Glas an den Kopf geworfen. Da Dan nichts weiter dazu sagte, setzte ich noch ein »Ändere das« hinten dran.

Er kam zu mir an den Tisch. »Meinst du nicht, du hast genug, Emma? Das bist du doch gar nicht gewohnt.«

»Sag du mir nicht, was ich gewohnt bin und was nicht. Ich hab schon oft Wodka getrunken.«

Er rollte mit den Augen und konnte sich nun ein Lächeln nicht mehr verkneifen.

»Gut, wenn du dich mit Wodka so gut auskennst, wirst du sicher wissen, dass er nicht riecht.«

Ich hörte, wie Gelächter durch den Raum ging. Ich jedoch war so perplex, dass ich im ersten Moment nicht wusste, was ich antworten sollte. Stimmte das? Roch Wodka nicht? Nach was roch Wodka? Ich überlegte fieberhaft, ob ich irgendwo schon mal an sowas gerochen hatte, doch da mir nichts einfiel und ich Dan‘s Behauptung somit nicht widerlegen konnte, beschloss ich, ihm erstmal Glauben zu schenken.

Dennoch wollte ich mich nicht so leicht abspeisen lassen. Nur für den Fall, dass Dan doch nicht so ganz die Wahrheit sagte, gab ich ihm mit einem »tu noch was rein« zu verstehen, dass ich ruhig eine Portion mehr Alk vertragen konnte.

Wieder trank ich das Glas auf Ex leer und bei den letzten Schlucken hatte ich schon ein leichtes Würgegefühl, das ich aber unterdrücken konnte. Das war eindeutig zu viel Flüssigkeit für mich. Schließlich hatte ich innerhalb von einer Stunde so viel getrunken, wie ich sonst den ganzen Tag nicht trank.

»Du kannst hier liegenbleiben. Ich bring dich nachher nach Hause«, sagte Dan und ging wieder zur Theke.

Ich schüttele heftig den Kopf und hatte das Gefühl, dass mein Gehirn links und rechts gegen den Schädel schwappte, weil es der Bewegung nicht mehr folgen konnte. Trotzdem wollte ich nicht aufhören.

»Bring mir einen Shot«, rief ich Dan zu, der so tat, als hätte er mich nicht gehört. »Daaan!«, rief ich etwas energischer. »Ich weiß genau, dass du mich gehört hast! Wer geflüsterte Gespräche zwischen mir und Liam belauschen kann, obwohl er am anderen Ende der Theke steht, wird wohl mitbekommen, wenn ich quer durch den Raum schreie!«

Kurz überlegte ich, was ich da gesagt hatte. Nie im Leben hätte ich ihm sowas an den Kopf geworfen, wenn ich noch vollständig Herr meiner Sinne gewesen wäre, doch Alkohol machte ja bekanntlich hemmungslos.

Wieder ging Gelächter durch den Raum. Ich blickte mich um und stellte selbstzufrieden fest, dass die Leute diesmal über mich gelacht hatten. Also nicht über mich, wie gewöhnlich, wenn ich etwas Peinliches gemacht hatte, sondern über meinen Witz.

Dan gab sich geschlagen und stellte mir zwei Shots auf den Tisch.

»Hier, damit du mich vorerst in Ruhe lässt«, knurrte er.

Ach, war da wohl jemand eingeschnappt? Tja, liebe Leute, so war das, wenn sich jemand über einen lustig machte und alle anderen einen auslachten. Willkommen in meiner Welt!

Ich stürzte den Wodka-Shot herunter und schüttelte mich. Dieser brannte ja noch viel schlimmer in der Kehle als die Redbull Mischung. Ich hustete und Dan blickte auf, doch die Genugtuung wollte ich ihm nicht geben. Ich klopfte mir auf die Brust und tat, als wenn ich mich verschluckt hätte. Dann stürzte ich das zweite Glas direkt hinterher.

Ich orderte noch zwei Neue, die Dan auch diesmal ohne zu murren brachte. Dankbar nickte ich ihm zu und kippte den nächsten Schnaps.

»Emma«, fing er an, doch ich machte ihm das »Schnabel-Zu«-Zeichen, das ich meiner Mutter bereits beigebracht hatte. Dafür klappte ich meine Hand zusammen, sodass Daumen und Finger sich berührten. Dan verstummte und ging seufzend wieder zurück zur Theke. Praktisch, so eine Zeichensprache.

Plötzlich wurde mir ganz schwummrig. In meinem Kopf begann sich alles zu drehen und mir wurde übel. Schlagartig schlug ich mir die Hand auf den Mund um Schlimmeres zu verhindern.

Ich musste hier raus! Und zwar sofort! Ich hörte, wie Dan mir noch nachrief, doch ich konnte mich nicht umdrehen. Es sei denn, er wollte gerne, dass ich ihm vor (oder vielleicht auch auf?) die Füße kotzte. Ich drängelte mich durch den Discoraum. Die heftige Musik und die stickige Luft führten nicht gerade dazu, dass es mir besser ging.

Endlich war ich raus aus dem Laden und stand an der frischen Luft. Ich ging ein paar Schritte, doch das Schwindelgefühl wurde eher schlimmer als besser. Ich hielt mich an einer Hauswand fest, um nicht umzufallen. Dann klappte ich vornüber und erbrach viel mehr Flüssigkeit, als ich getrunken hatte. – Als ich in zwei Wochen hätte trinken können.

Ich stolperte weiter. Traute mich nicht, mich umzudrehen. Wie peinlich das wäre, den Türstehern jetzt auch noch ins Gesicht sehen zu müssen. Ich torkelte zurück zu Hugo, doch auf dem Weg dorthin musste ich leider zwei weitere Male kotzen.

Endlich stand ich neben meinem Auto und schloss die Wagentür auf. Nun ja, wenigstens war ich nicht hingeflogen, doch so konnte ich unmöglich heimfahren, deshalb kletterte ich auf den Rücksitz, schloss das Auto von innen ab, legte zwei Jacken über mich und schlief ein.

***

TOK TOK TOK! machte es an der Fensterscheibe. Schläfrig schlug ich die Augen auf und blinzelte auf Hugos Uhr. Wir hatten erst drei Uhr in der Früh! Oh Mann! Welcher Vollidiot war das?! Ich kniff die Augen zusammen, um meinen Blick zu schärfen. An der Fensterscheibe stand Dan. Hatte er erst jetzt Feierabend gemacht?

»Emma, mach die Tür auf«, meckerte er von draußen.

Langsam erhob ich mich, da fuhr mir ein stechender Schmerz in den Kopf. Schnell ließ ich mich zurück in den Sitz fallen.

TOK TOK TOK! Dan klopfte erneut. Meine Güte, hatte er sonntagmorgens um diese Uhrzeit nichts Besseres zu tun, als friedlich schlafende Mädchen aus ihren Träumen zu reißen?!

TOK TOK TOK!

»Emma, jetzt mach auf oder ich lass dich abschleppen!«

Seine Stimme war lauter geworden. Genervt versuchte ich es erneut und schaffte es, meine Hand soweit vorzustrecken, dass ich die Tür entriegeln konnte. Dan öffnete die Autotür.

»Ich fahr dich nach Hause, Emma. Du siehst so aus, als würdest du gerne in dein warmes Bettchen wollen und Liam würde mit Sicherheit nicht gutheißen, dass du völlig schutzlos und sturzbetrunken vor einer Kneipe schläfst.«

»Pffffff!«, schnaubte ich und ich hörte mich mehr nach Pferd an als nach Mensch.

Dan schüttelte mit dem Kopf. »Setz dich zu mir nach vorne. Wir kriegen Ärger, wenn uns so die Polizei erwischt.«

Wieder schnaubte ich. Das war mir ja sowas von scheißegal! Doch er hatte Recht. Jetzt, wo ich es mir genauer überlegte, konnte ich es nicht erwarten, mich in meine Bettdecke einzukuscheln und dort für die nächsten vierundzwanzig Stunden zu verweilen. Ich kletterte nach vorne auf den Beifahrersitz und hatte das Gefühl, dass mein Gehirn bei jeder noch so kleinen Bewegung in meinem Schädel gegen Hindernisse stieß und Erschütterungen der Erdbebenstärke zehn ertragen musste. Ich rieb mir meine pochenden Schläfen.

»Geht's?«, fragte Dan mitfühlend.

Ich hätte ja mit dem Kopf geschüttelt, doch ich traute mich nicht, deshalb antwortete ich mit einem leisen »Ja«. Nicht, dass das die Wahrheit gewesen wäre, aber das war weniger anstrengend zu raunen als ein Nein.

Dan fuhr los und ich ließ den Kopf gegen die Nackenstütze sinken und schloss die Augen.

»Puh! In deiner Karre riecht's ja wie in einer Schnapsbrennerei. Ist ja ekelhaft«, neckte Dan mich, doch ich sah mich nicht in der Lage, irgendetwas zu entgegnen. »Vorhin warst du aber schlagfertiger«, stellte er fest, doch ich tat so, als wäre ich bereits eingeschlafen.

Endlich bog Dan auf unseren Hof ein. Ich schickte ein Stoßgebet zum Himmel. Viel länger hätte ich die Fahrt auch nicht ertragen, zumal ich schon wieder so ein flaues Gefühl in der Magengegend verspürte. Ich rollte mich schwerfällig vom Beifahrersitz. Gut, dass Dan bereits ausgestiegen war und mich am Arm packte, um mich auf die Füße zu ziehen.

»Danke«, sagte ich leise und ließ mich von ihm noch zur Tür begleiten.

»Ich würde vorschlagen, wir erzählen Liam nichts davon. Er reißt mir den Kopf ab, wenn er erfährt, dass ich dich abgefüllt hab.«

Eigentlich wollte ich widersprechen. Immerhin ging es Liam rein gar nichts mehr an, was ich in meiner Freizeit tat, doch ich schluckte nur. Dan beäugte mich misstrauisch.

»Tschuldigung. Mir kam gerade etwas Kotze hoch«, murmelte ich vor mich hin und Dan machte so einen angeekelten Gesichtsausdruck, dass ich mir ein Grinsen nicht verkneifen konnte.

»Sehr weiblich, Emma«, entgegnete er und half mir, die Tür aufzuschließen.

»Ich werd' ihm nichts sagen«, versprach ich. Wie sollte ich auch? Er war ja sowieso wie vom Erdboden verschluckt. Müde verabschiedete ich mich von Dan. Ich stolperte die Treppe hinauf bis in mein Zimmer. Endlich! ENDLICH war ich in der Nähe meines Bettes!

Ich schaffte es gerade noch, meine Klamotten gegen einen Schlafanzug einzutauschen, schon ließ ich mich in ein weiches Meer von Satin und Daunenfedern fallen und schlief augenblicklich ein.

***

TOK TOK TOK! Himmel! Konnte man hier keine fünf Minuten in Ruhe schlafen, ohne dass irgendjemand dumm irgendwo gegen hämmern musste?

»Emma?«

Es war meine Mom.

»Waaas?«, antwortete ich und zog das Wort genervt in die Länge. Die Tür öffnete sich und meine Mutter kam herein und setzte sich zu mir aufs Bett. Ich zog mir die Decke über den Kopf. Ich hatte keine Lust auf Small Talk mitten in der Nacht.

»Wo warst du heute Nacht?«, fragte sie. Sie war nicht verärgert. Sie schien nur interessiert zu sein. Heute Nacht? Ich schlug die Decke beiseite und schaute entsetzt auf meinen Wecker. Es war bereits später Nachmittag. Ach du Schande! Hatte ich so lange geschlafen? Eigentlich fühlte ich mich eher, als wäre ich gerade erst ins Bett gegangen. Ich setzte mich auf und lehnte mich mit dem Rücken gegen das Bettgestell.

»Ich war im Nightmare«, antwortete ich wahrheitsgemäß und wandte meinen Kopf in Richtung meiner Mutter. Leider musste ich feststellen, dass die Kopfschmerzen sich nur noch verschlimmert hatten. Meine Mutter lächelte liebevoll.

»Und? Hast du Liam getroffen?«

»Wer sagt denn, dass ich Liam treffen wollte?«, maulte ich sofort los, doch nachdem mein Schädel daraufhin nur noch mehr dröhnte, ließ ich mich wieder in die Waagerechte sinken. Verdammt! Was tat mir der Kopf weh!

»Also nicht«, stellte meine Mutter allwissend fest.

Ich seufzte. »Nein, er war nicht da«, gab ich zu.

Meine Mutter nickte, stand auf und verließ das Zimmer. Ich schloss die Augen und dachte, ich könnte noch ein bisschen schlafen, doch da stand sie plötzlich erneut im Zimmer. Ärgerlich machte ich die Augen auf, doch sie reichte mir nur kommentarlos eine Kopfschmerztablette und ein Glas Wasser.

»Danke«, murmelte ich, schluckte die Tablette und stürzte das Glas Wasser hinunter. Igitt! Mein Mund fühlte sich an, als hätte heute Nacht eine dicke Maus darin übernachtet. Fürchterlicher Geschmack! Und pelzige Zunge! Gut, dass Liam nicht hier war. So könnte ich ihn nie und nimmer küssen. Ich hatte den Gedanken noch nicht zu Ende gedacht, da ärgerte ich mich schon wieder darüber. Wer sagte eigentlich, dass ich überhaupt noch daran interessiert war, Liam küssen zu wollen?!

»Schlaf noch ein bisschen, Schatz. Danach geht‘s dir besser.«

Ich nickte zaghaft. Meine Mutter stand auf und öffnete vor dem Rausgehen noch das Fenster. Fragend hob ich eine Augenbraue.

»Sorry, Emma, aber selbst in einer Stinktierhöhle riecht's besser. Bei diesem Gestank kannst du unmöglich wieder einen klaren Kopf bekommen.« Sie sah mich kurz an. »Ich nehme an, du hattest dir versehentlich was bestellt, wo Alkohol drin war ... Stimmt's?«

Ich grinste schuldbewusst. »Stimmt«, log ich und wusste, dass sie das etwas heikle Thema Alkoholgenuss von Minderjährigen damit auf sich beruhen lassen würde.

»Und ein bisschen Pupsgeruch scheint auch noch dabei zu sein.« Sie kicherte schelmisch.

Sehr witzig! Ich reagierte gar nicht darauf und ließ mich wieder in das Land der Träume gleiten. Ich wusste, dass ich während des Schlafens nicht pupste. Wusste ich das? Ich hoffte es zumindest. Aber um ehrlich zu sein, war mir selbst DAS momentan piepegal.

***

Spät am Abend wachte ich dann erneut auf. Wie erholsam, mal nicht von Urwaldgetrommel gegen Türen geweckt zu werden. Leise schlich ich die Treppe hinunter. Ich hatte einen Bärenhunger! Und Durst! Oh ja, vor allem Durst!

Glücklicherweise hatte meine Mom mir noch etwas vom Abendessen aufgehoben. Begierig schaufelte ich die Portion in mich rein, trank dazu eine ganze Flasche Wasser und ging wieder hinauf. Ich putzte mir noch die Zähne, um die Maus aus meinem Mund zu vertreiben und legte mich wieder hin.

Morgen für die Schule dürfte ich wieder halbwegs fit sein. Doch ich hatte eindeutig was gelernt: Nie wieder! Und damit meinte ich: NIE WIEDER würde ich auch nur ein Schlückchen Alkohol trinken. Das war echt zu viel des Guten. Unvorstellbar, dass viele aus meiner Klasse sich am laufenden Band volllaufen ließen.

11. Kapitel

Die Wochen verstrichen und ich sah und hörte nichts mehr von Liam. Das konnte doch wohl nicht wahr sein! Welcher Mensch konnte so lange krank sein? Dass die Lehrer nichts dazu sagten?

Wenn Liam heute immer noch nicht kam, würde ich Mr Morrison fragen. Eigentlich hatte ich ihn erfolgreich missachtet, seit jenem Desaster, als Liam neu in meine Klasse gekommen war. Damals hatte er mir im Unterricht meinen Zettel abgenommen und quasi meine heimlichen Hochzeitspläne mit Liam laut vor der Klasse vorgetragen. Das war so peinlich! Aber unter den aktuellen Umständen musste ich wohl eine Ausnahme machen.

Wie erwartet tauchte Liam nicht auf. Der Unterricht verlief wieder elendig langsam, doch nachdem auch endlich die letzte Stunde vorbei war, sprang ich auf und hechtete zum Lehrerpult.

Nicht, dass Mr Morrison mir noch entwischte. Lehrer hatten nämlich unangenehme Eigenschaften. Sie tauchten plötzlich lautlos auf, wenn sie es nicht sollten, konnten aber auch genauso schnell wieder unbemerkt verschwinden.

»Mr Morrison? Ich hätte mal eine Frage.«

Er schien genervt zu sein, dass ich jetzt noch was von ihm wollte, wo er doch schon seit zwei Minuten Feierabend hatte, doch ich ließ mich nicht abwimmeln.

»Okay, Emma, schieß los. Mach's aber kurz, ich hab's eilig.«

»Ich wollte mich erkundigen, was mit Liam los ist?« Ich sprach extra höflich. Das besänftigte Lehrer meistens und machte sie williger.

Fragend hob Mr Morrison die Augenbrauen. »Das weißt du nicht?«

Ich schaute ihn ausdrucklos an. Plötzlich war es mir unangenehm, dass mein Lehrer so überrascht zu sein schien, dass ich nicht wusste, was mit Liam war.

»Liam ist weggezogen. Ich dachte, er hätte dir das gesagt.«

Ähh ... Was?! Ich war total schockiert, doch stattdessen antwortete ich: »Ach so, stimmt ja. Hatte ich vergessen.«

Sehr einfallsreich, Emma. Das schien auch Mr Morrison zu denken. Er sah aus, als würde er mich jetzt für völlig wahnsinnig halten. Sauer, aber auch gleichzeitig unheimlich traurig, dass Liam abgehauen war, ging ich zu ihm nach Hause. Da würde mir schon irgendjemand sagen können, wo er hin war. Ich klingelte und Liams Mutter öffnete. Na ganz toll.

»Was willst du?«, fragte sie mich unfreundlich. Doch ich ließ mich nicht einschüchtern.

»Ich möchte wissen, wo Liam ist«, forderte ich.

»Wozu?«

Völlig perplex über diese Gegenfrage, stammelte ich los. »Ähm ... ja ... Liam ist mein Freund und ...« Doch da wurde ich schon unterbrochen.

»Soweit ich weiß, hast *du* Liam abserviert.«

Dabei sprach sie das »du« so aus, als wäre es absolut unglaublich, dass so jemand wie ich (auf Deutsch: so eine kleine, hässliche, eklige Kröte) ihren fantastischen Liam vor den Kopf gestoßen hatte. Womit sie ja auch zum Teil Recht hatte. Was hatte ich mir nur dabei gedacht?

Ich schaute betreten zu Boden, weil ich nicht richtig wusste, was ich antworten sollte. Noch eine Person kam zur Haustür. Ich schaute zögerlich auf und meine Gesichtszüge erhellten sich wieder. Es war Harry. Gott sei Dank!

»Du tust ihm Unrecht, Emma. Der Junge ist fix und fertig. Ich denke, ihr solltet euch mal aussprechen.«

Ich nickte schüchtern. Wenn ich noch kein schlechtes Gewissen hatte, dann spätestens jetzt. So langsam machte ich mir Gedanken, warum jeder außer mir so von Liams Unschuld überzeugt war. Hatte ich tatsächlich einen Fehler gemacht?

»Du findest ihn bei den Blackstone Hills. Wir haben dort eine Hütte in den Wäldern. Da machen wir immer Urlaub.«

Ich fragte nach dem genauen Weg dorthin, dann wandte ich mich zum Gehen.

»Emma?«

Ich drehte mich nochmal um. Harry sah irgendwie besorgt aus. »Du solltest besser erst morgen dorthin fahren.«

Oh ... Ich schien ja einen gefestigten Eindruck zu machen, dass er mir nicht mal zutraute, in meinem jetzigen Zustand Auto zu fahren. Doch ich wollte mich nicht mit ihm anlegen, also nickte ich brav. Ich konnte sowieso nichts mehr sagen. Ich war wie betäubt. Außerdem hatte sich ein dicker Kloß in meinem Hals breitgemacht, der das Antworten nicht gerade erleichtern würde.

Ich konnte es nicht fassen, dass Liam wirklich weggegangen war. Wie konnte er mich nur so im Stich lassen? Ich lief im Laufschritt nach Hause. Ich wollte zu Liam und die Sache mit ihm klären. –Und zwar persönlich!

Zu Hause angekommen war ich zwar mehr tot als lebendig, aber nicht tot genug, um nicht sofort meine Sachen packen zu können, um zu Liam zu fahren. Ich machte mir einen kleinen Rucksack zurecht und schwang mich auf Hugos Fahrersitz. Meiner Mom hatte ich knapp erzählt, dass ich Liam besuchen wollte und sie war einverstanden. Glücklicherweise wurde ich nicht von meinem Dad erwischt und konnte unbemerkt verschwinden. Meine Mutter würde es ihm schon beibringen.

***

Es dauerte vier Stunden mit dem Auto, bis ich in dem Gebirge angekommen war. Ich hielt auf einem geschotterten Parkplatz, den Harry mir beschrieben hatte, und sah mich um, da entdeckte ich Liams Wagen und war plötzlich ganz aufgeregt. Ich lief den kleinen Waldweg entlang, von dem Harry ebenfalls erzählt hatte, und stand zehn Minuten später vor einer Holzhütte.

Nanu? Liams Dad hatte doch gesagt, der Fußmarsch würde mindestens drei Stunden dauern?

Ich klopfte an die Holzhütte und wurde hereingebeten.

»Liam?«, rief ich, doch die Hütte sah von innen eher wie ein Geschäft aus und ein mir fremder Mensch stand hier dem Verkaufstresen. »Ist Liam hier?«, fragte ich.

Der Mann schüttelte den Kopf.

Mensch! Was für ein Ungeheuer von Mann! Der Typ war riesengroß, hatte rote Haare und einen roten Vollbart. Wenn der durch den Wald laufen würde, könnte man ihn glatt für einen Grizzly halten.

»Liam wohnt hier nicht. Den findest du weiter nördlich«, brummte der Bärenmann mich an.

Als er keine Anstalten machte weiterzuerzählen, hakte ich nach: »Und wo muss ich da lang?«

»Das sind noch gut zwei Stunden zu Fuß«, war seine Antwort.

Zwei Stunden nur? Super! »Und wo genau muss ich lang?«, wiederholte ich.

Der Mann sah mich genervt an. Seine Augen blickten unfreundlich unter seinen buschigen (ebenfalls roten) Augenbrauen hervor. »Den Pfad, den du hergekommen bist, weiter den Berg hinauf«, antwortete er knapp.

»Okay, danke«, sagte ich und wollte gehen.

»Kleines?«

Ich drehte den Kopf in die Richtung des Bären. Ähm, tschuldigung, Mannes. »Ja bitte?«

»Du willst doch jetzt nicht mehr losgehen, oder?«

»Ähm … klar, warum nicht?«

»Das schaffst du nicht mehr vor der Dunkelheit. Vergiss nicht, du bist hier mitten im Niemandsland. Wir haben hier wilde Tiere.«

Ich schaute auf die Uhr. Doch, das würde ich noch schaffen. Zwei Stunden Fußmarsch waren definitiv noch drin, bevor es dunkel wurde.

»Doch, das klappt noch«, entgegnete ich und wollte gehen, da kam der Bärenmann mit großen Schritten hinter dem Tresen hervor. Seine Schuhe klackten schwer auf dem Holzboden und er packte mich am Arm, als würde er mich festhalten wollen.

»Das schaffst du nie bis …«, begann er, doch sein Blick blieb auf meiner Uhr hängen, die er irgendwie ängstlich anstarrte.

Ich zeigte ihm die Uhr. »Sehen Sie, Sie brauchen sich keine Gedanken zu machen. Das schaffe ich noch.«

»Oh ja, entschuldigen Sie, Ma'am. Natürlich. Ich wünsche gute Reise.« Er klopfte mir freundschaftlich auf die Schulter und nachdem ich auf die immer noch klopfende Hand schaute, zog er sie schnell zurück, machte eine leichte Verbeugung und ging zurück hinter den Tresen.

Komisch ... Was hatte er denn plötzlich? Egal, ich hatte keine Zeit, mir darüber länger Gedanken zu machen. Schließlich würde ich gleich Liam sehen und da sollte ich mir wohl noch überlegen, was ich ihm überhaupt sagen wollte.

***

Ich machte mich auf den Weg. Der Pfad war wirklich nur ein Pfad. Erdiger Boden, so schmal, dass keine zwei Menschen nebeneinander darauf passten und jede Menge Geäst, das kreuz und quer darüber ragte. Der Aufstieg war mehr als beschwerlich. Es ging wirklich steil bergauf und ich war nun schon zweieinhalb Stunden unterwegs, doch es war immer noch keine Hütte in Sicht.

Tja ... da hatte der Bärenmann sich wohl etwas verschätzt. Wobei, vielleicht hatte er mir auch die Zeit genannt, die er brauchen würde. So wie er nämlich aussah, musste er nur einen Schritt machen, wenn ich drei machte.

Dafür hatte ich jetzt genug Zeit, über Liam und mich nachzudenken. Und umso mehr ich in Liams Nähe kam und über ihn nachdachte, desto mehr fiel mir das große klaffende Loch in meinem Herzen auf, das Liam dort hinterlassen hatte, seit er fort war.

Ich hatte mich so über ihn geärgert, dass ich gar nicht gemerkt oder auch verdrängt hatte, wie sehr ich ihn eigentlich vermisste.

Dafür wurde ich mir meiner Sache jetzt immer sicherer. Ich liebte Liam, und seit ich ihn nicht mehr zu Gesicht bekam, spürte ich das jeden Tag mehr.

Lange hatte ich mich gefragt, weswegen ich ihn überhaupt geliebt hatte. Oder gemeint hatte, ihn zu lieben. Wenn ich an ihn dachte, dachte ich zwangsläufig an sein hübsches Gesicht, seine wunderbare Ausstrahlung und – nicht zu vergessen – seinen Wahnsinnskörper, aber in Wahrheit fehlte mir nicht Liams Aussehen. Wie konnte ich nur auf so einen Schwachsinn kommen? Dass ich Liam nur lieben würde, weil er so gut aussah?

Zugegeben, es mochte wohl das Erste gewesen sein, worauf ich seinerzeit geachtet hatte, aber Liam hatte weitaus mehr zu bieten. Ich sah ja auch keine Models im TV und fing dann an, sie zu vermissen. Oder Kyle, oder Amilia. Die zwar beide gut aussahen, die mir jedoch von der Art her gestohlen bleiben konnten.

Ganz anders als Liam. Ich dachte wehmütig an unser erstes Date, wo er mich mit in sein Lieblingscafé genommen hatte und wir uns den ganzen Nachmittag über irgendwelche Belanglosigkeiten unterhalten hatten, was aber dennoch total romantisch gewesen war und Spaß gemacht hatte.

Ich dachte an unseren Abend im Nightmare, wie er vor sich hingekichert hatte, weil ich dieses gammelige Fleischzeugs von Dan nicht kannte oder wie er extra für mich den Film »Eine wie keine« ausgeliehen hatte, nur um mir damit eine Freude zu machen, wo ihn sowas doch eigentlich gar nicht interessierte.

Wie er stundenlang dalag, mir durchs Haar strich und sich solche Sorgen um mich gemacht hatte wegen der Werwolfgeschichte und nicht zu vergessen, wie er mir immer Croissants zum Frühstück mitbrachte, weil er wusste, dass ich sowas gerne mochte.

Das waren die Sachen, die wirklich zählten. Und das war genau das, weswegen ich ihn so liebte!

Sein gutes Aussehen war nur ein Bonus, den ich zwar zu schätzen wusste, der aber in dieser Form nicht notwendig gewesen wäre. Da war ich mir jetzt sicher!

Glücklich, endlich Klarheit in mein Gefühlschaos gebracht zu haben, schritt ich neuen Mutes voran. Hoffentlich dauerte es nicht mehr so lange! Ich wollte die Sache mit Liam endlich klären.

Mittlerweile glaubte ich ihm, dass die Sache mit Amilia wohl noch einen anderen Hintergrund hatte. Und wenn er noch nicht bereit war, ihn mir zu nennen, würde ich halt warten, bis es soweit war.

Wenn ich mir das nämlich so recht überlegte, war Liam nie unfair zu mir gewesen und selbst Dan oder sein Vater hatten ja gesagt, dass das alles nicht so war, wie ich dachte.

Dass Liam sowas abstreiten würde, könnte ich ja noch nachvollziehen, aber warum sollten die beiden sich ebenfalls auf seine Seite schlagen? Was hatten sie davon?

Und da sich Liam nach unserer Trennung immer noch so ins Zeug gelegt hatte und versuchte, Amilia weitgehend zu ignorieren, konnte ich mir beim besten Willen nicht mehr vorstellen, dass er mich tatsächlich mit ihr betrogen haben sollte. Irgendetwas war da faul …

Warum war ich auch so dämlich gewesen? Warum hatte ich ihm nicht mehr Vertrauen geschenkt? Nun gut, das war jetzt auch nicht mehr zu ändern. Ich würde mich einfach beeilen und alles mit ihm besprechen.

Mühsam stapfte ich weiter den Waldweg hinauf. Mittlerweile fing es bereits an zu dämmern. Hoffentlich würde das nicht mehr allzu lang dauern. Ich hatte keine Taschenlampe dabei, wenn es dunkel werden würde.

Natürlich schaffte ich es nicht vor dem Dunkelwerden bis zur Hütte, doch ich hatte Glück im Unglück. Der Mond ging auf und erhellte mir nach und nach den Weg. Selbst in dicht bewaldeten Stücken hatte ich gute Sicht. Erstaunlich, wie hell der Vollmond die Nacht machte.

Moment. Was? Vollmond?! Schnell schaute ich auf die Uhr, die mir Liam zum Geburtstag geschenkt hatte. Sie zeigte ebenfalls eindeutig an, dass heute eine Vollmondnacht war. Zur Sicherheit klopfte ich nochmal mit den Fingern auf das Ziffernblatt, doch der kleine Mond blieb, wo er war. Ich hatte ja auch nicht wirklich erwartet, dass der Mond wieder vom Himmel verschwinden würde, nur weil ich meine Uhr durch Klopfen dazu überreden wollte, das Ziffernblatt doch zu wechseln.

Nervös blieb ich erstmal stehen. Wollte ich tatsächlich noch zu der Hütte laufen, in der Liam jetzt wohnte? Oder drücken wir es anders aus: Wollte ich tatsächlich noch zu der Hütte laufen, in der sich jetzt bestimmt ein verwandelter blutrünstiger Werwolf befand?

Nein, ganz sicher nicht!

Ich drehte auf dem Absatz um und ging zurück in die Richtung, aus der ich gekommen war. Da hörte ich plötzlich ein Heulen. Und es kam aus der Richtung, in die ich mich gerade bewegte, also machte ich wieder kehrt und marschierte doch lieber wie geplant zu der Holzhütte.

Mein Herzschlag wurde schneller.

Aber wenn ich schon die Wahl zwischen Werwolf und Liam-Werwolf treffen musste, dann nahm ich doch lieber den Liam-Werwolf.

Wieder ein Heulen.

O Gott! Ich betete inständig, dass es nur ein Hund war! Meine Schritte wurden schneller, immer schneller, und obwohl ich schon längst völlig außer Puste war, zwang ich mich voran. Mein Puls war mittlerweile bestimmt auf 180, doch ich wollte einfach nur weg von diesem Geräusch.

Auf einmal hörte ich hinter mir im Gebüsch ein Rascheln. Ich beschleunigte nochmal, bis ich zuerst in einen Jogg und danach in regelrechtes Rennen verfiel, doch das Rascheln kam immer näher.

O mein Gott, o mein Gott! Bitte mach, dass es ein Hund ist! Mein Herz raste und ich rannte um mein Leben, doch noch bevor ich hinter mir ein gefährliches Knurren hörte, war mir klar, dass es sich ganz sicher nicht um einen Hund handelte.

Ich blieb stehen.

Erstens: Ich war sowieso kurz vorm Zusammenklappen und zweitens: Ich hätte weder einem Hund noch einem Werwolf weglaufen können.

Keuchend fasste ich mir an die Brust, mein Körper wurde von Seitenstichen nur so malträtiert. Nachdem ich ausreichend nach Luft geschnappt hatte, drehte ich mich vorsichtig um.

Mich wunderte, dass das Knurren zwar lauter geworden war, das Vieh sich aber nicht auf mich stürzte.

***

Ich entdeckte den Werwolf nur zwei Meter hinter mir. Er stand halb versteckt neben einem Busch und sein dunkles Fell tarnte ihn im Zusammenspiel mit den Blättern, die ihn verdeckten, hervorragend. Einzig und allein seine leuchtend gelb-grünen Augen funkelten verräterisch aus dem Gebüsch. Er war riesig und obwohl ich Liam schon mal so gesehen hatte, setzte mein Herz kurzfristig aus. Ich benötigte einen Augenblick, um den Schock über diese Gestalt verdauen zu können.

Er trat aus dem Gebüsch hervor und ich starrte ihn an.

Nein, mit den Kuschelwerwölfen aus diversen Filmen, die einfach nur wie zu groß gewordene Hunde aussahen, hatte dieser nichts zu tun.

Er war eine wirklich abartige Kreatur. Hässlicher Schädel mit viel zu großen Augen, die viel zu weit aus den Höhlen ragten, schmale Schnauze mit gigantischen Reißzähnen, von denen rötlicher Schleim tropfte, struppiges blutverklebtes Fell an Kopf, Hals und Klauen und das alles gepaart mit einem relativ menschlichen Körper. Er wirkte wie ein furchtbar misslungenes Experiment von Dr Frankenstein, wo jemand einem Menschen Kopf, Hände und Beine mit Füßen abgehackt hatte und sie durch die entsprechenden Körperteile eines Wolfs ersetzt hatte.

Ich erinnerte mich an einen Film, den ich mal gesehen hatte. Er hieß »Die Fliege« und handelte von einem Menschen, der einen Teleporter erfunden hatte. Als er ihn ausprobieren wollte, flog versehentlich eine Fliege zu ihm in das Gerät hinein und ihre Gene vermischten sich miteinander. Heraus kam ein Mann, der immer mehr zu einer Fliege mutierte und hinterher sogar Menschen fraß, indem er ihnen zum Beispiel auf den Arm kotzte und das flüssige Kotze-Arm-Gemisch aufsaugte. Ekelhaft!

Der Werwolf taxierte mich, doch er griff nicht an.

»Liam?«, sprach ich den Wolf vorsichtig an.

Keine Reaktion.

Ich wusste nicht, wie ich damit umgehen sollte. Die Situation erinnerte mich an das letzte Mal. Ob er gleich zum Angriff übergehen würde? Und ob

Officer Dewey gleich wieder von irgendwo herkommen und ihn anschießen würde?

Ich merkte, dass mir die Knie schlotterten, doch auch wenn der Werwolf mir nicht wohlgesonnen zu sein schien, wirkte es dennoch so, als wenn er sich in der Gewalt hätte.

Behutsam trat ich einen Schritt zurück, doch der Werwolf machte direkt einen Schritt nach vorne, als wolle er den Abstand beibehalten.

»Liam?«, versuchte ich es nochmal. Doch wieder reagierte der Wolf nicht.

Ich ging erneut einen Schritt zurück und wieder schloss der Werwolf zu mir auf. Ich wusste nicht, was ich tun sollte, also wog ich die Möglichkeiten ab, die ich hatte.

Weg*rennen* fiel schon mal flach. Erstens hatte ich irgendwann mal gelesen, dass bei Raubtieren der Jagdinstinkt geweckt würde, wenn man ihnen davonlief und zweitens hatte ich zu Fuß sowieso nicht den Hauch einer Chance.

Weg*gehen* brachte – wie man sah – ebenfalls nichts. Der Wolf würde doch immer wieder zu mir aufschließen.

Liam mit seinem Namen anzusprechen blieb leider genauso erfolglos, also versuchte ich es mit Tiersprache. Das Einzige, was mir noch einfiel.

»Put put put«, flüsterte ich zögerlich vor mich hin und rieb meinen Daumen und den Zeigefinger so gegeneinander, als wollte ich eine Katze anlocken, doch nichts tat sich.

Um ehrlich zu sein, sah der Werwolf etwas verwirrt aus. Kam wohl nicht sehr oft vor, dass jemand versuchte Liam mit Worten anzulocken, die man normalerweise bei Hühnern verwendete.

Ich versuchte es erneut. »Put put put«, sagte ich nun etwas lauter. Meine Stimme klang kräftiger. Immer noch tat sich nichts.

Der Wolf stand abwartend, um nicht zu sagen zögernd da. Vermutlich ärgerte er sich gerade, dass er mit seinen Klauen kein Handy bedienen konnte, um mich direkt einweisen lassen zu können.

»Put put put?«, setzte ich noch einmal an, doch wieder starrte der Wolf mich nur an. Okay, jetzt war der richtige Augenblick, sich absolut lächerlich vorzukommen.

Ich ging noch einen Schritt zurück und merkte, wie ich gegen einen Baumstumpf stieß. Panik erfasste mich. Obwohl mein Verstand die Möglichkeit vorhin schon ausgeschlagen hatte, schrie alles in mir, dass ich wegrennen solle. Weg von diesem Ding! Und zwar so schnell wie möglich! Doch ich konnte nicht. Mein Körper war wie gelähmt. Ich ließ mich auf den Baumstumpf sinken und schlug die Hände vors Gesicht.

Wie blöd konnte ein Mensch allein eigentlich sein? Stand ich hier mutterseelenallein in einem Wald herum und versuchte tatsächlich mit »put put put« (ich weiß, sehr geistreich ...) einen Werwolf zu zähmen?

Ich hörte, wie der Wolf auf mich zukam. Ich blickte auf.

»Liam?«

Der Wolf reagierte nicht auf das, was ich sagte, doch er kam näher und näher. Mein Herz klopfte immer lauter und ich war starr vor Angst. Ich bewegte mich keinen Millimeter, obwohl er wirklich bedrohlich aussah und ich am liebsten schreiend davongerannt wäre. Seine riesige Statur, die hochgezogenen Lefzen, die spitzen, langen Reißzähne, die scharfen Krallen – das perfekte Raubtier.

Der Wolf hob witternd die Nase in meine Richtung. Vorsichtig streckte ich die Hand nach ihm aus, um ihn daran schnuppern zu lassen. Ich wusste nicht, ob man Wölfe behandelte wie Hunde und ob Werwölfe dazu auch noch mal ein Unterschied waren, doch ich wusste nicht, was ich sonst tun sollte.

»Ist doch gut, Liam«, sagte ich leise und versuchte, das Zittern meiner Hand zu unterdrücken. Ich hatte schließlich schon oft genug im TV gesehen, dass die kleinste Bewegung ein Tier erschrecken oder aggressiv machen konnte.

Doch kurz bevor der Wolf nahe genug war, um an meiner Hand zu riechen, sprang ein zweiter Wolf knurrend aus dem Gebüsch und nahm den Wolf vor mir ins Visier.

Huch! Was war das denn jetzt für einer? Und vor allem: Wer war der Wolf vor mir? Entsetzt schaute ich zwischen den beiden hin und her. Zur Hölle! Wer war denn jetzt Liam? War er überhaupt einer davon?

Ich spürte, wie ich innerlich hektisch wurde. Nackte Angst durchströmte mich und ich hatte das Gefühl, über kurz oder lang ohnmächtig zu werden. Wusste der Geier, wer diese zwei Wölfe waren und was sie jetzt mit mir machen würden. Jagten Werwölfe eigentlich im Rudel? War ich ihr Abendessen?

Wie erstarrt saß ich auf dem Baumstumpf, die Hand immer noch nach vorne ausgestreckt, doch ich traute mich nicht, auch nur die geringste Bewegung zu machen. Selbst meine Atmung hatte ich angepasst und atmete nur noch flach. Gänsehaut kroch mir bis hoch in den Nacken und Verzweiflung machte sich in mir breit.

Was sollte ich jetzt bloß tun? Okay, Emma, jetzt nur nicht unüberlegt handeln, beschwor ich mich. Meine Augen flitzten von einem Wolf zum anderen. Warum mussten die beiden so gleich aussehen?

Ich versuchte mit Verstand an die Sache heranzugehen und verglich die Wölfe miteinander. Wenn ich es mir recht überlegte, ähnelte die Fellfarbe des Wolfes, der gerade aus dem Gebüsch gesprungen war, eher Liams dunkelbraunen Haaren. Aber wenn das Liam war (vorausgesetzt, er war überhaupt hier), wer war dann der schwarze Wolf vor mir?!

Erschrocken zog ich doch die Hand weg und hatte nun die Aufmerksamkeit beider Wölfe. Super, Emma! Klasse gemacht!, schallt ich mich selbst, doch das war jetzt nicht mehr zu ändern.

Der Werwolf vor mir trat noch einen Schritt näher an mich heran und ich hielt die Luft an. Jetzt keine falsche Bewegung machen, Emma! Er war gerade dabei, die letzte Lücke zwischen uns zu schließen, da begann der dunkelbraune Werwolf die Zähne zu fletschen. Blitzartig drehte der Werwolf vor mir sich um und drohte zurück. Daraufhin richteten sich beide auf und umkreisten sich.

Ich wagte es nicht, auch nur den kleinsten Mucks von mir zu geben. Zu groß war die Angst, dass die beiden Streithähne dann wieder auf mich aufmerksam wurden.

Die Wölfe knurrten weiter und stellten ihr beeindruckendes Gebiss zur Schau. Beiden tropfte glibberiger Speichel aus dem Maul und sie schnappten ins Leere.

Ich vermutete, dass es sich hierbei ebenfalls um eine Drohgebärde handelte, da keiner wirklich Anstalten machte, den anderen zu verletzen. Wie gebannt saß ich da und beobachtete dieses kuriose Schauspiel. Für einen kurzen Augenblick rührte sich keiner der Werwölfe mehr. Dann ließen sich beide wie auf Kommando auf alle Viere fallen.

Der dunkelbraune Wolf machte zwei gezielte Sätze auf den schwarzen Werwolf zu, doch dieser hatte nicht die Absicht, sich mit ihm anzulegen. Im Gegenteil: Im Bruchteil einer Sekunde drehte er sich um, schnappte nach meiner Schulter und ein brennender Schmerz durchfuhr mich.

Ich schrie auf, doch noch bevor er wieder losgelassen hatte, hatte der dunkelbraune Wolf sich bereits auf ihn gestürzt und die beiden rollten zähnefletschend über den Waldboden. Da die Zähne des schwarzen Wolfes noch in meiner Schulter steckten, als der Dunkelbraune ihn traf, wurde ich mit zu Boden gerissen und schlug mit einem dumpfen Geräusch auf.

Ich schaffte es nicht, mich aufzurappeln, also blieb ich, so ruhig es ging, liegen. Ich würde sowieso an einer Blutvergiftung oder Tollwut oder sonst was sterben. Während ich leise vor mich hin wimmerte – verdammt! Die Schulter brannte wirklich höllisch – drehte ich meinen Kopf zu dem kämpfenden Wolfsknäul. Ich sah gerade noch, wie der schwarze Wolf sich aus dem Biss des Dunkelbraunen löste und dicht gefolgt von ihm durch das Unterholz verschwand, bevor mir schwarz vor Augen wurde.

Ich wurde gebissen …

Ich wurde gebissen …

Ich wurde gebissen …

Das war alles, woran ich noch denken konnte, bevor ich ohnmächtig wurde.

***

Am nächsten Morgen wachte ich auf. Mein Mund fühlte sich trocken an und als ich versuchte mich aufzurichten, erinnerte mich ein bestialischer Schmerz in der Schulter daran, was gestern Abend passiert war.

Ich war gebissen worden!

Erschrocken fuhr ich mit der Hand an die Schulter, wo sich alles warm und glitschig anfühlte. Angewidert zog ich die Hand wieder weg und betrachtete meine blutigen Finger. Scheiße! Nervös blickte ich mich um und sah Liam splitterfasernackt neben mir auf dem Bauch liegen. Sein Rücken war mit Kratzwunden und Bissen übersät, doch es sah so aus, als wären die Wunden bereits dabei zu heilen. Vorsichtig streichelte ich ihm über die Haare.

»Liam?«, flüsterte ich und er drehte sich langsam auf den Rücken, um mir in die Augen zu schauen. Ich starrte gezielt in sein Gesicht und schirmte mit einer Hand mein Blickfeld entsprechend ab, um ja nicht aus Versehen einen Blick auf seine untere Körperregion zu erhaschen. Liam richtete den Oberkörper so auf, dass er auf seinen Ellbogen liegen konnte.

»Emma«, lächelte er und blinzelte zwischen seinen dunklen Wimpern hervor. Sein Daumen streichelte meine Unterlippe, dann zog er mich zu sich herunter, damit er mich küssen konnte.

Oh Mann! Wie ich das vermisst hatte! Doch bevor es zu einem Kuss kam, platzte es schon aus mir heraus: »Ich bin gebissen worden!«

Ich setzte mich wieder gerade hin, damit Liam sich aufrichten konnte. Träge rieb er sich über die Augen und nickte zögerlich.

»Ich weiß«, entgegnete er niedergeschlagen und schaute von unten nach oben zu mir herauf. Dann stand er auf und ging um mich herum, während ich krampfhaft meine Augen schloss.

»Du wurdest wirklich gebissen«, murmelte er vor sich, »ich habe es nicht nur geträumt.«

»Du kannst dich erinnern?«, fragte ich erstaunt.

Liam nickte. »An jedes Detail. Als ich den Wolf vor dir sah … als ich sah, in welcher Gefahr zu schwebtest, war alles da, Emma.«

Normal hätte ich mich für Liam freuen sollen, dass er es endlich geschafft hatte, seinen Geist während der Verwandlung zu kontrollieren. Doch ich wünschte nur, es wäre unter anderen Umständen passiert.

Ich konnte nämlich nur an eins denken: Ich war gebissen worden!

12. Kapitel

Ich merkte, wie angespannt Liam war. Seine Unterlippe zitterte und er sah aus, als würde er jeden Augenblick anfangen loszuheulen. Es war klar, dass er sich wegen des Bisses so verhielt. Er hatte Angst um mich und fragte sich vermutlich das Gleiche wie ich: was nun mit mir passieren würde. Doch offensichtlich wollte er stark sein. Für mich.

»Was ist jetzt mit mir?«, platzte aus mir heraus. Ich spürte, wie es mir die Kehle zuschnürte und meine Augen zu brennen begannen.

Liam schaute mich ratlos an und zuckte mit den Schultern. Seine Hände zitterten wie Espenlaub und da ich sonst nur den souveränen Liam, den Herrn aller Lagen, die Coolness in Person, die Inkarnation der Abgebrühtheit kannte, der plötzlich wie ein Häufchen Elend vor mir saß, musste mein Fall schon akut sein.

Er starrte vor sich hin. Ich war mir sicher, dass er überlegte, ob ich mich infiziert hatte und ob ich beim nächsten Vollmond ebenfalls zum Wolf werden würde.

Allein bei dem Gedanken daran wurde mir speiübel. Ich wusste nicht, ob ich die Wahrheit überhaupt hören wollte. Ob ich sie ertragen konnte.

Immerhin hatte es damals bei Officer Deweys Erklärbärstunde so geklungen, als gäbe es nur zwei Möglichkeiten, aus einem Werwolfkampf herauszukommen: Entweder tot oder infiziert.

Und da ich nicht tot war (denn Tote würden sicherlich nicht solch einen brennenden Schmerz verspüren können), konnte ich nur eins sein: infiziert!

Ich hatte gar nicht gemerkt, dass ich meine Knie mit den Armen umschlungen, mein Kinn darauf gebettet hatte und mich leicht hin und her wiegte. Das hatte ich schon als kleines Kind gemacht, wenn ich vor irgendwas furchtbare Angst hatte. Meistens summte ich noch ein Lied dabei, doch das blieb Liam erspart.

Auch wenn ich teilnahmslos vor mich hinstarrte, lief mein Gehirn auf Hochtouren: Woran merkte man, dass man infiziert war? Dass man sich in Zukunft bei jedem Vollmond in einen Wolf verwandeln würde? Ich fühlte mich – bis auf den furchtbaren Schmerz in meiner Schulter – wie immer.

Liam ging vor mir in die Hocke und ich schloss schnell wieder die Augen. Nicht, dass noch irgendetwas vor meiner Nase hin und her baumelte, was ich unter diesen Umständen sicher nicht sehen wollte. Liam sah, dass ich meine Augen geschlossen hielt, und strich mir sanft übers Haar.

»Tut es sehr weh, Emma?«

Ich schüttelte leicht mit dem Kopf. »Es geht«, antwortete ich tapfer (was natürlich nicht im Entferntesten der Wahrheit entsprach, denn die Wunde brannte wie Feuer), »aber könntest du dir bitte etwas anziehen?«

Liam nickte. »Kannst du laufen? Meine Hütte ist nicht weit von hier. Oder soll ich dich tragen?«

Hektisch schüttelte ich den Kopf. Nein, ich wollte ganz sicher nicht von einem nackten Liam getragen werden. Ich blinzelte ihn an, darauf bedacht, ihm schnurgrade in die Augen zu sehen.

»Nein, es geht schon.«

»Gut. Dann lass uns zur Hütte gehen. Dort können wir uns in Ruhe unterhalten und uns Gedanken über die Situation machen.«

Ich rappelte mich auf und Liam hielt mich am Arm. Gut, es ging doch schlechter, als ich gedacht hatte, aber ich konnte mich voll und ganz auf ihn stützen. Ihm schien es nichts auszumachen.

Nach einer Viertelstunde waren wir da und Liam brachte mich in die Küche, wo ich mich schwerfällig auf einen Stuhl fallen ließ. Zwischenzeitlich ging er hinüber ins Wohnzimmer, wo er Klamotten auf dem Sofa liegen hatte, raffte sie zusammen und verschwand im Badezimmer. Das vermutete ich zumindest, da ich daraufhin Wasser plätschern hörte.

Einen kleinen verstohlenen Blick auf seinen süßen, straffen Po konnte ich mir dann aber trotz allem nicht verkneifen, obwohl ich mir ja vorgenommen hatte, Liam nicht mehr auf sein Äußeres zu reduzieren und obwohl ich eigentlich andere Sorgen hatte. Es dauerte nicht lange, da kam er auch schon angezogen wieder.

»Willst du auch etwas anderes anziehen? Faith hat noch ein paar Sachen hier. Und wenn du duschen magst, nur zu. Danach können wir uns unterhalten.«

Ich nickte. Ich fühlte mich schmutzig, weil ich die ganze Nacht auf einem Waldboden geschlafen hatte. Wusste der Himmel, welches Getier sich zwischenzeitlich in meine Unterhose verirrt hatte und wenn ich so darüber nachdachte, konnte es mir gar nicht mehr schnell genug gehen, aus den Sachen rauszukommen. Am Ende krabbelte gerade eine dicke fette Spinne (oder Tarantel? Gab es hier sowas? Bestimmt. Immerhin waren wir hier in der Wildnis!) an meinen Pobacken entlang. Igitt! Ich schüttelte mich bei diesem Gedanken.

Außerdem wollte ich mir die Wunde gerne mal genauer ansehen. Ich hatte nämlich das Gefühl, die Schmerzen wurden schlimmer, statt besser. Und Badezimmer hatten ja bekanntlich einen Spiegel. Ich würde sie auswaschen und danach inspizieren, also tapste ich ins Bad und ließ meine Klamotten einfach auf den Boden fallen. Mein Oberteil war sowieso nicht mehr zu gebrauchen. Durchlöchert und zerrissen. Das konnte ich getrost in den Müll werfen.

Ich stellte mich unter die Dusche, doch das sonst so angenehme Gefühl, das einen durchflutete, wenn warmes Wasser auf einen geschundenen Körper traf, wich leider einem schrecklichen Brennen, das jedes Mal dann einsetzte, wenn der Strahl auch nur in die Nähe meiner Schulter kam. Also wusch ich mich gerade so, dass ich sauber war, und rieb ganz sanft über die Wunde um das Blut abzuwaschen. Als ich damit fertig war, kletterte ich aus der Dusche heraus und trocknete mich ab.

Ganz vorsichtig tupfte ich über die Wunde. Das Handtuch wurde zwar leicht rot davon, aber es sah nicht so aus, als würde ich verbluten. Das beruhigte mich schon mal. Ein Stöhnen entfuhr meinen Lippen, als das Handtuch wieder die Wunde berührte. Meine Güte, ob Liams Wunden ihm auch solche Schmerzen bereiteten?

Die Tür öffnete sich und erschrocken hielt ich mir das Handtuch vor, doch nur Liams Hand war zu sehen, die ein paar Kleidungsstücke über einen Hocker legte.

»Alles in Ordnung?«, fragte er.

»Ja ja, geht schon. Ich komm gleich.«

Er schloss die Tür wieder.

Erneut fuhr ich mit dem Handtuch über die Verletzung. Sie brannte wirklich pervers. Ich drehte mich seitlich zum Spiegel, damit ich einen Blick darauf werfen konnte. Die ganze Schulter war blau und die Löcher, die die Zähne hinterlassen hatten, bluteten immer noch leicht. Wieder tupfte ich sie ab, doch diesmal ließ ich das Handtuch etwas länger darauf liegen und drückte es sogar sanft auf die Wunde, um die Blutung ganz zu stoppen.

Ich blinzelte. Irgendwie wurde mir schwummrig und ich sah in meinem Sichtfeld dunkle Flecken umhertanzen. Ob das wegen den Schmerzen normal war? Oder ob das erste Anzeichen der Infizierung waren? Ich zog mich an und ging zu Liam zurück in die Küche.

Der saß bereits mit zwei heißen Kakaos und einem kleinen Frühstück am Esstisch.

»Hunger?«, fragte er.

»Nicht besonders«, stellte ich fest und schnappte mir den Kakao. Nachdem ich das Schweigen nicht mehr aushielt, schaute ich Liam direkt in die Augen. »Du hast mich gestern Abend gerettet.«

Liam schaute unglücklich. »Ich kam zu spät. Ich hatte dich schon vorher gerochen, aber ich dachte, ich würde halluzinieren. Ich meine, wer kommt schon auf die Idee, bei Vollmond im Wald nach einem Werwolf zu suchen?«

»Es … tut mir … leid«, stammelte ich.

Doch Liam griff mit seiner warmen Hand nach meiner und umfasste diese. »Das ist nicht deine Schuld. Ich hätte einfach direkt loslaufen sollen, nachdem ich gemeint hatte, dich riechen zu können. Aber weißt du, Emma, du hast mir in letzter Zeit so gefehlt. Ich hatte öfter das Gefühl, dass du kommen würdest und jedes Mal, wenn ich dann aus der Hütte lief, warst du nicht da.«

Ich schluckte laut. Ursprünglich wollte ich fragen, was jetzt mit mir passieren würde und woran ich merken konnte, ob der Werwolf mich infiziert hatte, doch obwohl meine Gedanken nur um den Biss und seine Folgen kreisten, schob sich eine andere Frage dazwischen.

»Warum bist du überhaupt weggelaufen?!«, fragte ich entrüstet.

Die Verletztheit in meiner Stimme konnte ich leider nicht unterdrücken.

Liam schaute mich mit großen Augen an, dann blickte er hinunter auf unsere Hände und biss auf seine zitternde Unterlippe.

»Weil du gesagt hast, dass du mich nie wieder sehen willst. Und ich kann einfach nicht so neben dir her leben, als wenn nichts gewesen wäre. Du magst mich für ein skrupelloses Tier halten, aber das bin ich nicht.«

Erschrocken starrte ich ihn an. »Das stimmt doch gar nicht«, verteidigte ich mich lauthals.

Liam blickte bekümmert zu mir auf. »Das war nicht auf die Sache mit meinem Werwolfdasein bezogen.«

Ich überlegte, was er versuchte, mir zu sagen. Dann fiel der Groschen. »... sondern auf die Sache zwischen dir und Amilia.« Das war keine Frage, das war eine Feststellung.

Er nickte traurig. »Ich weiß, ich habe einen Fehler gemacht. Aber wenn es mir irgendwie möglich gewesen wäre, hätte ich dir davon erzählt. Das musst du mir glauben.« Er sah mich flehend an.

Ich nickte. »Ich weiß, und auch ich habe einen Fehler gemacht«, begann ich und Liam schaute ungläubig zu mir auf. »Ich bin nicht zu stolz, um mich bei dir zu entschuldigen. Ich hätte dir von Anfang an mehr vertrauen sollen.«

Er schaute noch immer völlig perplex. Anscheinend wusste er nicht, was er sagen und ob er seinen Ohren trauen sollte, also lächelte ich ihn aufmunternd an.

»Emma ... ich würde es dir wirklich sagen, wenn es ginge. Ich bin einfach auf dein Vertrauen angewiesen. Ich hatte nie etwas mit Amilia und werde nie etwas mit ihr haben.«

Diese Worte sprach er so eindringlich, noch dazu schaute er mir aufrichtig in die Augen, ohne auch nur mit der Wimper zu zucken oder Ähnliches. Er klang so ehrlich, dass ich mich langsam fragte, warum ich ihm nicht von Anfang an geglaubt hatte.

»Wenn ich so scharf auf Amilia wäre, wieso glaubst du, bin ich weggegangen, nachdem wir – so wie du es nennst – freie Bahn hatten?«

Ich zuckte mit den Schultern, doch ein Stechen ließ mich innehalten. Besorgt schaute Liam mich an, doch ich grübelte über seine Worte nach. Wo er Recht hatte, hatte er Recht. Er war nicht bei Amilia geblieben. Ein leichtes Lächeln huschte über meine Lippen.

»Und meinst du, ich hätte mit dir was angefangen, wenn ich Amilia gewollt hätte? Wie du selbst gesagt hast, war Amilia schon immer heiß auf mich. Es wäre doch ein Leichtes gewesen, sie sich als Freundin zu nehmen.«

»Vielleicht hattest du Angst vor Kyle?«, konterte ich. Aber noch bevor ich es ausgesprochen hatte, wusste ich, dass das absoluter Blödsinn war. Schließlich hatte er auch nicht die geringste Angst gezeigt, als es um mich ging.

Wieder überlegte ich. Irgendwie klang das alles ziemlich einleuchtend, was Liam da sagte. »Okay Liam, ich werde dir in Sachen Vertrauen ein paar Vorschusslorbeeren geben. Ich hoffe, dass ich das nie bereuen werde.«

Liam stand auf und kam um den Tisch herum. Er kniete vor mir nieder, fasste erneut meine Hände, führte sie langsam zu seinen Lippen und drückte mir einen sanften Kuss darauf.

»Ich wäre überglücklich, wieder dein Freund sein zu dürfen.«

Ich merkte, dass ich rot wurde. Aber diese Worte aus Liams Mund zu hören, noch dazu so feierlich dahergeredet, brachten mich einfach in eine peinliche Situation. Und meine Antwort war mindestens ebenso peinlich. »Das wäre sehr schön.«

Ich wollte Liam am Arm hochziehen, doch ich zuckte zusammen, da ich dummerweise den Arm mit der verletzten Schulter genommen hatte.

»Ich sollte mir das mal ansehen«, sagte Liam ernst.

»Es geht schon«, winkte ich ab, doch Liam ließ sich nicht beirren.

»Bitte, ich bin auch ganz vorsichtig.«

Ich zuckte diesmal mit einer Schulter, um ihm klar zu machen, dass er tun solle, was er sowieso nicht lassen konnte.

Behutsam versuchte Liam den Kragen des T-Shirts so weit zu ziehen, dass er die Wunde sehen konnte, doch das gelang ihm nicht.

»Warte«, sagte ich kurz und zog das Shirt aus. Meine Schüchternheit konnte ich unter diesen Umständen glücklicherweise mal ignorieren.

Er schob meine Haare beiseite und begutachtete die Wunde. Dann strich er meinen BH-Träger über die Schulter und tastete vorsichtig auf der Wunde rum.

»Autsch!«, entfuhr es mir und Liam schreckte zusammen.

»Sorry«, nuschelte er und nahm dann einen tiefen Atemzug.

»Was tust du da?«, fragte ich etwas pikiert.

»Ich rieche an deiner Wunde.«

»Uäh«, entfuhr es mir. Es war ziemlich eklig, dass Liam an der Wunde roch, aber anscheinend half es ihm, den Schweregrad genauer zu bestimmen.

»Sie ist entzündet«, stellte er fachmännisch fest.

»Ist das gut oder schlecht?«, fragte ich kleinlaut.

»Tja, ich weiß nicht genau.« Er nahm sein Kinn zwischen Daumen und Zeigefinger und rieb daran. »Ich glaube, das kannst du sehen, wie du willst. Ich bin zwar kein Experte für sowas. Du weißt, dass ich als Wolf geboren wurde und mich somit nicht wirklich mit dem Verwandlungsprozess auskenne, aber was man sich erzählt, ist, dass die Wunden, die zu einer Verwandlung führen, sofort anfangen zu heilen, wenn man infiziert wurde. Du erinnerst dich? Der Körper eines Werwolfs heilt schneller.«

Ich nickte bedächtig und erinnerte mich daran, wie Liam angeschossen wurde und eine Woche später nichts mehr davon zu sehen war. Mein Gesicht hellte sich auf.

»Und das bedeutet jetzt für mich?«, fragte ich hoffnungsvoll. Es tat mir leid, wegen Liam. Ich verachtete ihn keineswegs wegen seines Werwolfdaseins, aber ich war heilfroh, dass der Kelch wohl an mir vorüberging.

»Tja, Emma, ich will ganz ehrlich zu dir sein. Ich weiß es nicht. Ich wüsste aber auch nicht, dass schon mal einer einen Werwolfbiss überlebt hat und sich nicht infizierte.«

»Bist du denn sicher, dass ich nicht infiziert bin?«

Liam zuckte mit den Schultern. »Ich weiß es wirklich nicht. Logisch betrachtet, sollte deine Wunde, wenn du infiziert wärst, schon fast verheilt sein. Aber sie riecht entzündet. Genau genommen nach Eiter. Und du hast Schmerzen. Die hat man normal auch nicht, wenn man das Virus im Körper hat.«

Er seufzte. »Das ist alles sehr merkwürdig. Aber wenn ich vermuten darf, würde ich tippen, dass du nicht infiziert bist. Du hattest wohl einfach unglaubliches Glück.«

Ein glückliches Schnauben entrang sich meiner Kehle. Ich hatte das Gefühl, 1000 Kilo Ballast waren gerade von mir abgefallen. Ich war heilfroh! Ich schlang meine Arme um Liam und warf mich auf ihn, sodass wir beide zu Boden fielen. Dann bedeckte ich sein ganzes Gesicht mit Küssen.

»Emma«, lachte er, »so schlimme Schmerzen kannst du gar nicht haben.«

»Oh doch. Und wehe du nimmst das hier als Ausrede, dich nicht um mich kümmern zu müssen!«

Liam lachte lauter. »Nie würde ich …«, doch ich erstickte seine Antwort mit einem Kuss.

Ich war so aufgekratzt! Ich wurde vermutlich gerade von Endorphinen nur so überschüttet. Ich war nicht infiziert! Das nannte ich mal unverschämtes Glück!

***

Nachdem ich mich halbwegs wieder beruhigt hatte, setzte ich mich zurück auf den Küchenstuhl und rührte in meinem Kakao. Dann schaute ich Liam an, der ebenfalls wieder auf seinem Stuhl Platz nahm. Es gab nämlich noch ein paar Fragen, die in meinem Kopf herumspukten, und ich wollte unbedingt Antworten drauf.

»Sag mal, kanntest du den Werwolf eigentlich?«

Er schaute nachdenklich aus dem Fenster und mir danach direkt in die Augen: »Ich will ganz ehrlich zu dir sein, Emma. Ich kenne alle Werwölfe hier im Umfeld von mindestens 100 km, aber diesen hier hab ich noch nie gesehen. Sein Geruch kam mir bekannt vor, trotzdem kann ich ihn einfach nicht zuordnen. Ich wollte ihm gestern Nacht bis in sein Versteck folgen. Doch ich hatte Angst, dich allein im Wald liegen zu lassen.« Liam seufzte schwermütig.

»Ist doch nicht schlimm, wenn du ihn nicht kennst. Er ist weg und das zählt. Nochmal werde ich nicht so unvorsichtig sein und ihm die Chance geben, mich umzubringen.«

Liam griff sich in den Nacken, so wie er es immer tat, wenn er versuchte, Ruhe zu bewahren.

Fragend schaute ich ihn an. »Er ist nicht weg?«

»Ich weiß es nicht genau ... In der Nähe ist er nicht mehr, sonst würde ich ihn riechen. Aber es gibt etwas anderes, was mir Sorgen macht.«

Ich zog die Augenbrauen nach oben. »Ist doch gut, Liam. Mir ist nichts passiert. Wir haben beide festgestellt, dass meine Wunde schon heilen würde, wenn ich infiziert wäre und ich kann dir sagen, sie tut höllisch weh.« Ich setzte ein schiefes Grinsen auf, um die Stimmung etwas aufzulockern. Es kann sich vermutlich niemand vorstellen, wie sehr die Erkenntnis, kein Werwolf zu werden, die Stimmung heben konnte. Trotz fetter Fleischwunde an der Schulter. »Jetzt bin ich ja bei dir. Der Werwolf kann mir nichts mehr tun«, fuhr ich fort, doch Liam schüttelte den Kopf.

»Emma, der Werwolf hatte gar nicht vor, dich umzubringen.«

»Hä?« Nicht das intellektuellste Fragewort meines Wortschatzes, doch es traf den Nagel auf den Kopf.

»Wenn der Werwolf dich hätte töten wollen, hätte er das getan.«

»Aber du hast mich doch gerettet«, warf ich ein.

»Emma, Werwölfe sind blitzschnell. Ich war zu weit weg von euch, um ihn daran hindern zu können.«

»Er hat mich ja auch erwischt«, gab ich zu bedenken.

»Ganz genau. Erwischt. Diese Bisswunde ist nichts Ernsthaftes. Mit einem einzigen Biss hätte er dir deine Schulter abreißen können, ehe ich dagewesen wäre. Er hat es einfach nicht gewollt.«

»Du meinst also, er wollte mich nur mal beißen?!«, fragte ich völlig fassungslos.

»Infizieren«, korrigierte er mich.

»Im Ernst?!«

»Sieht so aus, ja.« Liam knirschte mit den Zähnen.

»Macht ihr denn sowas? Einfach so Leute infizieren?« Ich konnte gar nicht glauben, was ich da hörte!

»Um Gottes willen, nein, Emma!« Liam schrie fast. Er klang entsetzt und beleidigt zugleich.

Ich hob beschwichtigend die Hände. »Ist ja gut, ich glaube dir. Es hätte ja sein können, dass ihr, ähm, neue Herdenmitglieder braucht?«

»Rudel.«

»Was?«

»Es heißt Rudel. Und nein, sowas machen wir nicht. Um ehrlich zu sein, wollen wir mit den Infizierten nichts zu tun haben. Man sagt, sie haben sich oftmals schlecht unter Kontrolle, weil sie viel zu wenig Zeit haben, sich an all das Neue zu gewöhnen. Das macht sie gefährlich. Und das wiederum gefährdet unsere Identität. Sie fordern die Alpha-Tiere heraus, bringen Unordnung in die Rudel und jagen, was ihnen vor die Schnauze kommt.« Liam echauffierte sich richtig.

»Ist ja auch egal jetzt. Ich bin nicht infiziert und somit hat der Wolf sein Ziel nicht erreicht.«

»Mich würde trotzdem interessieren, was er damit bezwecken wollte«, grübelte Liam weiter.

Ich allerdings hatte keine Lust, mir über diese »was-wäre-wenn«-Sachen Gedanken zu machen. Ich war einfach nur heilfroh, dass mir nichts Schlimmeres passiert war. Außerdem schmerzte meine Schulter und ich war plötzlich todmüde.

»Ich leg mich ein bisschen hin«, sagte ich und stand auf, »ich bin hundemüde.«

Liam hob den Kopf. »Das Schlafzimmer ist die zweite Tür links.«

Ich gähnte. »Nee, ist schon gut. Ich leg mich auf die Couch. Will nur ein kurzes Nickerchen machen. Und du sollest dir auch nicht mehr so viele Gedanken machen. Es ist ja nichts passiert.«

Ich stapfte zur Couch und legte mich auf den Bauch. Wie gut, dass das meine Lieblingsschlafposition war. So kam wenigstens nichts an meine Schulter. Es dauerte nicht lange, da war ich auch schon eingeschlafen.

13. Kapitel

Durch das Klopfen in meiner Schulter wurde ich wieder wach. Ich hatte das Gefühl, erst zehn Minuten geschlafen zu haben, doch als ich auf die Uhr schaute, stellte ich entsetzt fest, dass ich den ganzen Tag verschlafen hatte. Ich strampelte die Decke von mir, mit der Liam mich offensichtlich zudeckt hatte, nachdem ich eingeschlafen war. Es war viel zu heiß hier drin. Liam saß in dem Sessel neben mir und schien ebenfalls eingenickt zu sein.

Ich richtete mich vorsichtig auf und ein Brennen durchfuhr mich, von dem man locker hätte ohnmächtig werden können. Vorsichtig betastete ich meine Schulter. Sie war ganz heiß und feucht. Die Haut spannte sich schmerzhaft und stramm über den Knochen.

Ich ging in die Küche, um mir ein Glas Wasser zu holen. Ich hatte das Gefühl, schon seit Wochen nichts mehr getrunken zu haben. Durstig machte ich mir das Glas zweimal unter dem Wasserhahn voll und stürzte es jedes Mal mit ein paar wenigen Zügen hinunter. Danach ging es mir schon etwas besser. Ich ging ins Badezimmer, um mir die Wunde anzusehen und bekam einen Schreck.

Meine Schulter war rot, geschwollen, meine Haut glänzte fiebrig und dünn über jeder Menge Eiter. Ich tippte kurz auf die Wunde und prompt kam ein gelbes steifes Sekret aus einem der Bisslöcher geflossen. Ich biss die Zähne zusammen und hielt mich am Waschbecken fest. Der Schmerz, der durch mich hindurchzuckte, war schlimmer als alles, was ich je erlebt hatte. Ich drückte noch einmal auf die Wunde und es kam mehr Eiter hinausgeflossen. In dem Moment gaben meine Beine nach, doch bevor ich zu Boden stürzen konnte, hatte Liam mich aufgefangen.

»Was machst du denn da, Emma?«, schimpfte er mich liebevoll.

»Aua«, sagte ich nur und nickte mit dem Kopf in Richtung meiner Schulter. Ich spürte, wie sich Tränen in meinen Augen sammelten. Bereit, beim nächsten Herumdrücken auf meiner Wunde meine Wangen hinabzustürzen wie die Niagarafälle.

Er setzte mich auf den Hocker, der im Bad stand, und betrachtete sich meine Wunde genauer. »Oh Backe, das sieht echt übel aus.«

Normal hätte ich auf so einen schlauen Satz mit »Ach nee«, oder sowas geantwortet, doch ich fühlte mich zu schlapp.

»Wir müssen dich zu einem Arzt bringen.«

»Nein!« Um Himmels willen, bloß kein Arzt. Der würde mir bestimmt eine Spritze verpassen und ich hasste Spritzen!

»Kein Aber! Wir fahren jetzt gleich.«

»Und was sollen wir dem sagen? Nach Hundebiss sieht das wohl nicht aus«, schnappte ich.

»Sei vernünftig, Emma. Wenn du dir nicht helfen lässt, wird die Wunde nur noch schlimmer.«

»Ich will aber nicht«, bockte ich wie ein kleines Kind und zog mir das Shirt wieder über. Und obwohl ich den Arzt nicht kannte, konnte ich ihn schon nicht leiden. Einfach, weil Liam mich dahin zwingen wollte und ich keine Lust hatte.

Doch wie immer, wenn er etwas wollte, interessierte ihn meine Meinung herzlich wenig. Oh! Er konnte so verdammt stur sein!

Liam hob mich einfach hoch und brachte mich ohne einen weiteren Kommentar zu seinem Moped, welches er an die Wand der Hütte angelehnt hatte.

»Schaffst du es, dich an mir festzuhalten?«

Ich nickte. In Anbetracht meiner Schulterschmerzen war ich mir zwar nicht sicher, aber einen Unfall wollte ich nicht auch noch zusätzlich haben, also würde ich mein bestes geben.

»Und was sagen wir dem Arzt?«, warf ich nochmals ein.

»Emma, jeder Werwolf hat auch ein normales Leben. Ich kenne da jemanden, der dir helfen kann.«

»Ist dieser jemand Arzt und Werwolf zugleich?«

»Vertrau mir einfach.«

Grrr! Wie ich diese Antworten hasste! Was war so schwer an einem »Ja« oder »Nein«? Das würde ich ihm schon noch austreiben! Und wenn der Grund, mir nicht eine gescheite Antwort zu geben, nicht mindestens der war, dass er beim Aussprechen tot umfallen würde, würde ich nichts – aber auch gar nichts – anderes gelten lassen!

Liam setzte mich mit einer Leichtigkeit auf das Moped wie andere Leute einen Fahrradkorb befestigten (Emma, der Fahrradkorb … war das die Steigerung von Emma, die Obstkiste?) und kletterte dann behutsam vor mich.

Ich mochte es zwar absolut nicht, wenn er mich handhabte, als wäre ich irgendein Gegenstand, aber ich war plötzlich wieder so müde, dass ich mich nicht darüber beschwerte. Ich schlang beide Arme um ihn und ließ mich gegen ihn sinken. Ich spürte noch, wie er meine Arme mit einer Hand festhielt, doch mehr bekam ich nicht mehr mit.

***

Ein sanftes Rucken brachte mich wieder zur Besinnung.

»Emma, wir sind da. Du kannst jetzt loslassen.«

Huch? Wir waren schon da? War ich eingeschlafen? Oder in Ohnmacht gefallen? Wie auch immer. Ich versuchte, meine ineinander verschränkten Finger zu öffnen, doch es gelang mir nicht. Meine Schulter klopfte wie verrückt und brannte, als hätte man sie mit Benzin übergossen und angezündet.

Liam öffnete für mich vorsichtig meine Finger und schon kam ein Mann mit schlohweißen Haaren dazu, den Liam mit »Dr. White« begrüßte.

»Warte, ich helfe dir«, sagte der Mann mit einer tiefen, rauen Stimme und ich spürte, wie ich vom Moped gezogen wurde.

Liam nahm mich auf die Arme und trug mich in das Haus des Doktors. Er erklärte, was vorgefallen war, während er mich auf der Couch absetzte.

»Das hört sich aber nicht gut an«, meinte der Doc fachmännisch und platzierte sich auf einem Hocker direkt vor meiner Nase, um eine, wie er es nannte, »Routine-Untersuchung« durchzuführen.

»Emma? Kannst du mich hören?«, fragte er in einer Lautstärke, die ich vermutlich auch noch gehört hätte, wenn ich bereits drei Meter unter der Erde liegen und von Würmern zerfressen würde.

Ich nickte gequält. Der Werwolf hatte mir ja schließlich nicht das Ohr abgebissen. Meine instinktive Abneigung gegen diesen Doktor war also durchaus berechtigt gewesen, wie ich jetzt feststellen musste.

Dann fuchtelte er mit einer Hand direkt vor meinem Gesicht herum, sodass ich jederzeit mit einer Backpfeife rechnete, und sprach nochmal so laut: »Kannst du mich sehen?«

Genervt rollte ich mit den Augen und nickte wieder.

Danach patschte mir Dr. White mit seiner schweren Hand auf den Kopf und zog mit seinem dicken Daumen meine Lider nach oben, während er mir dabei jedes Mal so fest auf die Augäpfel drückte, dass ich das Gefühl hatte, die Dinger würden an meinem Hinterkopf wieder hervortreten. Er nahm die Taschenlampe und leuchtete mir in die Augen.

»Keine vertikal-schlitzförmige Pupille«, lautete das Urteil, »aber extrem glasige und fiebrige Augen. Hast du das verstanden, Emma?« Für wie dämlich hielt mich dieser Typ?

»Ich bin nicht behindert, werter Herr Doktor. Sie als Arzt müssten sowas eigentlich sofort erkennen. Ich habe nur eine Wunde an der SCHULTER«, patzte ich ihn an.

Liam kicherte vor sich hin. Dieser Verräter!

»Nun ja, liebe Emma, was das betrifft, lässt es schon auf psychische Defizite schließen, wenn Sie sich mit solch einer Wunde dem Arzt gegenüber so unkooperativ verhalten«, konterte er und das wieder in einer Lautstärke, die Scheiben zum Zerspringen bringen konnte. Bitte was?! Ich schnaubte entrüstet.

»Taub bin ich übrigens auch nicht«, warf ich dem Möchtegern-Doktor an den Kopf und legte meine ganze Entrüstung in die Worte. Ich schaute zu Liam, der merkwürdig vor sich hin wibbelte.

Ach, unseren Mr Perfekt schien das alles nur wieder zu erheitern. Er hätte lieber seiner armen, verletzten Freundin Beistand leisten sollen, während sie in ihrem Zustand von so einem Quacksalber gequält wurde. Offenbar hatte Liam meinen alles-vernichtenden-Todesblick richtig interpretiert, denn er kam zu mir und legte seinen Arm um mich. Trotz aller Wut kuschelte ich mich an ihn, denn ich merkte, wie meine Lider schon wieder schwer wurden.

»Hier, Emma, steck dir das bitte in den Mund«, bat mich Dr. White und reichte mir ein Fieberthermometer.

Na bitte! Die Lautstärke, in der er das Ganze formulierte, war zwar immer noch unangebracht, aber da er *Bitte* gesagt hatte, tat ich wie geheißen und schloss dabei die Augen.

Eine Minute später piepste das Thermometer. Bevor ich irgendetwas tun konnte, hatte Liam es mir schon aus dem Mund genommen und starrte entsetzt auf das Display.

»Wieviel?«, fragte Dr White.

»Vierzig«, antwortete Liam knapp.

Vierzig? Meinte er Vierzig Grad Fieber? Kein Wunder, dass ich mich fühlte wie ein Brathähnchen und dazu auch noch müde war, als hätte ich Monate nicht geschlafen.

»Lass mich jetzt mal deine Wunde sehen«, sagte der Doktor.

Ich wollte mein Oberteil ausziehen, doch ich schrie vor Schmerzen auf. Bei der Bewegung jagte ein Brennen durch meinen Arm, das mich schlagartig innehalten ließ.

»Warte«, sagte White und holte eine Schere, mit der er das Oberteil zerschnitt.

»Faith wird nicht begeistert sein, wenn wir hier ihre Sachen zerschneiden«, murmelte ich und dachte dabei an ihr griesgrämiges Gesicht.

»Das ist mir egal«, erwiderte Liam kurzerhand.

»Leg dich mal auf den Bauch, damit ich besser sehen kann«, wies der Doktor mich an.

Ich machte es mir auf der Couch bequem und legte meinen Kopf auf ein flauschig weiches Kissen.

»Ach du liebe Scheiße«, folgte als Nächstes aus Dr. Whites Mund. Er schien erschüttert, als er die Wunde sah.

»Ist es wenigstens eine hübsche Wunde?«, witzelte ich, doch Liam und White verboten mir gleichzeitig den Mund. Schmollend steckte ich den Kopf in das Kissen. Dann würde ich halt den Mund halten. Ich dämmerte schon wieder vor mich hin und bekam leider nur bruchstückhaft mit, was die beiden sagten.

»Ist sie infiziert?«, fragte Liam. Die Sorge in seiner Stimme war nicht zu überhören und es rührte mich sehr, dass er sich solche Gedanken um mich machte.

»Junge«, sagte White und klopfte Liam dabei freundschaftlich auf die Schulter, »das kann ich mir beim besten Willen nicht vorstellen. So, wie die Wunde aussieht, ist sie es sogar ganz sicher nicht. Sonst wäre der Biss schon längst verheilt. Aber das hier sieht ja echt übel aus!«

Liam nickte zufrieden und auch ich fühlte mich noch befreiter. Jetzt, wo sogar ein Doktor die Sache abgesegnet hatte, war ja alles in bester Ordnung. Wenn ich mich nicht so furchtbar schwach gefühlt hätte, wäre ich sicher vor Freude durch den Raum gehüpft, doch so begnügte ich mich damit, nur innerlich ein paar Freudensprünge zu machen.

Dr. White zog sich Handschuhe an und tippte vorsichtig mit der Bemerkung »ich *seh'* mir das mal genauer an« auf der Wunde herum.

Ich biss die Zähne zusammen. Scheiße! Tat das weh! Warum mussten Ärzte auch immer mit den Fingern »sehen«?! Normale Leute benutzten dafür ihre Augen!

Dann hielt er seinen Riechkolben über die Wunde und holte tief Luft. Igitt! War das irgendein neuer Fetisch, von dem ich noch nichts wusste? Statt an Kleber an Wunden zu schnüffeln?

»Ich will ganz ehrlich zu dir sein, Liam. Die Wunde macht mir Sorgen. Die wird so nicht heilen. Deine Freundin hat ganz glänzende Augen und sie ist heiß wie eine Ofenkartoffel. Sie hat sehr hohes Fieber, und wenn ich das hier richtig sehe, kommt noch eine Sepsis dazu.«

»Sepsis?«, fragte ich nach.

»Blutvergiftung«, antworteten die beiden unisono.

»Klugscheißer«, grummelte ich vor mich hin.

»Die Wunde müssen wir wohl oder übel aufschneiden, um den Eiter abzulassen. Gegen das Fieber, die Sepsis und die Wunde an sich werde ich ihr eine Spritze geben und sie danach mit Antibiotika behandeln.«

Liam nickte zustimmend.

»Gut, dann werden wir jetzt die Wunde säubern.« White nahm etwas, das aussah wie Jod und strich meine Schulter damit ein. »Ähm ...«, begann ich, doch bevor ich irgendetwas erwidern konnte, wie zum Beispiel: »Wie wäre es mit einer Vollnarkose oder wenigstens einer örtlichen Betäubung?«, hatte Dr. White das Skalpell schon in der Hand und schnitt in die Wunde.

Wider Erwarten war das allerdings nur ein kurzer Schmerz. Die Erleichterung, als der Eiter abfloss, war zum Glück größer.

Ich spürte, wie die heiße Brühe ablief und Dr. White sie immer wieder mit einem Tuch abtupfte. Als von selbst nichts mehr kam, begann er, auf der Schulter herumzudrücken, doch erstaunlicherweise war das nicht halb so schmerzhaft, wie befürchtet.

Nachdem White mich dann als »leer« betitelt hatte, sprühte er mir so viel Desinfektionsmittel auf die Schulter, dass sich dort vermutlich nicht mal in 100 Jahren noch irgendwas einnisten würde, aber ich wollte ja nicht meckern.

Dr. White machte mir einen dicken Verband, der komplett um die Schulter herumging und aussah, als hätte ich ein Pistolenhalfter umgeschnallt. Danach bekam ich noch eine Spritze und Liam bekam eingeschärft, dass ich von den Tabletten, die er für mich mitbekam, täglich drei nehmen musste.

»Was ist das?«, fragte Liam etwas skeptisch, als er die Kapseln in der Hand hielt, die größentechnisch vermutlich eher für ein Nilpferd gedacht waren, anstatt die zarte Kehle einer Siebzehnjährigen hinunterzurutschen.

»Ebenfalls ein hochdosiertes Antiseptikum«, antwortete White knapp und klopfte mir dann wie einem alten Gaul auf den Rücken, um mir zu bedeuten, dass ich nun fertig sei. »Und denk dran, Liam. Emma braucht Ruhe. Viel Ruhe! Es wird heilen, aber sie ist immer noch ernsthaft krank. Und da sie kein Werwolf ist, heilt das auch nicht so schnell wie bei dir.«

Liam nickte ernst und ich konnte mir leider nicht verkneifen, ihm die Zunge herauszustrecken.

Dr. White begleitete uns zur Haustür.

»Wie, äh ..., ich muss nicht hierbleiben?«, fragte ich etwas verwirrt. Normalerweise musste man doch im Krankenhaus bleiben, wenn man operiert worden war.

»Emma, ich finde es sehr schmeichelhaft, dass du meine Gesellschaft so genossen hast und gerne noch bleiben würdest, aber ich hab leider keinen Käfig mehr frei.«

»Käfig?!« Jetzt klang ich sicherlich noch verwirrter.

»Ja, Käfig. Ich bin Tierarzt. Wusstest du das nicht?«

»Tierarzt?!«, schnaubte ich und funkelte Liam böse an, der mich mit unschuldiger Miene ansah. »Das verzeihe ich dir nicht!«, giftete ich, stapfte an ihm vorbei und schwang mich auf das Moped.

Liam sah den grinsenden Dr. White an und zuckte mit den Schultern. Die zwei verabschiedeten sich voneinander und wir fuhren zu Liams Hütte zurück.

***

Dort angekommen, warf ich mich auf die Couch, auf der ich bereits den Tag verbracht hatte.

»Soll ich dich nach Hause bringen?«, fragte Liam fürsorglich.

»Tierarzt, hä?« Ich schaltete den Fernseher an und Liam setzte sich schüchtern neben mich.

»Dir musste doch schnellstmöglich geholfen werden.«

Ich reagierte nicht.

»Ich hab mir Sorgen gemacht«, verteidigte er sich weiter.

»Und dann bringst du mich zu einem *Tierarzt*?« Ich betonte das Wort, als würde es nach purem Giftmüll schmecken.

»Dr. White hat schon öfter Menschen behandelt.«

»Und Tiere.«

»Er hat mehr Ahnung als mancher Humanmediziner.«

»Humanmediziner«, äffte ich ihn nach. Das war so typisch. Wenn er mich zum Schweigen bringen wollte, griff er grundsätzlich in seine Fremdwort-Trickkiste und versuchte mich dadurch zu verunsichern.

»Ach, Emma«, sagte Liam versöhnlich und legte mir den Arm um die Hüfte, um mich seitlich an sich zu drücken. Ich gab nach, weil ich seiner Kraft sowieso nicht standhalten konnte, doch ich verschränkte die Arme vor der Brust, um ihm damit zu verdeutlichen, dass ich immer noch verärgert war.

»Sei mir bitte nicht mehr böse. Aber du hast vorhin so schlecht ausgesehen, dass ich dich schnellstmöglich in professionellen Händen wissen wollte. Und ja, ich gebe zu, mir war auch ein Tierarzt recht, wenn es dir dadurch wieder besser geht.«

Ich nickte verhalten.

»Dir geht es doch besser, oder?«

»Ja, schon, aber ich bin ganz schrecklich müde. Ich werd mich ein bisschen hinlegen, okay?«

»Ist gut. Soll ich dich danach nach Hause fahren?«

Ich überlegte kurz. »Könntest du lieber meine Mutter anrufen und ihr sagen, dass wir das Wochenende hier gemeinsam verbringen? Nur, bis es mir soweit wieder besser geht und meine Mutter keinen Verdacht schöpft«, schob ich noch nach.

Nur weil ich das Wochenende mit Liam verbringen wollte, hieß das noch lange nicht, dass ich ihm vollends verziehen hatte.

»Okay, dann mach's dir mal gemütlich.« Liam schüttelte das Kissen auf und ich kuschelte mich prompt hinein. Dann gähnte ich herzhaft. Meine Schulter tat zwar immer noch sehr weh, doch das höllische Brennen war zum Glück weg. Trotzdem legte ich mich auf den Bauch, um die Ruhe nicht zu gefährden.

Liam brachte mir noch eine Decke und es dauerte nicht lange, da fielen mir auch schon die Augen zu.

14. Kapitel

Genüsslich räkelte ich mich im Bett und strampelte dabei die Decke ans Fußende. Auch wenn das Wochenende in der Hütte –trotz aller Umstände – noch so schön war. Ein gemütliches weiches Bettchen war einfach durch nichts zu ersetzen. Und ein gemütliches weiches Bettchen in Verbindung mit einem freien Schultag war doppelt so gut.

Meine Schulter schmerzte immer noch, aber es war beruhigend zu merken, dass es von Tag zu Tag weniger wurde.

«Emma?«, rief mein Vater von unten herauf.

Ich krabbelte aus meinem Bett und schlurfte zur Treppe. «Ja?«

«Kannst du Frau Davis bitte ihre Einkäufe vorbeibringen? Den Rest hat Liam schon gemacht.«

Liam ... hach ja ... Seit unserer Versöhnung am Wochenende arbeitete er wieder bei uns im Laden, und obwohl ich ihn noch nicht gesehen hatte (ich nahm an, mein Dad hatte ihn wieder ordentlich eingespannt), war es ein beruhigendes Gefühl, ihn in meiner Nähe zu wissen. Jetzt musste nur noch meine doofe Schulter verheilen und alles würde wieder so wie früher.

Mein Dad drückte mir zwei große Tüten in die Hand und verschwand Richtung Laden.

Meine Schulter schmerzte unter der Belastung, doch es war erträglich. Ich war zwar leicht ärgerlich, dass ich an meinem freien Tag überhaupt irgendwas machen musste, aber bis zu meiner Ersatzoma war es nicht sehr weit und sie würde mich dafür mit köstlichen selbstgebackenen Keksen und einem Glas Milch verwöhnen, also machte ich mich auf den Weg.

Seit ich mit Liam zusammen durch die dunkle Seitengasse gegangen war, die eine erhebliche Zeitverkürzung meines Weges darstellte, war diese auch kein Problem mehr. Meine Furcht hatte mich verlassen, denn ich war mir sicher, wenn irgendein Gangster mich beobachtet hätte, hätte er auch Liam gesehen. Und wenn das der Fall gewesen wäre, würde er sicherlich davon absehen, mir etwas anzutun.

Voller Vorfreude auf die Kekse stiefelte ich gut gelaunt und voll bepackt durch die Seitenstraße. Nach ungefähr fünfzehn Minuten war ich am Ziel. Ich klingelte mit dem Ellenbogen an der Haustür und wartete darauf, herzlich in Empfang genommen zu werden.

Die Tür öffnete sich und Mrs Davis kam heraus, doch anstatt mich wie gewohnt mit Küssen zu überschütten und mich sofort zu Keksen einzuladen, blieb sie wie angewurzelt stehen, griff sich auf die Brust und wurde kreidebleich.

O Gott! Sie hatte doch keinen Herzanfall?!

Ich ließ die Tüten fallen und wollte ihr zur Hilfe eilen, da wich sie vor mir zurück, starrte mich aus entsetzt aufgerissenen Augen an und flüsterte ein einziges Wort: »Mondkind«

Verwirrt starrte ich zurück und machte noch einen Schritt in ihre Richtung. Da fing sie lauthals an zu schreien

»Hilfe! Zu Hilfe! So helft mir doch!«

Völlig verdattert schreckte ich zurück und stolperte dabei über die Einkaufstüten. Mit den Armen rudernd suchte ich mein Gleichgewicht, während sie mir die Tür vor der Nase zuknallte. Ich hörte, wie sie den Schlüssel zweimal herumdrehte und danach die Rollläden herunterließ. Völlig entgeistert glotzte ich auf die verschlossene Tür.

Ich konnte es nicht fassen! Hatte Mrs Davis – meine Mrs Davis, meine Ersatzoma – mir da eben tatsächlich die Tür vor der Nase zugeschlagen? Was hatte ich ihr getan, dass sie allein bei meinem bloßen Anblick so ausrastete und um Hilfe schrie? Und was wollte sie mir mit *Mondkind* sagen? Was war überhaupt ein *Mondkind*? Hatte sie Halluzinationen?

Immer noch völlig perplex sammelte ich die Einkäufe ein, die bei meiner Stolperaktion aus der Tüte gepurzelt waren, und stellte diese vor ihrer Haustür ab. Danach machte ich mich auf den Heimweg und beschloss, meinem Dad lieber nichts von diesem merkwürdigen Vorfall zu erzählen.

Wusste der Himmel, was er da wieder reininterpretieren würde. Ich würde einfach später mit Liam darüber sprechen.

***

Ich lag auf dem Bett, starrte gegen meine Zimmerdecke und hörte Radio. Obwohl der Moderator eigentlich über ein interessantes Thema referierte, schaffte ich es nicht zuzuhören, sondern schweifte ständig wieder in Gedanken zu Mrs Davis ab, wie sonderbar sie sich verhalten hatte. Sie schien wirklich Panik vor mir gehabt zu haben und ich wollte gerne wissen, warum. Ich wollte schließlich nicht, dass meine Ersatzomi Angst vor mir hatte.

Endlich kam Liam in mein Zimmer. Ausgerechnet heute hatte mein Dad ihn länger arbeiten lassen, sodass die quälenden Fragen noch mehr Zeit gehabt hatten, mein Hirn zu zermartern, bevor ich endlich mit Liam darüber sprechen konnte. Er hatte noch nicht ganz die Tür hinter sich geschlossen, da war ich schon aufgesprungen und auf ihn zugelaufen.

Zärtlich nahm er mich in den Arm und versuchte mich zu küssen, doch dafür hatte ich ausnahmsweise mal keine Zeit. Ich schob den verdattert dreinschauenden Liam beiseite und fing sofort an, die Geschichte ohne Punkt und Komma herunterzurattern. Als ich fertig war und wieder Luft holen konnte, stand mein sonst so schlauer Freund nur mit weit aufgerissenen Augen vor mir und glotzte mich an wie ein Kälbchen, das aus Versehen den Stromzaun berührt hatte.

Da er nichts sagte, beendete ich meine Geschichte noch mal mit einem situationsbestärkenden »Komisch, ne?«

Doch alles, was Liam tat, war lachen. Und zwar in einer Lautstärke, als hätte ich den Witz des Jahrtausends gerissen.

Grimmig, aber auch ein wenig ungläubig, starrte ich ihn an. Hatte ich übertrieben? War so eine Begegnung, wie ich sie hatte, etwa nicht merkwürdig? Immerhin war Mrs Davis mehr als nur eine Kundin bei uns. Sie war sozusagen meine Oma, die mich eigentlich liebevoll begrüßen und mit Naschereien und Milch versorgen und nicht bei meinem bloßen Anblick einen Herzinfarkt kriegen sollte. So schlimm war ich schließlich auch nicht. Außerdem kannte sie mich ja schon seit Ewigkeiten und wenn ich was an mir hätte, was alte Menschen so aus dem Häuschen bringen würde, wäre ihr das doch sicher schon vorher aufgefallen.

«Was sagst du denn dazu?«, forderte ich Liam auf endlich mal Stellung zu beziehen.

«Dazu? Ach, Emma ...« Er kam näher und drückte mich an seine Brust.

Ich sträubte mich, weil ich das Gefühl hatte, nicht ernst genommen zu werden, doch er ließ mich nicht los, sondern streichelte mir mit einer Hand wie bei einem kleinen Kind über den Kopf. Verärgert knirschte ich mit den Zähnen, nahm meine ganze Kraft zusammen und versetzte Liam einen Schubs, der ihn ein Stück nach hinten taumeln ließ.

Okay, wenn Liam eben schon blöd aus der Wäsche geguckt hatte, dann konnte ich nun wenigstens mit Genugtuung feststellen, dass sich sein Ausdruck verschlimmert hatte.

»Hey, was ist denn los?« Er schien nicht weniger überrascht von mir zu sein, als ich es – zugegeben – selbst war, doch die kleine Emma, die alles für ihren Liam tat, hatte sich verändert. Das Häufchen Elend, das ich nach unserer Trennung gewesen war, hatte sich verabschiedet.

Auch wenn das alles für mich mit viel Schmerz verbunden war, hatte es dennoch etwas Positives. Ich hatte viel Zeit gehabt, um über Beziehungen nachzudenken. Nach dem Gespräch mit Liam in der Holzhütte, als er mit tränenerfüllten Augen da saß, so traurig und gebrochen, da war mir zum ersten Mal richtig bewusst geworden, dass ich ihn liebte. Und er mich auch. Das hatte mir ein Gefühl von Stärke und Selbstbewusstsein gegeben, das ich nicht beschreiben konnte.

Vorher hatte ich immer den Eindruck, dass ich ihn mehr liebte als er mich, und dadurch dachte ich ihm besonders gefallen zu müssen. Aber jetzt wusste ich, dass es gar nicht so war. Beziehungen lebten von gegenseitigem Respekt und nicht davon, dass einer den anderen blind vergötterte.

»Ich möchte, dass du mich ernst nimmst«, forderte ich und klang dabei zum ersten Mal nicht wie eine beleidigte Leberwurst, sondern wie eine Erwachsene, die sich ganz sachlich unterhalten wollte. Dennoch hielt ich etwas Abstand von Liam, damit ich am Ende nicht doch noch in die Versuchung kam, mich wieder an ihn zu schmiegen.

Liam lächelte mich an. Aber es war kein überhebliches Auslach-Lächeln, sondern ein nettes Anerkennungs-Ernstnehm-Lächeln.

»Du hast Recht, Emma, tut mir leid. Wie Mrs Davis sich verhalten hat, war mit Sicherheit alles andere als normal, aber …« Er schaute zu Boden.

»Was aber?«

»… normal.« Er machte eine kurze Pause. »Emma, ich weiß, wie du zu Mrs Davis stehst und dass du sie sehr gerne magst, aber sie war noch nie *normal*. Sie lebt schon seit Jahren alleine, mit gefühlten hundert Katzen, und im ganzen Dorf ist bekannt, dass sie im Oberstübchen nicht ganz knusprig ist. Von daher: Dass sie irgendwann auch mal was Komisches zu dir sagt, war ja nur eine Frage der Zeit.«

Verärgert kniff ich die Augenbrauen zusammen. »Nur weil du keine Katzen leiden kannst, muss sie noch lange nicht verrückt sein.«

»Emma, sei vernünftig. Das hat doch damit gar nichts zu tun. Du wirst doch nicht abstreiten können, dass sie nicht schon die eine oder andere komische Sache gemacht hat. Ich erinnere dich an die Geschichte mit Officer Dewey, als sie vor gar nicht allzu langer Zeit die Polizei gerufen hat, weil eines ihrer Kätzchen nicht mehr vom Baum kam.«

Ich nickte, davon hatte ich gehört.

»Und als Dewey die Katze dann retten wollte, ist sie mit einem Stock auf ihn losgegangen und hat ihn als Mörder beschimpft. Das ist nur eine von vielen Storys über sie, die ich in der kurzen Zeit mitbekommen habe, seit ich hier wohne.«

Nun ja, was sollte ich dazu sagen? Da hatte Liam nicht ganz Unrecht. An die Sache mit Officer Dewey konnte ich mich auch noch gut erinnern.

Officer Stanley wollte sie dafür sogar eine Nacht in der Zelle schlafen lassen, damit sie sich dort mal Gedanken über ihr Verhalten machen konnte und wieder Respekt vor der Polizeiarbeit bekam.

Vielleicht hatte er Recht und ich nahm das Ganze viel zu ernst. Es war ja in der Tat so, dass Mrs Davis ab und an mal etwas seltsam war. Aber für gewöhnlich eben nicht zu mir. Das war es vermutlich, was mich so verunsichert hatte beziehungsweise warum ich den Zwischenfall nicht so objektiv sehen konnte. Na ja, ich würde versuchen, nicht weiter darüber nachzudenken und das einfach so hinzunehmen.

15. Kapitel

Die Wochen vergingen und wir trafen uns wieder täglich an unserer Laterne, um gemeinsam zur Schule zu gehen. Es war schön, endlich wieder etwas Normalität zu haben. Selbst als wir an diesem Tag in die Klasse kamen und ich Amilia auf meinem Tisch sitzen sah, weil sie sich mit anderen Klassenkameraden unterhalten hatte, machte mir das nichts aus.

»Mach dich vom Acker«, warf ich ihr an den Kopf und die völlig perplexe Amilia folgte meiner Aufforderung sofort. Liam musterte mich von der Seite. Vermutlich dachte er gerade: »Wer bist du und was zur Hölle hast du mit meiner Emma gemacht?«, aber ich hatte mich schließlich schon viel zu lange von ihr herumschubsen lassen. Irgendwann war einfach mal Schluss damit.

Außerdem brauchte ich keine Angst mehr vor ihr zu haben. Sie war vielleicht das hübscheste Mädchen aus der Klasse, aber offensichtlich nicht hübsch genug. Sonst hätte Liam sie sich ja zur Freundin nehmen können, anstatt wegzuziehen.

Die ersten beiden Stunden verliefen ohne besondere Vorkommnisse. Na ja, fast. Wie in der letzten Zeit öfter hatte ich mich mal wieder mit Amilia in den Haaren. Sie hatte sich als oberschlau aufgespielt und versucht, eine sowieso schon sehr umfangreiche Erklärung unseres Lehrers zu ergänzen. Tja, nur leider war ihr gut gemeinter Zusatz falsch. Da half es auch nicht, sich noch so geschwollen auszudrücken und mit einem Fremdwort nach dem anderen um sich zu werfen.

Ich wusste nicht, was lustiger gewesen war. Die Möchtegern-Belehrung von Amilia oder ihr Gesichtsausdruck, nachdem der Lehrer ihr sagte, dass sie mit ihrem Einwurf völlig auf dem Holzweg war.

Jedenfalls schaffte ich es nicht, mich zusammenzureißen und lachte sie hemmungslos aus. Die superschlaue Amilia, die nie Fehler machte. Natürlich wurde ich von ihr direkt mit ein paar bösen Blicken gestraft, aber auch das machte mir nichts mehr aus. Im Gegenteil: Ich lächelte mit meinem schönsten Lächeln zurück, wodurch sie sich jedoch nur noch mehr provoziert fühlte und mir beleidigt die Zunge herausstreckte. Wie erwachsen!

Ich fragte mich nur, warum mich alle anderen aus der Klasse so strafend anschauten. Immerhin waren solche Vorfälle nichts Besonderes in unserer Klasse, außer dass Amilia sonst immer vorderster Mann an der Front war, wenn es darum ging, sich über irgendjemanden lustig zu machen.

Selbst Liam, der ja eigentlich zu *mir* halten musste, warf mir einen Blick zu, bei dem ich sofort ein schlechtes Gewissen bekam. Ich fragte mich, was das sollte.

Endlich klingelte es zur Pause. Was für ein Glück! Ich hatte einen Mordshunger und stürzte mich regelrecht auf mein Pausenbrot. Mmmhhh ... meine Mom hatte es mit extra viel Schinken belegt, wie ich es mir heute Morgen gewünscht hatte. Sehr gut!

Ich saß mit Liam auf »unseren« Palisaden und verschlang es Bissen für Bissen. Dann merkte ich, wie er mich skeptisch bei meiner Schinkenbrot-Tötungs-Aktion beobachtete.

»Was'n?«, schmatzte ich mit vollem Mund.

Zuerst sah es so aus, als wollte Liam gar nichts dazu sagen, doch dann schien er es sich überlegt zu haben.

»Du hast auch schon mal gesitteter gegessen«, stellte er fest.

Etwas irritiert schaute ich ihn an. »Isch hab gansch schön Hunga«, erklärte ich. Gut, mit gefühlten zwei Pfund Brot im Mund war meine Aussprache nicht ganz so akkurat wie sonst und gab Liam in gewisser Weise Recht, aber seit wann achtete er auf so etwas? Als er mich weiterhin anstarrte, wurde ich sauer.

»Was ist denn?«, pampte ich ihn an.

Liam musterte mich mit einer hochgezogenen Augenbraue. Oh! Wie ich sowas hasste!

»Und?«, hakte ich noch einmal nach.

»Ich frage mich nur grad, seit wann du überhaupt Schinken isst.«

Verdutzt schaute ich ihn an. »Warum denn nicht?«

»Ich dachte, Schinken schmeckt nicht?«

»Soll ich mich jetzt dafür rechtfertigen, dass ich heute ein Schinkenbrot mit in die Schule genommen habe und es mir schmeckt?«

Liam zuckte mit den Schultern. »Ich mein ja nur ... Schließlich findest du doch sonst immer alles eklig, was mit Wurst zu tun hat.«

»Ich hatte heute eben Lust auf Schinken. Ich wüsste nicht, dass das verboten ist.«

Er kommentierte das Ganze mit einem »Aha, wenn du das sagst«-Nicken.

»Und du als alter Fleischfresser müsstest das doch doppelt nachvollziehen können«, setzte ich noch nach.

Nachdem wir meine neue Schinkenliebe erörtert hatten, kamen Amilia und Dana auf uns zugestöckelt. Verachtend schaute Amilia auf mich herunter. »Was ich dir noch sagen wollte, Emma.«

Oha, jetzt aber. War ja klar, dass sie noch irgendwas zu meinem Gelächter vorhin in der Klasse sagen musste.

»Wenigstens hatte man heute ausnahmsweise mal einen Grund, vielleicht ein bisschen über mich zu lächeln. Nicht so wie bei dir, wo das ja der Regelfall ist.«

Liam wollte sich erheben und vermutlich Partei für mich ergreifen, doch ich hielt ihn zurück. Das hatte ich nicht mehr nötig. Ich setzte einen mitleidigen Gesichtsausdruck auf und antwortete: »Und du hast den Rest der Stunde plus fast die ganze Pause dafür gebraucht, dir diesen coolen Spruch auszudenken?«

Zuerst schien Amilia wie vor den Kopf geschlagen, doch sie besann sich schnell wieder und reagierte gar nicht auf meinen Kommentar.

»So wie du immer rumläufst, kann man sich non-stop über dich lustig machen. Schau dir mal deine Klamotten an. Sowas zieht doch keiner an.« Triumphierend grinste sie Dana an, die natürlich wie auf Kommando anfing zu lachen.

Oh Mann! Was für ein Niveau. So langsam kapierte ich, warum Liam immer sagte, sie sei eine hohle Nuss, obwohl sie lauter gute Noten schrieb. Na ja, hatte ja auch lang genug gedauert.

Nun war Amilia wieder in ihrem Element. Sie geiferte direkt weiter: »Mein Oberteil hier zum Beispiel habe ich gestern in dem neuen Designerladen in der Stadt gekauft. Leider kannst du dir ja sowas nicht leisten. Aber tröste dich. Musst du auch gar nicht. Es würde dir nämlich sowieso nicht stehen.«

»Ach, und du meinst, dir steht es?«, entgegnete ich völlig ruhig.

Amilia fing an zu lachen und Dämlich-Dana gackerte natürlich solidarisch mit. Was sollte sie auch sonst tun? Sie machte schließlich immer das, was ihr Frauchen ihr vormachte.

»Natürlich, Emma, meine Liebe, das tut es, oder Liam? Was sagst du dazu?«

Okay, das reichte. Was sollte das denn jetzt schon wieder mit Liam? Bevor er auch nur die Chance bekam, ihr zu antworten, übernahm ich das mit dem größten Vergnügen.

»Amilia, Teuerste «, begann ich, worauf sie erhaben den Kopf zurückwarf, »dein Oberteil sieht billig aus. Um nicht zu sagen, fast schon nuttig. Aber du hast vollkommen Recht. Es passt zu dir.«

Ich stand mit einem selbstgefälligen Grinsen auf, zog Liam mit und ließ sie stehen.

Amilia, die nach Luft rang, als wäre sie ein Fisch, den man soeben auf das Trockene geworfen hatte, stand nur wie eine Ölgötze da und glotzte mir ungläubig hinterher.

Ich kicherte siegesbewusst und wollte mir ein Küsschen von Liam abholen, doch dieser zog den Kopf weg. Verunsichert schaute ich ihn an.

»Was ist denn los?«

»Nichts ist los mit mir.«

Grrr! »Nichts« als Antwort auf Fragen, die man nicht beantworten wollte, war *mein* Wort! Trotzdem bemühte ich mich, sachlich zu bleiben. »Und dürfte ich dann bitte erfahren, warum du mich nicht küssen möchtest?«

Liam blickte mir in die Augen. »Die Frage ist doch viel eher, was in letzter Zeit MIT DIR los ist.«

Hä?! Was sollte das denn jetzt? »Was soll denn mit mir los sein?«, meckerte ich direkt los.

»Du bist so … gemein … so aggressiv …«

»Ich und aggressiv?!?! Ich geb dir gleich mal aggressiv! Nur weil ich mich nicht mehr von jedem herumschubsen lasse und auch mal Contra gebe, wird bei mir direkt gesagt, dass ich aggressiv bin.«

Ich schnaubte entrüstet, während Liam mit hochgezogenen Augenbrauen vor mir stand und die Stirn in Falten legte.

»Diesen Siehst-du-Blick kannst du dir direkt sparen!«

»Du scheinst das nicht zu merken«, stellte er fest, »aber du hast dich verändert, Emma.«

»Klar hab ich das! Falls du auch nur ein Sterbenswörtchen von dem registriert hast, was ich dir gesagt habe, als wir in meinem Zimmer saßen und uns über Mrs Davis unterhalten haben, wüsstest du das jetzt.«

»Ich habe dir sehr wohl zugehört«, verteidigte er sich, »aber in dem Gespräch ging es darum, dass du ernst genommen werden möchtest. Nicht darum, dass du zur Oberzicke mutieren willst.«

»Zur was?! Ich hab mich wohl verhört!« Erst überlegte ich, was ich Liam noch um die Ohren hauen könnte, doch die Pausenklingel ertönte und ich stapfte stinksauer in den Unterricht zurück.

Liam und ich saßen die restlichen Stunden schweigend nebeneinander, wobei mir das eigentlich ganz recht war. Ich hatte keine Lust, mich weiter mit ihm zu streiten, sondern überlegte, was er wohl damit gemeint haben könnte. Hatte ich mich so verändert? Ja, ich hatte mich verändert. Aber war das negativ?

Ich war selbstbewusster geworden. Ich traute mich, meine Meinung zu sagen, anstatt sie wie immer nur zu denken und ich ließ mir nicht mehr alles gefallen. Und wenn ich so darüber nachdachte, hörte sich das in meinen Ohren überhaupt nicht negativ an. Vermutlich hatte er einfach nur ein Problem damit, dass er jetzt nicht mehr den großen Beschützer raushängen lassen konnte, sondern ich mich selbst zu wehren wusste.

Ein weiteres Klingeln beendete unseren Unterricht und ich machte mich auf den Heimweg. Liam lief wie gewohnt neben mir her, doch wir sprachen immer noch kein Wort. Als wir zu der Laterne kamen, wo sich unsere Wege morgens immer trafen oder in dem jetzigen Fall auseinander führten, atmete ich tief durch und suchte erneut das Gespräch.

»Und? Kommst du noch mit zu mir?« Ich konnte nicht verhindern, dass ich schnippisch klang, doch nachdem ich in Liams zusammengekniffene Augen schaute, tat es mir schlagartig nicht mehr leid.

»Ich glaube, es ist besser, wenn ich nach Hause gehe. Ich kann ja heute sowieso nicht lange bleiben und vielleicht solltest du die Zeit nutzen, um mal über meine Worte nachzudenken.«

»Aber bis der Mond aufgeht, dauert es doch noch ewig!«, protestierte ich.

»Die Zeit wirst du auch brauchen.« Daraufhin wandte sich Liam um und ging.

So eine Unverschämtheit! Ließ er mich hier eiskalt stehen, obwohl ich versucht hatte, wieder nett zu ihm zu sein. Beleidigt und sauer ging ich ebenfalls nach Hause.

16. Kapitel

Den restlichen Nachmittag verbrachte ich damit, mich weiter über Liam zu ärgern, bis meine Mom mich zum Essen rief. Das wurde auch Zeit. Ich hatte einen Bärenhunger.

»Was gibt's?«, flötete ich nun etwas besser gelaunt in die Küche.

»Dein Dad und ich wollen heute Abend auf einen Geburtstag, du musst leider allein essen.«

»Kein Ding«, winkte ich ab und setzte mich an den Tisch, während ich mich gleichzeitig schon mal mit Messer und Gabel bewaffnete.

»Dafür hab ich dir extra dein Lieblingsessen gekocht.« Meine Mutter schob eine große Schale Gemüselasagne auf den Tisch.

»Hmmm … danke«, sagte ich artig und schaufelte mir meinen Teller voll.

»Wir werden auch erst gegen Morgen Mittag wieder zu Hause sein. Deine Tante hat uns eingeladen über Nacht zu bleiben und wir wollen am Morgen noch gemeinsam brunchen. Ich nehme mal an, du willst nicht mit?«

Dankend lehnte ich ab. Verwandtengeburtstage. Igitt!

»Macht euch ruhig einen schönen Abend. Haben wir eigentlich noch irgendetwas Wurstiges?«

»Bitte was?« Meine Mom schien etwas verwirrt zu sein.

»Hab ich grad mal Lust drauf«, setzte ich nach.

»Erst ein Schinkenbrot und jetzt etwas *Wurstiges?*«, fragte Mom amüsiert. »Eigentlich sind es doch nur die Herren, die ein Problem mit ihrem Eiweißhaushalt kriegen können.«

Zuerst grinste ich, doch nachdem meine Mom weiter dumme Kommentare darüber abließ, dass ich ausnahmsweise mal ein Stück Wurst essen wollte, platzte mir der Kragen. »Meine Güte, Mutter! Ist das so ein Ereignis, dass du deswegen so ein Fass aufmachen musst?«

Völlig perplex über meine übertriebene Reaktion schaute sie mich an. »Ich meinte ja nur …«, versuchte sie sich zu verteidigen, doch ich war zu genervt. Die Sache mit Liam tat wahrscheinlich auch noch ihr übrigens dazu.

»Ach, lass stecken!«, maulte ich und brachte sie damit zum Schweigen.

Während meine Mom immer noch ungläubig in der Küche rumstand, ergriff ich die Initiative und begab mich selbst zum Kühlschrank. Leider schlug mir daraus nur gähnende Leere entgegen, also ging ich wieder zu meinem Platz zurück und verspeiste mein Abendessen dann eben ohne Wurst.

»Okay, Schatz, äh … dann mal tschüss. Wir fahren jetzt. Bis Morgen«, verabschiedete sich meine Mom vorsichtig und verschwand mit diesen Worten aus der Küche.

»Ja ja, bis später.« Missgelaunt räumte ich den Tisch ab, ging hinauf in mein Zimmer und warf mich aufs Bett. Meine Gedanken kreisten immer noch um Liam und die Worte, die er mir an den Kopf geknallt hatte. So war er doch sonst nicht! Was war nur los mit ihm? Doch je mehr ich darüber nachdachte, umso mehr ärgerte ich mich über sein Verhalten.

In der Hoffnung, im TV etwas Ablenkung zu finden, knipste ich die Flimmerkiste an und zappte mich durch die Programme. Na super! Noch nicht mal darauf war Verlass. Eine Castingshow nach der anderen. Ich staunte immer wieder, wie viele Leute es doch gab, die dem Irrglauben erlagen, ein besonderes Talent für irgendetwas zu haben und sich dann damit vor aller Welt zum Vollhorst machten.

Genervt machte ich den Fernseher aus und nahm ein Buch aus meinem Nachtischschränkchen. Einen Liebesroman. Oh Mann! Mir blieb heute auch nichts erspart. Eigentlich las ich solche Bücher ja total gerne, doch gerade im Moment wäre mir irgendein Menschen-Abschlacht-Gemetzel-Horrorbuch lieber gewesen. Zumindest hätte es besser zu meiner Stimmung gepasst.

Ich legte das Buch wieder zurück, wickelte mich in meine Bettdecke ein und machte einfach die Augen zu. Wie sagte meine Mom immer? Morgen sieht alles schon viel besser aus.

***

Ich wurde wach, weil mir viel zu warm war. Mit den Beinen strampelte ich die Bettdecke bis ans Fußende, doch das brachte nur mäßig Erleichterung, also stand ich auf und holte mir was zu trinken. Ich stürzte das Glas mit einem Ruck hinunter. Wie gut das tat! Ich füllte es erneut mit Wasser und schaute aus dem Fenster.

Huch? Hatten wir noch so früh? Der Mond ging gerade auf und ich dachte an Liam. Wo er jetzt war? Was er wohl tat? Ob er sich schon verwandelt hatte?

Plötzlich durchfuhr mich ein stechender Schmerz. Reflexartig suchten meine Hände Halt und krallten sich an dem Küchentisch fest. Mein Wasserglas fiel dabei zu Boden und zerschellte in tausend Splitter. Benommen sah ich an mir herunter. Was war das denn jetzt? Ich zögerte kurz, aus Angst, der Schmerz könnte noch einmal wiederkommen, doch nachdem nichts passierte, bückte ich mich, um die Scherben aufzusammeln. Danach griff ich mir ein neues Glas.

Ich hatte solchen Durst! Wieder stürzte ich den Inhalt mit wenigen Schlucken hinunter.

Erneut durchzuckte mich ein bestialischer Schmerz. Ich schaffte es gerade noch, das Wasserglas auf dem Schrank abzustellen, bevor ich mich schwer atmend auf die Knie fallen ließ. Fuck! Was zur Hölle war nur los mit mir? Nachdem auch diese Attacke vorüber war, rappelte ich mich auf und schleppte mich in mein Zimmer.

Oben angekommen überrollte mich ein Schmerz, der von der Intensität nicht mehr mit den ersten beiden zu vergleichen war. Ich fiel förmlich in mein Zimmer und krümmte mich, um die krampfartigen Zustände besser aushalten zu können, doch es half nur bedingt.

Mir war furchtbar heiß, Schweiß rann mir vom ganzen Körper und überall wurde ich von Stichen durchbohrt, als würde ich gerade mit einem Messer abgestochen.

Ich schrie auf, als ein lautes Knacken ertönte. Ich robbte zu meinem Bett und versuchte mich daran hochzuziehen. Auf die Füße schaffte ich es, doch als ich versuchte, meinen Oberkörper aufzurichten, kam wieder ein Knacken – diesmal verbunden mit einem Stich in meine Lendenwirbelgegend. Schnaufend verharrte ich erst mal in meiner Position und blieb vornübergebeugt stehen. Es war mir nicht möglich, mich komplett aufzurichten.

Dann wieder ein Geräusch. Diesmal war es nicht nur ein Knacken. Es war viel dumpfer, so als wenn etwas Starkes zerbrechen würde.

Kurz darauf gaben meine Beine nach, gefolgt von einer erneuten Schmerzattacke. Verzweifelt klammerte ich mich an meinem Bettkasten fest und schrie um Hilfe, doch niemand war da, der mich hören, geschweige denn mir helfen konnte.

Als der Schmerz in meinen Beinen nicht nachlassen wollte, schaute ich herunter und sah, wie meine Unterschenkel sich in die Länge schoben und die Knie um 180 Grad nach hinten verdrehten, sodass sie wie Sprunggelenke aussahen.

O mein Gott, was geschah hier nur?

Unfähig noch irgendeinen klaren Gedanken zu fassen, wurde ich erneut von einer Schmerzenswelle überrollt. Ich starrte auf meine Finger, die sich wie bei einem Krampf zusammenzogen, wieder entspannten, zusammenzogen, wieder entspannten.

Mit jedem Entspannen wurden sie länger, oder vielmehr klauenartiger, und meine Fingernägel wichen großen, schwarzen, gekrümmten Krallen.

Mein Kopf wurde schwer, meine Zähne taten unglaublich weh und ich hatte das Gefühl, dass mein Schädel gleich explodieren würde. Trotzdem wurde meine Sicht mit einem Mal gestochen scharf und ich erkannte selbst im Halbdunkeln alle Details meines Zimmers.

Plötzlich brannte mein ganzer Körper wie Feuer und meine Haut begann unmenschlich zu jucken. Hastig fing ich an mich zu kratzen, doch da, wo vorher Haut war, schoben sich langsam borstige hellbraune Haare von meinem Inneren nach außen und ließen mein Fell immer dichter werden.

Fell?! O Gott! Ich war ein Hund! Nein! Kein Hund! Ich war ein Wolf! Und ich hatte Hunger …

Es juckt ... Kratzen!
Durst ... Trinken!
Hunger ... Fressen!
Wittern ... Fressen!
Fressen? Suchen!
Suchen? Gefunden!

17. Kapitel

Am nächsten Morgen wachte ich splitterfasernackt im Badezimmer neben der Kloschüssel auf. Ich richtete mich vorsichtig auf. Mein Kopf fühlte sich an, als wäre er eine hochexplosive Bombe und würde bei der kleinsten Erschütterung in die Luft gehen.

Ich überlegte, warum ich im Badezimmer geschlafen hatte und dann erinnerte ich mich schlagartig an das, was gestern Abend geschehen war.

Ich war ein Wolf geworden! Ein Wolf – wie Liam!

Erschrocken sprang ich auf und schaute in den Spiegel. Ich drehte mich, doch alles schien wie immer zu sein. Dann betastete ich meine Beine und meine Haut, doch auch da war alles wieder normal.

Verwirrt starrte ich in den Spiegel. Ich fühlte mich, als wenn ich fünf Nächte lang durchgemacht hätte und ja, ich sah auch ganz danach aus, aber ansonsten war alles völlig im grünen Bereich.

Unsicher suchte ich meinen Körper ab. Wenn ich tatsächlich ein Werwolf geworden wäre, hätte es doch zumindest eine Kleinigkeit geben müssen, die mich daran erinnerte?

Oder hatte ich ganz einfach nur einen schrecklichen Albtraum gehabt? Weil ich so eine Panik hatte, selbst infiziert worden zu sein?

Hmm ... So musste es gewesen sein. Schließlich hatte ja auch ein Arzt bestätigt, dass ich nicht infiziert war. Und wenn ein Werwolf-Arzt sowas nicht wusste, wer dann?

Ich wusch mir das Gesicht und setzte mich auf die Toilettenschüssel, doch mit einem Satz sprang ich wieder auf. Was zur Hölle? Ich hatte mich in irgendetwas Schleimiges gesetzt. Angewidert befühlte ich mit den Fingern meine Oberschenkel und fasste tatsächlich in eine glibberige Masse. Was war das und wo kam das her? Neugierig beäugte ich die Toilette genauer und sah, dass auf der gesamten Brille durchsichtige Flecken waren.

Ich steckte meinen Zeigefinger hinein und verrieb die Masse prüfend zwischen den Fingern. Dann führte ich sie zu meiner Nase und roch daran. Igitt! Was auch immer das war – es stank bestialisch!

Schnell wusch ich den Glibber von meinen Händen, in der Hoffnung, er hätte nicht den gleichen Effekt wie Zwiebeln oder Knoblauch und meine Hände würden nicht noch den ganzen Tag danach stinken, doch die Hoffnung erstarb schnell. Sooft ich meine Hände auch mit Seife traktierte und immer wieder unter das Wasser hielt – der Geruch blieb.

Niedergeschlagen wegen der Erkenntnis, dass gewisse Körperteile von mir für den Rest des Tages wie 100 Jahre alter Gammelmüll stinken würden, ging ich zurück in mein Zimmer. Ich musste auf jeden Fall daran denken, meinen Eltern die Absonderlichkeit mit dem Klo zu erzählen. Vermutlich war es irgendwie undicht geworden und die Flecken waren Toilettenwasser. Wie appetitlich ...

Ich schubste die Tür zu meinem Zimmer auf und schluckte, als ich sah, dass alles total verwüstet war. Völlig schockiert blieb ich erst mal wie angewurzelt stehen und ließ den Blick schweifen. Mein Zimmer sah aus, als wäre ein Orkan Windstärke zehn hindurchgefegt.

Sämtliche Accessoires, die ich auf meinen Schränken platziert hatte, lagen kreuz und quer auf dem Boden verteilt und der Lufthauch, der durch das geöffnete Fenster wehte, wirbelte kleine Daunenfedern auf.

Ich sah auf mein Bett, wo nur noch ein paar klägliche Überbleibsel meines Kopfkissens lagen.

O mein Gott! War bei uns eingebrochen worden? Und ich hatte nichts mitbekommen? Ein Schauer lief mir über den Rücken.

Schnell sprang ich auf und verriegelte meine Zimmertür. Vielleicht waren die Einbrecher noch hier? Egal, in keinem Fall wollte ich ihnen über den Weg laufen. Ich hechtete an mein Bett und durchwühlte mein Nachtischschränkchen. Puh! Es war noch da! Erleichtert zog ich mein Handy aus der Schublade und rief sofort Liam an. Hoffentlich war er schon erreichbar!

Es klingelte zweimal, bis er endlich abnahm.

»Hallo?«, kam es schläfrig aus dem Telefon.

»Liam! Ich glaub, bei uns ist eingebrochen worden!«

Sofort war Liam hellwach. »Was? Geht's dir gut? Du warst doch zu Hause?«

»Ja, ich weiß auch nicht. Bitte komm schnell.«

Ich hatte den Satz noch nicht zu Ende gesprochen, da hatte Liam schon aufgelegt. Ich war gerade fertig angezogen, als es schon an der Haustür klingelte. Eine Welle der Erleichterung durchfuhr mich. Die Frage war nur, wie ich die Haustür öffnen konnte, ohne dabei mein Zimmer verlassen zu müssen.

»Mach auf Emma, ich bin's!«, brüllte Liam von unten.

»Ich trau mich nicht!«, plärrte ich mindestens genauso laut zurück.

»Mach auf!«

»Und wenn die Einbrecher noch da sind?«

»Sind sie nicht.«

»Und wenn doch?«

»Sind sie nicht.«

»Und wenn ...«, doch ich kam erst gar nicht dazu, den Satz zu vollenden.

»SIND. SIE. NICHT.«

Offensichtlich hatte ich Liams Nerven überstrapaziert. Vorsichtig öffnete ich meine Zimmertür und lugte hinaus.

Der Flur sah relativ normal aus. Andererseits, was hätte hier auch passieren sollen? Bis auf einen alten roten unansehnlichen Teppich, der von meinem Zimmer bis zur Treppe reichte, gab es nichts, was man hätte kaputtmachen können.

Und selbst wenn die Einbrecher so gütig gewesen wären, mich von dieser Hässlichkeit an Bodenbelag zu befreien, hätte ich es ihnen alles andere als übel genommen.

Dennoch schlich ich auf leisen Sohlen zur Treppe und spähte vorsichtig hinunter. Immerhin bestand ja noch die Möglichkeit, dass die Einbrecher unten waren.

»Emma, wie lang brauchst du denn, um eine Tür zu öffnen?«, moserte Liam ungeduldig von außen, während ich mich vorsichtig Stufe für Stufe der Haustür näherte.

»Hallo? Schon mal darüber nachgedacht, dass ich mich immer noch in Lebensgefahr befinden könnte?«

Ich hörte, wie Liam daraufhin stöhnte.

»Das wär dir wohl egal!«, setzte ich nach.

»Nein, Emma, das wär mir nicht egal. Aber meinst du nicht, dass ich das aufgrund spezieller Umstände mitbekommen würde?«

»Ach ja, stimmt ja. Der Super-Werwolf, dem nichts entgeht.«

»Pssst, nicht so laut ...«, kam es mahnend von draußen.

»Gut, dass du nicht erst per Telefon von mir hierüber informiert werden musstest, Mr Alles-Wisser-Wolf.«

Ich hatte gerade die letzte Stufe genommen und wollte die Haustür öffnen, als mir ein spitzer Schrei entfuhr.

»Emma? Emma, was ist?« Liam stand immer noch vor verschlossener Tür und polterte hektisch dagegen. »Emma? Antworte mir!«

Doch ich war zu schockiert, um auch nur einen Laut von mir zu geben.

Die Küchentür war aus den Angeln gehoben, der Kühlschrank war umgeschmissen, sämtliches Essen lag kreuz und quer verstreut herum und alle irgendwie in der Küche befindlichen Möbel waren entweder umgeschmissen oder sonst wie beschädigt worden.

Ein Blick Richtung Laden verhieß ebenfalls nichts Gutes. Die Scheibe der Glastür war eingeschlagen und dahinter sah man etliche Obstkisten wild durcheinandergewürfelt liegen.

»Wenn du nicht sofort die Tür aufmachst, trete ich sie ein!«

Langsam löste ich mich aus meiner Starre, fasste nach dem Türgriff und drückte ihn hinunter. Ein Klicken entsicherte die Haustür, doch bevor ich sie richtig aufmachen konnte, hatte Liam sie bereits aufgestoßen und mich in den Arm genommen.

»Geht's dir gut? Was hast du?«

Anstatt zu antworten, machte ich mit der Hand eine ausladende Bewegung, dass er sich umsehen sollte.

Nun fiel auch Liam die Kinnlade runter. »Heilige Scheiße! Was zur Hölle ist denn hier passiert?«

Ungläubig schaute ich Liam an. »Du kannst fluchen?«

»Nur, weil ich das im Normalfall nicht tue, heißt das nicht, dass mir die Begrifflichkeiten dazu nicht geläufig sind.«

Ich rollte mit den Augen. War ja klar, dass so eine Antwort jetzt kommen musste.

Liam bewegte sich langsam Richtung Küche. Wie Sherlock Holmes in seinen Filmen musterte er akribisch jedes umgeworfene Möbelstück, jeden zerdepperten Teller, jede noch so kleine Veränderung, doch die ramponierte Küchentür schien es ihm angetan zu haben.

Minutenlang starrte er darauf und fuhr mit den Fingern gedankenverloren die tiefen Kratzer nach, die die Einbrecher in die Holztür geritzt hatten.

»Was ist los?«, fragte ich endlich, nachdem mir die ganze Situation zu unheimlich wurde.

Doch anstatt zu antworten, saß Liam weiterhin still und teilnahmslos vor der Tür.

»Hallo? Lebst du noch?« Als er sich immer noch nicht rührte, beschloss ich, mir die Wohnung selbst noch ein bisschen genauer anzusehen. Jetzt, wo Liam da war, würde sich bestimmt kein Einbrecher mehr trauen, mir etwas zu tun.

Vorsichtig quetschte ich mich an ihm und seiner neuen Flamme (darf ich vorstellen? Miss Tür) vorbei, da rutschte ich plötzlich auf etwas aus. »Huch!«, entfuhr es mir und schnell versuchte ich, mit den Fingern irgendwo Halt zu finden, doch da in der Küche nichts mehr an Ort und Stelle war, ging mein Griff ins Leere und ich plumpste auf den Boden.

So etwas war mir ja schon lange nicht mehr passiert. Um genau zu sein, seit ich Liam kannte. Verdattert darüber, dass er mir nicht zur Hilfe geeilt war, schaute ich zu ihm herüber, wo er immer noch völlig gedankenversunken vor dieser dämlichen Küchentür saß.

»Hey, Super-Reaktions-Wolf! Ich bin hingefallen«, verkündete ich laut – nur für den Fall, dass ihm das entgangen sein sollte – doch immer noch zeigte er nicht die geringste Reaktion.

So! Jetzt war meine Geduld am Ende!

»Wenn du nicht augenblicklich mal was sagst oder dich wenigstens rührst, gehe ich davon aus, dass du versteinert bist und lasse dich vom Bestatter abholen«, drohte ich und siehe da! Endlich schaute Liam in meine Richtung.

Doch was ich da zu sehen bekam, ließ es mir eiskalt den Rücken runterlaufen. Seine Augen waren weit aufgerissen. Das schöne dunkle Braun, was ich so mochte, war durchzogen mit grünen und gelben Rissen und sein Gesicht war kreidebleich. Ich hatte Liam noch nie so erschrocken gesehen.

Plötzlich stand er auf, immer noch ohne ein Wort gesagt zu haben und ging auf mich zu. Ich dachte, er wollte mir aufhelfen und reichte ihm meine Hand, da packte er meinen Fuß und strich mit den Fingern darüber. Dann rieb er Zeigefinger und Daumen gegeneinander und hielt sie sich prüfend vor die Nase.

Etwas ängstlich beobachtete ich, wie er ins Leere stierte und seine Nasenflügel zitterten und bebten.

»Was ist denn los? Bitte, Liam, sag doch was.«

Nach einer gefühlten Ewigkeit klärte sich sein Blick und er schaute mich an. Dann hielt er mir seine Finger unter die Nase.

»Igitt! Tu das weg!«, beschwerte ich mich sofort. Das Zeug stank echt erbärmlich.

»Was meinst du, was das ist, Emma?«

Ich betrachtete die Flüssigkeit genauer und stellte fest, dass es der gleiche Glibber war, der sich oben auf meiner Kloschüssel befand. Ratlos zuckte ich mit den Schultern.

»Keine Ahnung. Oben auf der Toilette hab ich das Zeug auch schon entdeckt. Ich dachte, die Toilette wäre irgendwie undicht.«

»Hier waren keine Einbrecher am Werk.«

Hä? Was sollte das denn jetzt heißen?

»Ach nein? Und wie erklärst du dir dann das hier?« Ich machte erneut eine ausladende Geste und zeigte auf unsere neue Inneneinrichtung. Marke: Totale Verwüstung.

»Das warst du.«

»Ich???«, fragte ich völlig pikiert. Hatte er sie noch alle? »Spinnst du?!«

Doch Liam schüttelte nur den Kopf.

»Ich finde das gar nicht witzig. Hier ist eingebrochen worden. Ich bin heilfroh, dass mir nichts passiert ist und du beschuldigst mich, dass ich dieses Chaos hier veranstaltet habe? Hast du sie noch alle?!« Ich war fassungslos.

»Wer schreit, ist noch lange nicht im Recht«, war seine schlichte Antwort darauf.

Grrr! So ein Oberlehrersatz hatte mir gerade noch gefehlt.

»So. Dann erklär mir doch mal bitte, wie ich den Kühlschrank umgeschmissen haben soll! Weißt du eigentlich, wie schwer der ist? Oder wie ich diese Furchen in die Tür gemeißelt haben soll. Etwa mit meinen Fingernägeln?!« Ich schnaufte vor Empörung.

»Mit den Fingernägeln ...«, sinnierte er plötzlich, »ja, so ähnlich.«

»Du bist doch nicht bei Trost!«, schimpfte ich.

Verärgert rappelte ich mich auf und klopfte mir den Dreck von den Kleidern. Wenn man beim Streiten ernst genommen werden wollte, war es nicht ratsam, sich dabei in sitzender Position zu befinden.

»Hör mir zu Emma. Ich ...«

»Nein, jetzt hörst du mir mal zu. Ich finde es eine Ungeheuerlichkeit, dass du mir sowas unterstellst. Ich werde jetzt die Polizei anrufen und dann wird ein richtiger Polizist sich hier umsehen und dann werde ich Anzeige erstatten, in der Hoffnung, dass man den Täter findet.«

»Es gibt keinen Täter!«, schrie Liam, doch das war mir egal. Mit einem Bekloppten musste ich mich deshalb noch lange nicht unterhalten.

»Wer schreit, hat noch lange nicht Recht, oder wie war das?«, sagte ich zu ihm und wandte mich zum Gehen, da fasste Liam mich am Arm und zog mich zurück.

»Aua«, beschwerte ich mich, doch bevor ich noch etwas sagen konnte, hielt er mir seine Finger unter die Nase. »Igitt! Ich hab dir doch gesagt, du sollst diese Stinkfinger wegnehmen«, brauste ich auf und schlug seine Hand weg.

»Weißt du was das ist, Emma? Nein? Dann helf ich dir mal auf die Sprünge!«

Mit hochgezogenen Augenbrauen und verschränkten Armen stand ich vor ihm und erwartete die glorreiche Antwort.

»Das ist Werwolf-Speichel!«

Fassungslos schaute ich ihn an. »Das ist Sabber?«, fragte ich langsam.

»Sabber! Spucke! Geifer! Mundflüssigkeit! Nenn es, wie du willst, aber das macht die Sache nicht besser.«

Bestürzt starrte ich ihn an. »Dann war ein Werwolf hier?«

»Nein, nicht EIN Werwolf, Emma. Du warst hier!«

Liam ließ sich auf den Boden fallen und stützte das Gesicht in seine Hände. »Wie konnte ich nur so dumm sein. Wie konnte ich nicht auf die Anzeichen achten, die so klar waren! Deine neue Liebe zu Wurst, wo du doch fast Vegetarierin bist. Deine Aggressivität, wo du doch sonst immer so friedliebend warst. Ich hätte es besser wissen müssen. Schließlich bin ich selbst einer.« Entschuldigend schaute er mich an, doch ich war nicht zu irgendeiner Gefühlsregung fähig. Ich sollte ein Werwolf sein. Das musste ich erstmal sacken lassen.

»Dann war das also doch kein Traum?«, wisperte ich, mehr zu mir selbst als zu Liam.

Er stand auf und nahm mich in den Arm. »Es tut mir so leid Emma. Ich wollte niemals, dass sowas passiert.«

Immer noch völlig perplex schob ich ihn von mir und sah ihm in die Augen. Eine Träne kullerte an seiner Backe hinunter.

»Ich will aber doch gar kein Werwolf sein«, sagte ich in einem ziemlich nüchternen Tonfall. »Ich will kein Werwolf sein«, flüsterte ich erneut und sah dabei in seine verständnisvollen feucht glänzenden Augen.

Dann setzte ich mich im Schneidersitz auf den Fußboden, mich selbst mit den Armen umklammernd und wiegte mich hin und her. Ich spürte, wie mir plötzlich Tränen übers Gesicht rannen und immer wieder flüsterte ich denselben Satz. »Ich will kein Werwolf sein, ich will kein Werwolf sein, ich will kein Werwolf sein …«

Liam setzte sich neben mich und drückte mich an sich. Seine Stimme war belegt und er begann zu weinen. Richtig zu weinen.

»Es wird alles gut, Emma. Ich werde deinen Schaffer finden und umbringen. Dann ist der ganze Spuk vorüber. Das verspreche ich dir.«

»Ich will kein Werwolf sein, ich will kein Werwolf sein ...«, wisperte ich weiter vor mich hin und klammerte mich dabei Trost suchend an Liam, der meinen Kopf gegen seine Brust gedrückt hatte und mir zärtlich übers Haar strich.

»Ich finde ihn, Emma. Und ich werde das beenden. Versprochen!«, versuchte er mich weiter zu trösten, doch meine Gedanken waren mittlerweile bei White und ich machte mich von Liam los.

»Aber wie kann das sein? Dr. White hat doch gesagt, dass ich nicht infiziert bin. Du doch auch. Ihr wart euch alle einig!«, rief ich verzweifelt, als könnte die Aussage etwas an der Tatsache ändern.

»Ich versteh das auch nicht, Emma. Wenn du infiziert gewesen wärst, hätte deine Wunde viel schneller heilen müssen und sich schon gar nicht entzünden dürfen.« Nachdenklich rieb sich Liam das Kinn.

»Das kann alles nicht sein. Das darf alles nicht sein«, flüsterte ich schluchzend und legte meinen Kopf an Liams Schulter.

Während wir so da saßen, sagte er auf einmal »Ich hab leider noch eine zweite schlechte Nachricht für dich.«

Ich horchte auf. Noch eine zweite schlechte Nachricht? Was sollte denn jetzt noch kommen? Ich wischte mir die Tränen aus den Augen und versuchte Liam anzuschauen. Obwohl ich mich selbst nicht sehen konnte, wusste ich, dass mein Blick leer war.

»Du warst nicht allein, gestern Nacht.« Diese Aussage traf mich völlig unerwartet.

»Wie bitte?«, schniefte ich und wischte mir erneut über die Augen.

Liam nickte verhalten. »Hier muss noch ein zweiter Werwolf gewesen sein.«

»Woher weißt du das?«

»Ich kann es riechen. Du etwa nicht?«

Ich schüttelte mit dem Kopf, wurde aber hellhörig. »Vielleicht bin ich ja doch kein Werwolf?«

Liam schaute mich mitleidig an. »Doch Emma. Ich fürchte, das bist du.«

»Aber woher willst du das wissen? Wenn hier noch ein zweiter Werwolf war? Vielleicht hat der alles kaputtgemacht?«, fragte ich aufgekratzt. Ich merkte, wie sich Hoffnung in mir breitmachte, doch Liam blieb ruhig. Offensichtlich hielt er es nicht für wahrscheinlich.

»Weil hier alles nach dir riecht.«

»Warum auch nicht? Schließlich wohne ich ja hier«, versuchte ich ihn zu überzeugen.

»Ja, aber der Geruch eines Werwolfs ist wie der Eigengeruch des Menschen selbst. Nur viel intensiver und stechender. Das lässt sich gut unterscheiden.«

»Und wer soll dann der andere gewesen sein, der noch hier war?« Neugierig, aber auch etwas ängstlich schaute ich ihn an, doch Liam blickte betreten zu Boden.

»Wenn ich das wüsste, Emma. Ich kenne den Geruch, aber ich kann ihn keinem Gesicht zuordnen. Das Einzige, was ich weiß ist, dass es der gleiche Geruch ist wie im Wald. Als du gebissen wurdest.«

Erschrocken schaute ich Liam an. »Das heißt, der Werwolf, der mich gebissen hat, ist gestern Nacht hier gewesen?!«

»Sieht ganz so aus.«

»Aber warum? Was wollte er hier?«

»Ich weiß es nicht, Emma.« Liam schien wirklich ratlos zu sein.

»Aber er muss doch einen Grund gehabt haben!«, beharrte ich weiter, in der Hoffnung, dass er daraufhin mal ein bisschen seinen Grips anstrengte und darüber nachdachte.

»Den hatte er bestimmt. Aber ich kenne ihn nicht. Ehrlich nicht.«

»Und was *könnte* dieser Werwolf für einen Grund haben, mich zu besuchen?« Liam schien nicht besonders glücklich über meine Fragerei. Aber das war mir egal. Schließlich war ich der Meinung, man sollte sich schon darüber Gedanken machen, warum man nachts von einem Werwolf heimgesucht wurde.

»Ich vermute, er wollte nachschauen, ob sein Vorhaben geglückt war.«

»Sein Vorhaben?«

Liam nickte. »Ich hatte dir doch schon mal erklärt, dass wenn der Wolf dich hätte töten wollen, er es auch getan hätte. Vielleicht wollte er dich aber auch zu seinem Rudel holen.«

»Zu seinem Rudel?!«

»Möglich wäre das. Immerhin muss er ja einen Grund gehabt haben, dich nur zu verwandeln.«

»Ich will aber zu keinem Scheiß-Rudel geholt werden. Ich bin ein Mensch! Wir haben keine Rudel!«, bockte ich und brach erneut in Tränen aus.

Liam nahm mich wieder in den Arm und wiegte mich hin und her.

»Ich habe dir gesagt, dass ich ihn finden werde. Du musst dieses Schicksal nicht teilen. Als verwandelter Werwolf hat man die Wahl.«

Ich schluckte. Die Wehmütigkeit in seinen Worten machte deutlich, dass er selbst gern ein anderes Schicksal hätte. Nur leider konnte man seines nicht beeinflussen.

»Sei froh, dass deine Eltern nicht hier gewesen sind. Wer weiß, wie das Ganze dann ausgegangen wäre.«

O Gott! Meine Eltern! An die hatte ich ja gar nicht mehr gedacht. Wenn ihnen etwas zugestoßen wäre oder ich ihnen etwas angetan hätte, hätte ich mir das nie verzeihen können. Liam schien meine Gedanken zu erraten und drückte mich nochmal fester an sich.

»Es ist ja nichts passiert, Emma. Und für den nächsten Vollmond lassen wir uns etwas einfallen.«

Liam hatte den Satz noch nicht zu Ende gesagt, da hörte ich einen gellenden Schrei. Das war meine Mom! Ich sprang auf und wollte zu ihr Rennen, doch sie und Dad kamen mir schon entgegen.

»Was ist denn hier los gewesen?«

»Hast du eine Party gefeiert?«

»Wie sieht denn die Küche aus?«

»Wurde hier eingebrochen?«

»Du warst doch zu Hause!«

»Geht's dir gut?«

»War die Polizei schon da?«

Meine Eltern waren gerade von dem Geburtstag heimgekommen und überschlugen sich mit Fragen, die ich gar nicht so schnell beantworten konnte, wie sie aus ihren Mündern geschossen kamen.

Glücklicherweise kam mir Liam zu Hilfe. Er ließ sie in dem Glauben, dass bei uns eingebrochen worden war, mir aber nichts passiert sei, weil er mich nachts noch zu sich geholt hatte, weil ich nicht alleine zu Hause hätte bleiben wollen.

Zuerst passte mir die Ausrede nicht. Ich fragte mich, inwiefern sich diese Lüge auf mein weiteres Leben in Sachen »Emma allein zu Haus« auswirken würde, aber nach genauerem Überlegen hätte ich nicht gewusst, was ich sonst hätte antworten sollen, also nickte ich alles nur bejahend ab.

»Gut, dann rufen wir jetzt die Polizei«, sagte meine Dad und ging zum Telefon hinüber. »Wo ist das Telefon?« Suchend blickte er über das Durcheinander, doch ich zuckte nur mit den Schultern. Ich hatte keine Ahnung. Während mein Dad versuchte, das Telefon aufzustöbern, hielt ihm meine Mom das Handy hin.

»Ich hab schon gewählt. Du musst nur noch dran gehen.«

Mein Dad nickte und nahm das Telefon entgegen.

»Hallo? Ist da die Polizei? Fred Forsyth hier. Ich möchte einen Einbruch melden. Ja. Ja. Nein, es ist niemand verletzt. Nein. Es war keiner zu Hause. Okay. Bis gleich.«

Mein Vater verschwand in seinen Laden, um sich das Unglück dort zu betrachten, während meine Mom, Liam und ich noch ziemlich schockiert in der Küche herumstanden.

»Ich würde uns ja einen Kaffee machen, aber ich hab keine Ahnung, wie ich in dieser Unordnung die Kaffeemaschine finden soll«, witzelte meine Mommy, doch weder mir noch Liam war zum Lachen zumute.

Es dauerte zum Glück nicht lange, da hörten wir auch schon die Sirenen des Polizeiautos und kurze Zeit später bahnte sich Officer Stanley einen Weg durch das Chaos.

»Ach du lieber Herr Gesangsverein. Wie sieht es denn hier aus?« Officer Stanley schien sichtlich schockiert über das, was er sah.

Tja, so etwas bekam man als kleiner Dorfpolizist wohl nicht allzu häufig zu sehen. Nachdem er überaus fachmännisch in gebückter Haltung die Zimmer durchquert und hier und da mal ein Möbelstück genauer unter die Lupe genommen hatte, kam er zurück.

»Hmm, nach genauerer Untersuchung würde ich sagen, dass der Täter überaus brutal und rücksichtlos vorgegangen ist. Ein richtiger Rowdy, sozusagen. Sei bloß froh, dass du nicht zu Hause warst, kleine Emma.« Stanley rieb sich das Kinn zwischen den Fingern. »Vielleicht war es auch eine ganze Gruppe? Wenn man sich dieses heillose Durcheinander betrachtet, ist es schwer vollstellbar, dass nur eine Person dafür verantwortlich sein soll.«

Ich merkte, wie Liam zu grinsen begann und gab ihm unbemerkt mit dem Ellenbogen einen Stoß zwischen die Rippen. Ich fand das überhaupt nicht witzig!

»Gut, Fred, möchtet ihr Anzeige erstatten?«

»Aber natürlich! Sieh dir mein Haus an! Das kann doch nicht ungestraft bleiben! Von meinem Laden ganz zu schweigen!«

Ich schaute meinen geknickten Dad an, der wie ein kleiner Junge dastand, dem man sein Lieblingsspielzeug kaputtgemacht hatte.

Sollte wirklich ich das gewesen sein? Sollte ich meiner Familie einen solchen Schaden zugefügt haben? Und wenn wirklich ich das gewesen sein sollte, warum konnte ich mich dann an nichts erinnern?

Gefühle überkamen mich, die ich nicht wirklich zuordnen konnte. Meine Augen fingen erneut an zu brennen und ich war nicht in der Lage, meine Tränen zurückzuhalten. Meine Mom sah mich an und nahm mich in den Arm.

»Ist doch gut, Spätzchen. Solange dir nichts passiert ist. Den Rest kann man aufräumen und neu kaufen.«

Doch ihre Worte beruhigten mich in keinster Weise. Ich weinte mehr. Was sie wohl dazu sagen würde, wenn sie wüsste, dass ich für alles verantwortlich war? Wenn sie wüsste, dass ihr »Spätzchen« gar kein Spätzchen war, sondern ein Monster?

Meine Mom drückte mich fester an sich und wandte sich dann an Stanley. »Officer Stanley, wir danken Ihnen jetzt schon für Ihre Mühe.«

»Nichts zu danken, Ma'am. Sowie Officer Dewey wieder fit ist, wird er mir bei den Ermittlungen helfen.«

»Was ist denn mit Officer Dewey?«, fragte meine Mutter besorgt, doch Officer Stanley winkte ab.

»Ach, der fühlte sich heute Morgen nicht so gut. Vermutlich hat er sich eine Grippe eingefangen.«

»Richten Sie ihm gute Besserung von uns aus.«

»Ja, Ma'am, das werd' ich. Ich hoffe nur, wir finden den Übeltäter. Leider sehen die Chancen bei sowas meist nicht allzu gut aus.«

Meine Eltern nickten verständnisvoll und verabschiedeten sich von Officer Stanley.

Liam rief ihm ebenfalls noch ein kurzes »Tschüss« zu, bevor er mich die Treppe hoch in mein Zimmer schob. Dann drehte er mich so, dass ich ihm ins Gesicht schauen musste.

»Wie fühlst du dich, Emma?«

Ich zuckte mit den Schultern. Keine Ahnung. Wie sollte man sich schon fühlen, wenn man eine dubiose Nacht hinter sich hatte, sich an nichts mehr erinnern konnte und dann am nächsten Tag gesagt bekam, dass man die Nacht als Monster verbracht und alles kurz und klein geschlagen hatte?

Deshalb antwortete ich so wahrheitsgemäß wie möglich: »Beschissen ist geprahlt, würd ich sagen.«

Meine Stimme brach, mein Blick wurde unscharf und ich merkte, wie sich in meinen Augen erneut Tränen sammelten. Jederzeit bereit zu strömen.

Liam nahm mich wortlos in den Arm und schon flossen sie über meine Wangen.

»Ich will kein Werwolf sein!«, schluchzte ich, während Liam mich einfach nur festhielt.

Ich fühlte mich hilflos, traurig, sauer, aber vor allem war ich verzweifelt. »Ich will kein bescheuerter Kack-Werwolf sein! Mich hat niemand gefragt.«

Ich vergrub mein Gesicht an Liams Schulter. »Und wenn, hätte ich nie, NIEMALS, ja gesagt. Wer will schon freiwillig ein Monster werden!«

Sein mitleidiges Seufzen ließ mich aufmerken und erst da wurde mir bewusst, was ich gerade gesagt hatte.

»Liam, hör zu ...«, doch er unterbrach mich.

»Ist schon gut, Emma. Wenn ich eine Wahl gehabt hätte, wäre das bei mir auch anders gelaufen.«

Okay, jetzt fühlte ich mich nicht nur schlecht, weil ich hier alles vernichtet, sondern weil ich auch noch Liams Gefühle verletzt hatte. Oh Mann! Was für ein Scheiß-Tag!

»Nein, wirklich«, begann ich erneut und diesmal ließ Liam mich gewähren, »bei dir macht mir das überhaupt nichts aus!«

Liams Blick war zu Boden gerichtet, doch als ich das sagte, schaute er mit seinen dunklen Augen zu mir auf und ich schenkte ihm ein leichtes Lächeln.

»Wirklich. Du hast dich ja auch unter Kontrolle. Oder zumindest verbringst du deine Zeit dort, wo du niemandem Schaden zufügen kannst. Aber sieh mich an! Ich bin voll der Terminator-Werwolf! Mir wird schlecht, wenn ich daran denke, was passiert wäre, wenn meine Familie daheim gewesen wäre«, gab ich betrübt zu bedenken und Liam nickte verständnisvoll. Was das bedeutet hätte, brauchte ich ihm nicht zu sagen.

»Ich werde alles versuchen, dich von diesem Fluch zu befreien. Nein, das war falsch ausgedrückt. Ich werde es nicht nur versuchen. Ich werde es tun«, versicherte er und wischte mir die Tränen weg. »Du kannst mir glauben, Emma. Alles wird wieder gut.«

Dies sagte er mit solcher Inbrunst, dass es schwer war, ihm nicht zu glauben. Jetzt lächelte ich überzeugter. Es kam zwar noch nicht aus vollem Herzen, aber immerhin war es ein Anfang.

»Wenigstens können wir nun auch die Vollmondnächte miteinander verbringen«, scherzte ich halbherzig, doch Liam schüttelte den Kopf.

»Nein?!«, fragte ich entgeistert.

»Nein, Emma. Das wird nicht gehen.«

»Ach! Und warum nicht, wenn man fragen darf?« Ich merkte, wie meine neugewonnene gute Laune wieder in den Keller sackte.

»Du gehörst nicht zu unserem Rudel. Das wäre lebensgefährlich für dich«, entschuldigte Liam sich.

»Und wo soll ich dann hin?«

»Weit weg von jeglicher Zivilisation und weit weg von sämtlichen Werwolfs-Rudeln.«

»Na, dann kann ich ja genauso gut zu Hause bleiben. Hier in unserem Kaff ist ja weit weg von jeglicher Zivilisation.«

»Emma«, rügte er mich, »nimm das bitte etwas ernster.«

»Ja, ja«, maulte ich, »aber wo soll ich hin? Irgendwelche Vorschläge, Monsieur Intelligenzbestie?«

Bei dem Wort Intelligenzbestie musste ich kichern und auch Liam musste schmunzeln. Was für ein lustiger Wortwitz, wenn man das zu einem schlauen Typen sagte, der sich alle vier Wochen in einen Werwolf verwandelte.

»Ach, Emma, ich liebe deine spezielle Art von Humor.«

»Ich weiß«, entgegnete ich keck und hörte gespannt, was er zu sagen hatte.

»Ich werde mit meiner Familie sprechen, Emma. Du wirst in unsere Holzhütte fahren. Dort ist man vor dir in Sicherheit.«

Ich rollte mit den Augen. »Vor mir in Sicherheit. Wie sich das anhört.«

Liam grinste. »Sorry, aber falls du da was verdrängt haben solltest, sieh dich doch bitte mal um. Oder geh nach unten.«

Ich seufzte. »Schon gut. Und wie soll es jetzt weitergehen?«

»Verhalte dich normal. Nein, Moment, dann könnte man misstrauisch werden. Verhalte dich einfach so, wie du dich sonst verhältst.«

»Haha, sehr witzig.« Zur Strafe boxte ich ihm auf den Oberarm. Liam begann daraufhin schallend zu lachen und auch ich musste lächeln. Diesmal war es jedoch echt.

»Okay, Emma, lass uns hier etwas aufräumen und dann unten deinen Eltern helfen. Die verzweifeln sicher schon über die Unordnung, die du angerichtet hast.«

Ich schnaubte. »Wenn jetzt Emma-Werwolf-Witze neuste Mode werden sollten, kriegen wir Ärger.«

»Schon gut, Süße.« Liam küsste mich auf die Stirn und wir begannen mit dem Versuch, alles wieder in den Urzustand zu bringen.

Auch wenn ich immer noch sichtlich über die ganze Werwolf-Sache geschockt war, fühlte ich mich dennoch etwas beruhigter. Jetzt, wo ich wusste, dass es nur vorübergehend war.

Wir mussten einfach bloß den doofen Werwolf finden, der mich gebissen hatte und ihm den Garaus machen. Und so, wie ich Liam kannte, würde er alles daran setzen, das so schnell wie möglich zu erledigen und danach wäre alles wieder so wie früher.

18. Kapitel

Am nächsten Morgen wachte ich ungewöhnlich früh auf. Ich hatte schlecht geschlafen, weil ich mir die ganze Nacht darüber das Hirn zermartert hatte, was mich wohl heute erwarten würde.

Liam hatte ganz geheimnisvoll getan und mir gesagt, dass es nun einige Dinge gäbe, die wir besprechen müssten. Es gäbe Regeln, an die ich mich zu halten hätte, aber ich würde auch das eine oder andere erfahren, was mich schon immer interessiert hätte und Dinge, die er mir schon lange hätte sagen wollen.

Mal ehrlich, wie konnte man jemanden mit solchen Halbinformationen ins Bett gehen lassen? Wer würde sich da nicht die halbe Nacht um die Ohren schlagen?

Ich ging hinunter, um zu frühstücken. Meine Eltern waren bereits dabei, weiter aufzuräumen. Ich bot meine Hilfe an, doch da ich das arme geschädigte Einbruchsopfer war, wurde ich abgewiesen.

Mein frühes Aufstehen (und das an einem Sonntag) schoben sie auf einen Albtraum, den ich in Verbindung mit dem Einbruch gehabt haben musste.

Ich versuchte ihnen zwar so glaubhaft ich konnte zu versichern, dass ich keinen Albtraum gehabt hatte, doch sofort mutierte meine Mom wieder zur Hobbypsychologin und meinte, durch das schlimme Erlebnis hätte ich ein Trauma und würde die Sache verdrängen wollen.

Na gut, wenn sie meinte …

Auch wenn ich mir dabei schäbig vorkam, da ich ja dieses ganze Chaos angerichtet hatte, war ich doch froh, es nicht aufräumen zu müssen. Als ich mit Frühstücken fertig war, rief ich Liam an und sagte ihm, dass ich bereits wach wäre und er ruhig früher kommen könne. Es dauerte nicht lange, da klingelte es auch schon an unserer Haustür.

»Na endlich«, begrüßte ich ihn, während er mir einen liebevollen Kuss gab. »Ich hab schon eine gefühlte Ewigkeit auf dich gewartet.« Ich zog ihn mit in mein Zimmer und setzte mich aufs Bett. »Und? Was gibt's nun so Wichtiges?«

Liam schmunzelte. »Du kannst es wohl kaum abwarten, was?«

»Um ehrlich zu sein, nein. Und ich fand es eine Unverschämtheit, dass du solche mysteriösen Sätze von dir gegeben und dich danach einfach aus dem Staub gemacht hast. Ich hab deswegen die halbe Nacht nicht geschlafen!«

Liam nahm mich in den Arm. »Gestern war ein anstrengender Tag für dich. Ich wollte nur sichergehen, dass du auch alles aufnimmst, was wir gleich besprechen werden.«

»Boah! Jetzt mach's doch nicht so spannend. Das ist ja ätzend!«

»Siehst du, da wären wir schon bei Regel Nr. 1. Halte deine Gefühle im Zaum.«

Fragend schaute ich ihn an. »Ich hatte dir ja schon mal erklärt, dass Werwölfe viel aggressiver sind. Das schließt jetzt auch dich mit ein. Du kannst nicht immer direkt so aus der Haut fahren, wenn dir irgendetwas nicht passt.«

»Das heißt, ich darf noch nicht mal mehr meine Meinung sagen?«, beschwerte ich mich direkt.

Liam rollte mit den Augen. »Natürlich darfst du das. Aber fang an, über deine Reaktionen nachzudenken. Wenn du sie dann immer noch für gerechtfertigt hältst, ist das kein Problem. Werwölfe neigen dazu, im ersten Moment immer völlig überzureagieren.«

Ich nickte. Schließlich hatte ich das bei Liam schon das ein oder andere Mal beobachten können.

»Was sonst noch?«

»Du erinnerst dich bestimmt noch an unseren Werwolf-Kodex, von dem ich dir mal erzählt habe?«

Ich nickte.

»Der gilt jetzt auch für dich. Niemand darf von dieser Werwolf-Sache erfahren. Nicht mal deine Eltern. Und dabei ist es egal, ob es um dich oder um einen anderen Werwolf geht.«

Wieder nickte ich, doch ihm schien das nicht zu reichen.

»Du musst dich wirklich daran halten, Emma. Hörst du? Oder was glaubst du, was sie mit uns machen, wenn das jemand erfährt? Also ich persönlich habe keine Lust, irgendwo in einem Zirkus oder in einem Labor zu enden. Und das ist noch das Harmloseste, was sie mit uns anstellen würden. Menschen haben Angst vor allem Unbekannten. Vermutlich würden sie auch versuchen, uns auszurotten.«

»Ist ja schon gut. Ich habe verstanden«, sagte ich nochmal mit Nachdruck und Liam nickte zufrieden.

»Und du musst aufpassen.«

Ich zog die Augenbrauen nach oben. Aufpassen? Was sollte mir als Killerbestie denn jetzt noch passieren?

»Deine Sinne schärfen sich. Das heißt, du wirst besser sehen können. Und hören. Und riechen.«

»Na und? Hört sich doch im ersten Moment gar nicht so schlecht an, oder?«

»Könnte man meinen, ja. Aber mal als doofes Beispiel: Wenn du irgendwo eine Bratwurst riechst, sieh dich erst um, ob auch ein Stand in der Nähe ist. Es wird ein bisschen schwer zu erklären sein, wenn du sie über zweihundert Metern Entfernung gerochen hast.«

Da ich wohl immer noch skeptisch schaute, nahm Liam das als Anlass, mir noch ein Beispiel zu geben. »Oder wenn du in fünfhundert Metern Entfernung irgendetwas siehst. Wenn es unwichtig war, geh gar nicht drauf ein. Wenn du es nicht ignorieren kannst, geh hin und entdecke es erneut. Klar?«

»Ja ja, schon klar!«

Liam sah mich mahnend an.

»Ich meine, ja, ist klar«, sagte ich beschwichtigend.

»Genauso sieht es mit deinen Körperfunktionen aus. Du wirst stärker und schneller werden. Passe dich den normalen Geschwindigkeiten an. Wenn du irgendwo hinläufst, jogge normal und renne nicht so schnell du kannst. Das ist dann nämlich verdammt schnell. Und hebe einfach keine Sachen hoch, die du vorher auch nicht hochheben konntest, ok?«

»Jupp, geschnallt.«

»Bestens. Dann hätten wir ja soweit alles geklärt. Kommen wir jetzt zu den Sachen, die mir auf der Seele liegen.«

Liam nahm meine Hände und setzte sich so vor mich, dass er mir direkt in die Augen schauen konnte. »Weißt du noch, dass es Dinge gab, die ich dir nicht sagen konnte?«

Da brauchte ich gar nicht lange zu überlegen. »Falls du auf die Sache mit Amilia anspielst: Ich vertraue dir, aber das heißt noch lange nicht, dass ich das vergessen habe.«

Liam lächelte. »Wie schön, mich dann endlich erklären zu können.«

Wieder zog ich die Augenbrauen nach oben, was so viel heißen sollte wie: Ich bin ganz Ohr.

»Amilia ist ebenfalls ein Werwolf.«

Okay, ich hatte mit allem gerechnet. Na ja, vielleicht nicht mit allem, aber hierbei fragte ich mich tatsächlich, ob ich richtig gehört hatte. »Wie jetzt?«, war meine intelligente Frage auf diese Info.

»Ja, du hast richtig verstanden. Amilia ist ebenfalls ein Werwolf. Aber das ist noch nicht alles.«

»Nein, wie sollte es auch, wenn es um unsere allseits beliebte Amilia geht.«

Liam lächelte mich liebevoll an. »Du musst nicht eifersüchtig sein. Ich bin heilfroh, dir endlich erklären zu können, warum deine Eifersucht so unbegründet war.«

»Na, da bin ich aber gespannt.«

»Ich hatte dir doch mal gesagt, dass man als Werwolf seinen Geist nicht mehr kontrollieren kann und dass nur die wenigsten sich daran erinnern können, was sie in den besagten Nächten treiben.«

Ich nickte. Das kam mir bekannt vor. Auch ich konnte mich schließlich an nichts mehr erinnern, obwohl es da ja genug gab, was ich angerichtet hatte.

»Amilia hat die Gabe, sich an alles erinnern zu können. Sie ist ein Werwolf, natürlich mit allen dazugehörigen Trieben, aber auch mit menschlichem Verstand. Ich hatte sie gebeten, mir beim Lernen zu helfen, wie ich meinen Verstand ebenfalls kontrollieren kann.«

»Hmm …«, machte ich skeptisch, »ich dachte, dein Dad und deine Mom können das ebenfalls? Warum hast du sie nicht gefragt?«

»Meinst du, das hätten wir nicht probiert? Leider ist Amilia bis jetzt die Einzige, die es geschafft hat, ihre Fähigkeit auch anderen Werwölfen beizubringen. Verstehst du jetzt den Satz, dass ich das alles nur für uns getan hab? Ich wollte bei dir sein und dich nicht in Gefahr bringen.«

Auch wenn ich mich immer noch über diese Sache ganz schön ärgerte, schmolz mein Herz bei diesen Worten dahin. Ich nahm Liam in die Arme und gab ihm einen zärtlichen Kuss, den er mindestens ebenso zärtlich erwiderte.

»Dann steht diese Sache also nicht mehr zwischen uns?«

Ich schüttelte mit dem Kopf. »Nein. Und das hätte sie von Anfang an nicht, wenn du nur mit mir geredet hättest.«

»Ich weiß, aber ich konnte nicht. Außerdem hatte ich Angst es dir zu sagen, weil es sich ausgerechnet um Amilia handelte.«

»Was hast du denn erwartet? Dass ich loslaufe und Gott und der Welt erzähle, dass ich zwei Werwölfe kenne?«

»Wohl eher nicht, mhh?«

Ich rollte mit den Augen. »Natürlich nicht! Na ja, mit Amilia magst du vielleicht Recht haben. Das hätte mir nicht gepasst. Aber wenn du es mir erklärt hättest, hätte ich mich schon irgendwie damit abfinden können.«

»War ganz schön blöd von mir …«

»Ja, war es. Aber selbst du kannst ja nicht alles wissen.«

Liam streckte mir die Zunge raus und ich freute mich, auch von ihm mal so eine kindliche Geste zu sehen.

»Und die Sache mit Kyle würde ich auch gerne aufklären.«

Die Sache mit Kyle? Ach so, als er Kyle gesagt hatte, dass er mich demnächst flachlegen wollte.

»Ich höre?«, sagte ich und schaute ihn leicht beleidigt an. So ganz hatte ich ihm das noch nicht verziehen.

»Kyle ist auch ein Werwolf.«

Ich bekam große Augen. »Er auch?«, fragte ich überrascht.

Wobei, wenn man ihn genau betrachtete, konnte er mit seinem Muskelprotz-Körper auch ohne Verwandlung als Werwolf durchgehen.

»Nachdem ich ihm sagte, dass ich vorhabe, mich mit dir zu paaren, musste er die Finger von dir lassen.«

»Aha. Und warum?«, forschte ich verwundert. Mir war nicht klar, warum Gyle-Kyle von so etwas abgehalten werden sollte.

»Weil ich zur Alpha-Familie gehöre und die Todesstrafe darauf steht, das Weibchen des Rudelführers zu decken. Punkt.«

Liam schaute mich an, als wäre es das Normalste der Welt, was er soeben gesagt hatte.

Ich nickte verlegen. Irgendwie war es mir peinlich, dass er so nüchtern über diese Dinge sprach. Andererseits freute ich mich, so banale und einleuchtende Erklärungen für die Sachen zu bekommen, über die ich mich so aufgeregt hatte.

»Und noch was, Emma«, ich hob aufmerksam den Kopf, während Liam mich frech angrinste. »Du hattest ihm tatsächlich die Nase gebrochen. Du musst wissen, die Nase ist eines unserer empfindlichsten Körperteile und Kyle kann von Glück sagen, dass bei einem Werwolf alles schnell verheilt. Das tut nämlich echt verdammt weh.« Er kicherte schadenfroh.

»Also doch! Bei mir tat er so, als wenn ich mir das nur eingebildet hätte!«, schnaufte ich entrüstet.

»Nun ja, für einen Typ wie Kyle ist es ja auch nicht sonderlich rühmenswert, von einem Mädchen die Nase gebrochen zu bekommen.«

Er zwinkerte mir zu und wir beide brachen daraufhin in schallendes Gelächter aus. Es tat gut, wieder so unbeschwert mit ihm sein zu können.

19. Kapitel

Die nächste Nacht schlief ich wieder unglaublich schlecht. Ich träumte, jedoch war es ein Traum ohne Handlung, nur völlig wirres Zeug. Von Krallen, die sich über die beschädigte Küchentür zogen, von einer Pranke, die den Kühlschrank umwarf, von dem ganzen Chaos in unserem Haus und auch von der Toilettenschüssel, auf die Sabber tropfte.

Ich rieb mir verschlafen die Augen und wühlte mich aus der Bettdecke. Ich musste zu Liam. Der wusste bestimmt, was das alles zu bedeuten hatte. Nachdem ich mich für die Schule fertiggemacht hatte, begab ich mich auf den Schulweg.

Liam wartete bereits an unserer Laterne auf mich und ich begann schon von weitem zu rufen.

»Liiiaaam! Liiiiaaaam!« Als ich bei ihm angekommen war, bekam ich erstmal einen Rüffel.

»Ich hatte dir doch gesagt, du sollst keinen Dingen Beachtung schenken, die noch weit von dir entfernt sind.«

»Hab ich doch gar nicht«, verteidigte ich mich, doch schon schoss Liam zurück.

»Das hast du sehr wohl. Ich hab fast einen Kilometer von dir weg gestanden. Du hättest mich noch nicht sehen dürfen. Pass ein bisschen besser auf, Emma.«

»Tschuldigung«, sagte ich kleinlaut, »aber ich wollte dir was erzählen.«

»Was gibt's denn so Wichtiges?«, fragte Liam, der jetzt neugierig zu werden schien.

»Ich hab geträumt.«

Liam stutzte. »Du hast geträumt? Was?«

»Ich hab von unserer Küchentür, dem Kühlschrank und dem Klo geträumt.«

Liam unterdrückte ein Lachen. »Sorry, aber das scheint ja ein wirklich spektakulärer Traum gewesen zu sein. Kein Wunder, dass du deswegen schon von weitem gerufen hast.«

Ich knuffte ihn in die Seite. »Sei nicht doof. Wieso träume ich sowas?«

»Tut mir leid, Süße, das hat sich nur eben witzig angehört.« Liam legte seinen Arm um mich und wir machten uns auf den Weg zur Schule. »Ich hatte dir doch mal erzählt, dass wir ab und zu die Dinge träumen, die wir als Werwolf tun.«

Ich nickte. Daran konnte ich mich erinnern.

»Nun ja, du hast halt davon geträumt, wie du die Tür und den Kühlschrank demoliert hast. Und wie du auf die Klobrille gesabbert hast.« Liam fing an zu kichern.

»Was gibt's denn da so blöd zu kichern?«, fragte ich, mittlerweile schon leicht verärgert.

»Ach nichts ...« Wieder ein leises Kichern.

»Jetzt sag schon!«

»Na ja, wenn du geträumt hast, wie du auf die Klobrille sabberst, muss das ja einen Grund haben ... hihihi«

»Was willst du damit sagen?«, bohrte ich weiter.

»Ich gehe stark davon aus, dass du aus der Kloschüssel gesoffen hast, Emma.«

»Ich soll was getan haben?«, fragte ich pikiert und Liam lachte laut auf.

»Sowas würde ich nie tun!«

»Du vielleicht nicht, aber Werwölfe sind da nicht so wählerisch.«

»Igitt! Das ist ja ekelhaft!«, beschwerte ich mich und als ich so darüber nachdachte, wurde mir schlagartig schlecht.

»Ach, Emma, das ist alles halb so wild. Das Wasser aus den Toiletten ist sauber«, kicherte Liam weiter vor sich hin.

»Halt die Klappe«, raunzte ich ihn an. Ich für meinen Teil fand das Ganze nämlich überhaupt nicht witzig. Fieser missgünstiger Schadenfroh-Wolf, der er war!

In der Schule angekommen, wurde ich wie gewohnt auch von Amilia und Kyle begrüßt. Doch etwas war anders. Beide verhielten sich merkwürdig.

Kyle war nicht mehr so überschwänglich, sondern regelrecht demütig und Amilia total provozierend. Nicht, dass das bei ihr vorher großartig anders gewesen wäre, aber heute setzte sie noch einen oben drauf.

Außerdem stanken die beiden. Alle Welt! Es war unglaublich. Kyle, der sonst immer mit teurem Männerparfüm ausgestattet war, müffelte nach faulen Eiern und auch Amilia, die für gewöhnlich wie eine gesamte Douglas-Filiale persönlich roch, stank sogar wie eine ganze Kläranlage.

»Was habt ihr denn gemacht?«, begrüßte ich sie und wedelte zur Erklärung die Luft von meiner Nase weg.

Amilia starrte mich nur böse an und Kyle schaute betreten unter sich. Liam boxte mir daraufhin in die Seite und zog mich zu unserem Platz.

»Was denn?«, beschwerte ich mich leise, doch er winkte ab.

»Gleich – Pause.«

Als es endlich zur Pause klingelte, sprang Liam auf und zog mich in eine Ecke, abseits vom Schulhof.

»Was ist denn los? Spinnst du?«, maulte ich. Der Griff, mit dem er meinen Arm umklammert hatte und mich mitzog, schmerzte.

»Wie kannst du denn sowas zu den beiden sagen? Ich hab dir doch gesagt, du sollst dich unauffällig verhalten!«, schrie er mich an.

»Was kann ich denn dafür, dass die zwei heute Morgen das Duschen vergessen haben?«, verteidigte ich mich. Außerdem war mir nicht klar, warum ich nun auf sie Rücksicht nehmen sollte, wo sie mich doch Jahre lang gemobbt hatten.

»Sie riechen ganz normal. Nur für dich nicht.« Liam schien das große Fragezeichen über meinem Kopf zu bemerken und sofort wurde seine Stimme wieder weicher. »Tut mir leid. Ich hab ganz vergessen, dass du das noch nicht wissen kannst.«

»Was wissen?«

»Je ranghöher ein Werwolf ist, desto besser riecht er für dich. Das heißt im Umkehrschluss, ist er rangniedriger als du …«

»Umso schlechter riecht er für mich«, beendete ich den Satz. »Das heißt, ich stehe über Kyle und Amilia?« Meine Augen strahlten vor Schadenfreude.

»Wenn es nach dem Blut geht, dann ja.«

Ich merkte, wie meine Mundwinkel sich zu einem dämlichen Grinsen nach oben verzogen.

»Aber fordere es nicht heraus. Sie sind dir körperlich komplett überlegen. Immerhin hatten sie schon viel mehr Zeit, sich an all das zu gewöhnen und ihre Fertigkeiten zu schulen.«

»Aber vom Blut her wäre ich ranghöher?«

Liam nickte. »Wie ich schon sagte, sie sind dir überlegen. Also tu bitte nichts Unüberlegtes, was einer von beiden als Herausforderung ansehen könnte.«

Diesmal nickte ich bestätigend. »Aber rein vom Blut her wäre ich der Ranghöhere?«, fragte ich nochmal nach.

»Ich geb's auf«, sagte Liam seufzend und wollte mit mir zum Schulhof zurückgehen, doch ich hielt ihn zurück.

»Erklärs mir. Bitte.«

Liam blieb widerwillig stehen. »Okay, aber wehe, du missbrauchst das Wissen, das ich dir jetzt geben werde.«

Ich schüttelte den Kopf.

»Sag es!«, verlangte er.

Genervt rollte ich mit den Augen und wiederholte gelangweilt den Satz, den er gesagt hatte. »Ich werde das Wissen, das du mir jetzt gibst, nicht missbrauchen.«

»Emma! Mein es gefälligst auch so! Schwöre es!«

»Ich schwöre es«, seufzte ich.

»Also gut. Werwölfe werden in ihre Rangpostion hineingeboren. Das heißt, wenn die Eltern bereits Alpha-Tiere sind, sind die Kinder das ebenfalls. Man kann mit ihnen um ihren Rang kämpfen, aber trotzdem sind die ranghoch Geborenen stärker.«

Wieder ein Blitzen in meinen Augen. »Ich bin also auch noch stärker?«

»Theoretisch ja.«

»Wozu dann die Aufregung?«

»Weil du mit deiner Kraft noch gar nicht umgehen kannst.«

»Ist ja schon gut.«

»Und noch was: Ich bereue zwar jetzt schon, dass ich dir das sage, aber bevor du es aus Zufall von alleine herausfindest und dann Schabernack damit treibst, kann ich es dir im Vorfeld wenigstens verbieten.«

Ich sah ihn gespannt an.

»Also: Die Rangniederen müssen dir gehorchen und tun, was du sagst. Aber untersteh dich, Kyle oder Amilia jetzt zu schikanieren. Sonst kriegst du nicht nur mit denen Ärger, denn die werden sich das sicher nicht gefallen lassen und dich beim nächsten Vollmond herausfordern, sondern auch mit mir. Ist das klar?«

»Die zwei müssen mir gehorchen?«, war das Einzige, was ich aus dem ganzen Bla Bla herausgehört hatte. Begeistert klatschte ich in die Hände.

»Emma, hör auf dich wie ein Kleinkind zu benehmen. Das ist eine ernste Sache.«

»Schon gut, ich werde ganz lieb sein.« Doch ich bemerkte jetzt schon den kleinen Teufel, der meinem Gewissen versuchte den Garaus zu machen und mich vom Gegenteil zu überzeugen. Und ich befürchtete, über kurz oder lang würde er damit auch Erfolg haben.

»Allerdings, etwas Gutes hat die Tatsache, dass du Alpha-Blut in dir hast«, stellte Liam fest, doch ich gab mich überheblich und machte einen Gesichtsausdruck, der sagte: »Wie hätte es auch sonst kommen sollen.«

Sowas war ja eigentlich nicht meine Art, aber Entschuldigung, wenn ich das jetzt alles ein bisschen auskostete. Immerhin kam es nicht alle Tage vor, dass man quasi vom Außenseiter zum Super-Wolf mutierte.

»Wir können die Wölfe eingrenzen, von denen du gebissen wurdest.«

Ich wurde hellhörig. »Können wir das?«

»Da du so starkes Blut in dir hast, kannst du nur von einem Alpha-Wolf gebissen worden sein, und da es davon nicht viele gibt, werden wir garantiert schnell fündig.«

Ich nickte. »Wie viele sind denn *nicht viele*?«

»Ich kenne in unserem ganzen Staat nur zwei Familien.«

»Zwei? So wenig?«, freute ich mich, da es demnach gar nicht allzu lange dauern dürfte, bis alles wieder normal war.

»Na ja, wenig ist relativ. Werwölfe benötigen eben viel Platz und haben ein dementsprechend großes Jagdgebiet. Wenn man die Jagd ständig wegen Rangkämpfen unterbrechen müsste, würde man ja zu sonst nichts mehr kommen.«

»Und wer sind die Familien? Kenne ich sie?«

»Teils, teils. Es wäre zum einen meine Familie und dann gibt es da noch den Clearwater-Clan. Wobei ich aber ehrlich sagen muss, dass ich mir das von denen nicht vorstellen kann«, sinnierte Liam.

»Warum nicht?«

»Weil sie erstens ziemlich weit weg wohnen und zweitens sehr friedliebend sind. Außerdem wüsste ich nicht, was sie davon haben sollten, dich in einen Werwolf zu verwandeln.«

Plötzlich wurde mir etwas klar und ich schaute Liam angriffslustig an.

»Was ist?«, fragte er unsicher.

»Ich bin also von jemandem aus deiner Familie gebissen worden?«, schleuderte ich ihm zornig entgegen.

Nun machte Liam große Augen. »Bist du verrückt? So etwas würden wir nie tun!«

»Na ja, lass uns mal zusammen drüber nachdenken. Es gibt zwei Familien, von denen du eine für zu friedliebend hältst, um sowas zu machen. Wessen Familie bleibt dann noch?«

Liam wurde puterrot im Gesicht und seine Augen zogen sich zu schmalen Schlitzen zusammen. »Jetzt schlägt's aber dreizehn! So eine Last würden wir uns nie aufbürden.«

Nun war es an mir, wütend zu werden. Und wenn ich jetzt sagte wütend, meinte ich stinkwütend. »Ich bin also eine Last?«, brüllte ich ihn an.

»In der Tat! Jeder verwandelte Werwolf ist das! Ihr habt Kräfte, mit denen ihr nicht umgehen könnt und eure Aggressivität könnt ihr meistens auch schlecht im Zaum halten.«

»Aggressiv? Wer soll hier aggressiv sein? Ich bin die Ruhe selbst!«, brüllte ich, doch beim Beenden des Satzes wurde meine Stimme hoch und schrill.

Ich hatte erwartet, dass Liam mich jetzt ebenfalls anschreien würde, doch stattdessen stand er da und schaute mich mit einem Blick an, den ich nur mit »Siehste!« übersetzen konnte. Schlagartig regelte ich mein Temperament. Schließlich sollte er nicht Recht behalten mit dem, was er sagte.

»Und wer soll es sonst gewesen sein?«, fragte ich so ruhig ich konnte, doch Liam zuckte nur mit den Schultern.

»Ich hab keine Ahnung. Ich kenne die Gerüche von den Werwölfen hier im Umkreis und ich kenne den Geruch, der in der Luft lag, als du gebissen wurdest. Aber es lässt sich da keine Verbindung herstellen. Schon gar nicht, weil du von einem Ranghöchsten gebissen wurdest, und wer da noch übrig bleibt, hab ich dir ja bereits gesagt.«

Im Kopf ging ich Liams Familie durch. Von seinem Dad konnte ich mir das nicht vorstellen, seine beiden Brüder kannte ich nicht mal, aber die Mutter – und die Schwester! Vor allem die Schwester! Ob sie mich gebissen hatte? Ich beschloss, Liam danach zu fragen, aber ich musste behutsam vorgehen. Nicht, dass er sich direkt wieder angegriffen fühlte.

»Ähm …«, fing ich an herumzudrucksen, »meinst du vielleicht, deine Schwester könnte was damit zu tun haben?«

Doch Liam platzte sofort der Kragen. »Kannst du nicht mal meine Familie da raushalten? Die hat dir nichts getan! Und das würde sie auch nie!«

»Aber deine Schwester hasst mich!«, hielt ich dagegen.

Da packte mich Liam an den Oberarmen und hielt mich dicht vor sein Gesicht. »Meine. Familie. Hat. Nichts. Damit. Zu. Tun. Klar?« Dann setzte er mich wieder ab.

»Und ich soll aggressiv sein«, nuschelte ich vor mich hin.

Liam zog mich in seine Arme. »Es tut mir leid, Emma. Ich würde dir sagen, wenn meine Familie irgendwie darin verwickelt wäre. Aber das ist sie wirklich nicht. Ich hätte es gerochen, wenn einer von ihnen an dem Tag bei dir gewesen wäre.«

Ich kuschelte mich an ihn. »Und wer soll es sonst gewesen sein?«

»Das müssen wir herausfinden. Ich glaube, wir sollten dem Clearwater-Clan demnächst einfach mal einen Besuch abstatten. Vielleicht haben die ein neues Mitglied, das es gewesen sein könnte.«

»Danke«, sagte ich und legte meinen Kopf an seine Schulter.

»Und noch was, Emma, wenn Faith dich im verwandelten Zustand erwischen würde, hätte sie dich garantiert nicht nur gebissen.« Obwohl es nur als Scherz gemeint war, war ich trotzdem von der Wahrheit dieser Worte überzeugt.

20. Kapitel

Die Wochen verstrichen und ich hielt mich brav an alles, was Liam mir gesagt hatte. Wenn ich mich ärgerte – und das kam in letzter Zeit sehr, sehr oft vor – schluckte ich meinen ersten Zorn herunter, dachte drüber nach, ob die Situation wirklich so viel Unmut rechtfertigte, und kam dann meistens zu dem Entschluss, dass alles halb so wild war und ich mich mal wieder umsonst aufgeregt hatte.

Nur gut, dass meine neuen Körperfunktionen jetzt alle so viel stärker waren. Ein normales Herz hätte dieses Hin und Her sicherlich nicht mitgemacht.

Kyle und Amilia zu ärgern verkniff ich mir ebenfalls, auch wenn ich gestehen musste, öfter daran gedacht zu haben. Vor allem, was Amilia betraf, aber sonst lief alles wie am Schnürchen.

Ich schaffte es sogar – ganz im Gegensatz zu Liam – mir Gemüse und Obst reinzuwürgen, obwohl das nicht mehr ganz oben auf meiner Speisekarte stand und somit meine neuen Essgewohnheiten, die fast nur noch aus Fleisch bestanden (und ich hätte nie gedacht, dass ich das mal sagen würde, aber: Je blutiger, desto besser), geheimzuhalten.

Einmal hatte ich für etwas Aufsehen gesorgt, als ich mit meiner Familie essen war und mir als Vorspeise Carpaccio und als Hauptgericht ein Steak »englisch« bestellt hatte. In normaler Sprache: Fast roh.

Aber da kam mir mein Vater zur Hilfe und erklärte meiner über alle Maßen geschockten Mutter, dass Essgewohnheiten sich eben ändern würden und es ja auch Zeit wurde, dass ich endlich mal vernünftig zu essen begann. Wie gesagt, alles lief super, wäre da nicht der heutige Tag gewesen, der meine gute Laune trübte.

Heute war Vollmond und ich war furchtbar aufgeregt. Ich hatte Angst. Angst vor der Verwandlung, Angst davor, was ich als unkontrollierbarer

Werwolf tun würde und vor allem hatte ich Angst davor, das alles allein durchstehen zu müssen.

Liam hatte sogar mit mir die Schule geschwänzt und mich zum Frühstück eingeladen, doch wie immer, wenn ich aufgeregt war, bekam ich keinen Bissen hinunter.

Er hatte feinstes Rinderfilet gekauft – nicht abgehangen und somit überaus blutig – aber ich konnte nichts essen. Ich stocherte lustlos in dem Fleisch herum und dachte wehmütig an die Zeit, wo ich mich beim Anblick von blutigem Fleisch noch übergeben hätte.

Jeder, der glaubte, es wäre cool ein Werwolf zu werden, dem konnte ich nur sagen: Weit gefehlt. Man musste so viele Einschränkungen hinnehmen und sich in allem so zusammenreißen. Diese Disziplin, die man an den Tag legen musste, war beim besten Willen nichts für mich. Kein Wunder, dass Kyle, Amilia und auch Liam immer so stocksteif und oberschnöselig daherkamen. Sie konnten gar nichts dafür. Sie mussten so sein, um den Schein zu wahren.

»Jetzt beruhige dich doch mal, Emma. Das wird alles nicht so schlimm werden«, versuchte Liam mich aufzumuntern, doch leider erfolglos.

»Du hast gut reden. Du hast ja Übung darin. Und außerdem musst du nicht ganz allein in den Wald.«

»Ich mach dir einen Vorschlag: Wir fahren gleich zusammen los und ich bleibe noch so lange bei dir, wie es möglich ist. Vielleicht fühlst du dich dann ein bisschen wohler?«

»Das wär toll«, gab ich mich einverstanden.

»Wir müssen nur noch meinen Eltern Bescheid sagen.«

Liam schaute auf die Uhr. »Ja, wir können uns so langsam auf den Weg machen. Gleich haben wir offiziell Schulschluss.«

Mein Dad war zwar nicht gerade davon angetan, dass Liam mich nun zukünftig mit zu seinen monatlichen »Männerabenden« nehmen wollte, aber nachdem sich glücklicherweise meine Mom eingemischt hatte und meinem Dad vorschwärmte, wie überaus romantisch das doch sei, gab er sich geschlagen und kommentierte das nicht weiter. Wir verabschiedeten uns also und machten uns auf den Weg.

Mit Liams Auto und bei seiner Fahrweise brauchten wir nur zwei Stunden, bis wir den Wald erreichten. Der Wanderweg, der zu der Hütte führte, fiel einem als Werwolf zwar leichter, war für mich aber immer noch beschwerlich genug.

Schnaufend kamen wir endlich an. Okay, ich kam schnaufend an. Liam war natürlich nicht aus der Puste, obwohl er noch einen schweren Rucksack getragen hatte, in dem er alles für einen gemütlichen Nachmittag dabei hatte. Eine DVD, ein paar Knabbereien und eine flauschige Decke zum Einkuscheln. Außerdem legte er Feuerholz auf und brachte den Kamin in Gang, sodass in kürzester Zeit eine wohlige Wärme durch den Raum waberte. Zufrieden kuschelten wir uns vor den TV und sahen uns den Film an, bis Liam auf einmal aufstand.

»So, Emma, ich muss jetzt.«

Fragend schaute ich ihn an. »Jetzt schon?« Zuerst wollte ich ihm vorwerfen, dass er nicht mehr zu Amilia fahren müsse, doch nachdem ich auf die Uhr geschaut hatte, musste ich leider feststellen, dass bereits Abend war und er deswegen gehen wollte.

»Ja, Süße, jetzt schon. Vor mir liegen noch zwei Stunden Autofahrt und ein gutes Stück zu Fuß.«

Ich blickte betreten zu Boden. Das flaue Gefühl im Magen, welches ich schon den ganzen Tag hatte, verstärkte sich. »Bist du sicher?«

Liam nickte bestätigend. »Sorry, Emma, aber ich möchte mich ungern beim Autofahren verwandeln. Hier«, sagte er und gab mir ein paar Blätter.

»Was ist das?«, fragte ich neugierig und schnupperte daran. Es roch wirklich gut.

»Das ist Wolfskraut. Es hilft dir, die Verwandlung schneller zu vollführen. Wenn du merkst, dass es beginnt, steck dir diese Blätter in den Mund, kau sie gut durch und schluck sie dann herunter. Damit müsste es erträglich sein.«

»Danke«, seufzte ich und umarmte Liam zum Abschied.

»Und stell dir schon mal Wasser bereit. Du wirst es brauchen.«

»Werde ich«, versicherte ich ihm.

»Emma?«

»Ja?«

»Es wird nicht so schlimm werden. Hab keine Angst. Umso weniger du dich dagegen wehrst und es einfach geschehen lässt, umso leichter wird es.« Mit diesem Satz verschwand er aus der Tür.

***

Ich saß mit klopfendem Herzen auf der Couch. Wann es wohl einsetzen würde? Ob es wieder so schmerzvoll werden würde wie die erste Verwandlung? Ich versuchte Ruhe zu bewahren, doch ich konnte nichts dagegen tun. Mein Herz raste. Ich fing an, in der Hütte auf und ab zu gehen, doch auch das konnte mich nicht beruhigen.

Krampfhaft hielt ich die Blätter in meiner Hand. Obwohl es noch gut drei Stunden dauerte, bis der Mond aufging, traute ich mich nicht, sie noch mal wegzulegen. Wer wusste schon, wie plötzlich die Verwandlung einsetzte? Und ob ich dann überhaupt noch fähig war, sie mir wieder zu holen?

Nachdem ich das Gefühl hatte, schon eine Furche in den Boden gerannt zu haben, zwang ich mich zurück auf die Couch und schaltete den Fernseher ein. Mein Fuß wippte nervös und ich begann, an meinen Fingernägeln zu knabbern. Schreckliche Angewohnheit, aber es half! Wirklich! Das einschläfernde Fernsehprogramm tat sein Übriges und so dauerte es nicht lange, bis ich eingenickt war.

***

Unmenschlicher Durst und ein stechender Schmerz im Rücken weckten mich unsanft auf. Dann ein dumpfes Knacken. Erst noch schlaftrunken fasste ich mir an die Hüfte und befühlte die Stelle, wo sich erneut ein unangenehmes Ziehen bemerkbar machte, das sich stetig steigerte. Dann wurde ich schlagartig wach.

Die Verwandlung!

Sie begann!

Erschrocken sprang ich auf, doch ein erneutes Knacken vertonte das Brechen meines Rückgrats, sodass ich nicht mehr fähig war, mich aufzurichten. Gebückt stand ich vor der Couch.

Die Blätter!

Ich schaute in meine Hände, doch die Blätter waren nicht mehr da. Ich musste sie während meines Nickerchens verloren haben.

Hektisch suchten meine Augen den Raum ab und endlich fand ich sie. Das Wolfskraut war halb unter die Couch gefallen. Vermutlich hatte ich es mit meinem hastigen Aufspringen dorthin befördert.

Ich bückte mich, um es aufzuheben, doch meine Beine gaben nach und ich fiel der Länge nach hin. Ich wollte nach den Blättern greifen, die sich jetzt irgendwo unter meinem Bauch befanden, doch das qualvolle Ziehen in meinen Beinen hielt mich davon ab.

Wieder ein Krachen. Ich schaute an meinem Körper hinab und musste erneut mit ansehen, wie sich meine Kniescheiben um 180 Grad drehten und sich meine Beine abscheulich in die Länge zogen.

Der Anblick selbst war schon nichts für schwache Gemüter, aber zu wissen, dass es sich hierbei um den eigenen Körper handelte, ließ mich nicht nur vor Schmerz erschauern.

Nachdem sich meine Beine kurz beruhigt hatten, griff ich schnell nach dem Wolfskraut und tat, was Liam mir gesagt hatte.

Futterluke auf, gut kauen und schlucken. Jetzt würde ich keine Schmerzen mehr haben. Doch weit gefehlt!

Plötzlich begann mein ganzer Körper zu rumoren!

Ich hatte das Gefühl, meine Haut stünde in Flammen. Sie juckte bestialisch und nach und nach bildete sich Fell in der Straßenköterfarbe, die ich ansonsten als meine Haarfarbe betitelte.

Kopf!

Gesicht!

Zähne!

Rücken!

Hände!

Arme!

Fingernägel!

Beine!

Füße!

Fußnägel!

Alles tobte in mir und die Schmerzen rasten wie ein Fegefeuer durch meinen zitternden Körper.

Gewaltig wie ein Orkan!

Unkontrollierbar wie ein Waldbrand!

Und so alles-vernichtend wie eine Flutwelle!

Dann wurde alles dunkel …

Es juckt … Kratzen!

Durst … Trinken!

Hunger … Fressen!

Wittern … Fressen!

Fressen? Suchen!

Suchen? Jagen!

***

Am nächsten Morgen wachte ich mit tierischen Kopfschmerzen auf. Ich lag zwar nackt auf dem Fußboden, doch nachdem ich kurz meinen Blick schweifen ließ, stellte ich beruhigt fest, dass ich mich immer noch in der Holzhütte befand, wo ich zurückgelassen worden war.

Erleichtert richtete ich mich langsam auf und kam ins Schwanken. Schnell hielt ich mich an dem in der Nähe stehenden Schrank fest, damit ich nicht hinfiel.

Oh Mann! Der Begriff tierische Schmerzen bekam unter den bekannten Umständen eine ganz neue Bedeutung und ich musste unfreiwillig schmunzeln. Ich war heilfroh, mich an einem mir bekannten Ort wiederzufinden und nicht irgendwo in der Pampa.

Liam meinte zwar, dass das nur sehr selten passieren würde, da Werwölfe automatisch immer wieder ihren Verwandlungsort aufsuchen würden, doch es hätte mich auch nicht sonderlich gewundert, wenn das ausgerechnet bei mir nicht so gewesen wäre.

Nachdem ich mich halbwegs gefangen hatte, sah ich mich genauer um. Alles sah aus wie vorher. Gott sei Dank!

Ich hatte schon die große Befürchtung gehabt, auch noch die Bude von Liams Familie zu zerlegen. Das wäre mir nicht nur überaus peinlich gewesen; ich hätte auch nicht gewusst, wie ich meinen Eltern beibringen sollte, dass ihre kleine liebe Emma einen Schaden von ein paar Tausend Dollar verursacht hatte.

Wie dem auch sei, ich musste jetzt erstmal ins Badezimmer. Ich hatte einen furchtbaren Geschmack im Mund. Auf dem Weg dorthin kam ich an der Eingangstür vorbei und stellte erschrocken fest, dass diese weit offen stand.

Ob Liam schon hier gewesen war? Ob er mich nackt gesehen hatte? Obwohl weit und breit nichts von ihm zu sehen war, wurde ich rot bei dem Gedanken. Ich sah leider nicht besonders vorteilhaft aus, wenn ich mich im Tiefschlaf befand. Ich hatte dann immer was von einem Geisteskranken, den man völlig unter Drogen gesetzt hatte und der mit weit geöffnetem Mund reglos vor sich hinsabberte.

Meine Mom war mal so überaus nett gewesen und hatte mich beim Schlafen im Auto fotografiert, als wir in den Urlaub fuhren. Und zu allem Überfluss hatte ich auch noch den Anschnallgurt halb im Mund gehabt. Ein tolles Bild – ehrlich! Natürlich hatte ich es, nachdem meine Mutter es mir präsentiert hatte, schnellstmöglich vernichtet. Inklusive der Negative, das verstand sich.

Während ich zum Bad tapste, merkte ich, dass mir meine Füße wehtaten und auch meine Handflächen brannten leicht. Ich betrachtete sie genauer. Sie waren rot und sahen wund aus. An den Füßen hatte ich sogar Blasen. Woher die wohl kamen? Ob das jedem Werwolf so ging?

Im Badezimmer angekommen, schnappte ich mir erstmal einen Bademantel, dann warf ich einen Blick in den Spiegel und wollte gerade hinter mir die Dusche betreten, als mein Blick noch mal zurück in den Spiegel schnellte.

Ich erschrak fürchterlich! Hilfe! Was war nur mit mir geschehen?

Mein Gesicht war von oben bis unten völlig blutverschmiert! Daher auch der komische Geschmack! Nachdem ich ein Bild dazu hatte, erkannte ich die Eisennote, die mir auf der Zunge lag.

O mein Gott! Was hatte ich nur getrieben? Ohne mich irgendwie zu waschen, rannte ich aus dem Zimmer und suchte mein Handy. Als ich es endlich gefunden hatte, wählte ich sofort Liams Nummer, der bereits nach dem ersten Klingeln abnahm.

»Na, schon wach, Schätzelein?«, scherzte er fröhlich, doch der Spaß würde ihm gleich schon vergehen.

»Ich bin voller Blut!«

Liam schien im ersten Moment geschockt. »Was?«

»Blut! Überall ist Blut!«

»Bist du verletzt?«

Oh! Darüber hatte ich mir noch gar keine Gedanken gemacht, ob es sich hierbei um mein eigenes Blut handeln könnte. Ich befühlte kurz mein Gesicht, doch bei der Menge an Blut hätten es große Wunden sein müssen und die hätten wiederum wehtun müssen.

»Nein, ich glaub nicht. Ich glaub, es ist fremdes Blut.«

»Fremdes?! Was heißt fremdes?«

»Oh, Liam! Ich bin ein Monster! Ich habe jemanden umgebracht!«

Als ich den Satz ausgesprochen hatte, fühlte ich mich, als hätte mir jemand den Boden unter den Füßen weggezogen und ich musste mich erstmal setzen. Ein Schauer lief mir über den Rücken und ich bekam überall Gänsehaut. Mein Pulsschlag beschleunigte sich und mein Herz begann wild zu klopfen. War das wahr? Hatte ich tatsächlich jemanden umgebracht?

»Bleib ganz ruhig. Ich wette, es ist tierisches Blut.«

»Kannst du schnell kommen?«, fragte ich hoffnungsvoll.

»Ich setze mich sofort ins Auto. Aber ich brauche mindestens drei Stunden.«

Ich schnaufte. »Drei Stunden? Und was soll ich so lange machen? Soll ich das Blut etwa die ganze Zeit in meinem Gesicht lassen, bis du endlich kommst?!«

»Sorry, Emma, aber ich kann nicht zaubern. Du musst schon abwarten.«

»Du kannst doch sonst alles«, moserte ich, doch Liam ließ sich nicht aus der Ruhe bringen.

»Okay, versuchen wir es anders. Hast du noch Blut an den Lippen?«

»Ich habe überall Blut!«, knurrte ich.

»Was heißt überall? Ich denk nur im Gesicht?«

»Ja, nur im Gesicht! Dafür sieht mein verdammtes Gesicht aus, als wär irgendwas davor explodiert!«

Liam kicherte.

»Das ist nicht witzig!«

»Schon gut. Hast du jetzt noch Blut an den Lippen, oder kommst du sonst irgendwie mit der Zunge da dran?«

Ich zögerte. Was war das denn jetzt für eine Frage? »Und wenn es so wäre? Worauf willst du hinaus?«

»Du wolltest doch unbedingt wissen, ob es menschlich oder tierisch ist. Das kannst du schmecken.«

»Ich soll an dem Blut lecken?«, fragte ich völlig entsetzt.

»Ja«, war seine knappe Antwort.

»Bist du noch ganz bei Trost? Hast du über Nacht irgendeinen Fetisch entwickelt? Wie eklig ist das denn, bitte?«

»Es ist die schnellste Art, dir Gewissheit zu verschaffen.«

Oh, ich hasste es, wenn Liam immer alles so nüchtern sah. »Kannst du nicht einfach schneller fahren? Ich möchte nicht an dem Blut lecken.«

»Emma, ich bin mir sicher, dass es nur Tierblut ist. Wir haben dich nicht umsonst in den Wald gebracht, wo weit und breit keine Menschen sind.«

Das klang plausibel. Trotzdem wollte ich es zu hundert Prozent wissen. »Okay, ich mach's. Und du schwörst, dass man das schmecken kann?«

»Ja, Emma.«

»Wonach schmeckt Tierblut? Und ...« Ich schluckte. »... Menschenblut?« Ich wusste nicht, ob ich überhaupt die Antwort von Liam haben wollte, da dies ja bedeutete, dass er den Unterschied kannte und somit schon beides genossen haben musste.

»Tierblut schmeckt nach dem Gericht, wie du es als Mensch essen würdest. Das heißt, wenn du ein Rind erlegt hast und oft Rindersteaks isst, schmeckt das Blut für dich wie Rindersteak. Bei einem Schwein nach Schnitzel und so weiter.«

»Na, was ein Glück, dass ich schon so viel Erfahrung im Fleischessen gesammelt habe und das alles auseinanderhalten kann.« Ich seufzte. »Na gut, ich mach's.«

Vorsichtig leckte ich etwas getrocknetes Blut von den Lippen und versuchte den Spender herauszuschmecken. Doch ich schmeckte weder ein Schnitzel noch ein Steak oder sonstwas.

»Und? Wonach schmeckt's?«, fragte Liam, doch ich gab keine Antwort. Stattdessen lief mir erneut ein Schauer über den Rücken und ich merkte, wie Adrenalin durch meinen ganzen Körper gepumpt wurde.

»Wonach schmeckt Menschenblut?«, kam meine zögerliche Gegenfrage und mein ganzer Körper begann, aus Angst vor der Antwort zu zittern.

»Ich weiß es nicht genau. Man sagt, es wär einfach nicht zuzuordnen. Manche sagen, es schmeckt fantastisch, andere sagen, es schmeckt widerlich. Aber wie gesagt, ich weiß es nicht genau. Ich habe noch keins probiert.«

Liams Aussage erleichterte mich, doch trotzdem wurde mir plötzlich speiübel. Ich schmeckte noch mal, leckte sogar noch etwas mehr Blut ab, und versuchte krampfhaft das Tier, dem das Blut gehören sollte, zu identifizieren. Doch es schmeckte auch nach mehrmaligen Versuchen weder nach Schwein noch nach Rind. Es schmeckte einfach nur widerlich. Es war ... nicht zuzuordnen.

Ich ließ das Handy fallen, rannte ins Bad und übergab mich mehrfach über der Toilettenschüssel. Rote fleischige Brocken kamen aus meinem Mund und schwammen danach in einer roten Soße im Klo herum. Angewidert drückte ich schnell die Toilettenspülung.

»Emma? Emma? Was ist los?«, hörte ich Liam am anderen Ende der Leitung ins Handy brüllen, doch selbst nachdem ich mich ausgekotzt hatte, war ich nicht fähig, das Handy wieder in die Hand zu nehmen. Ich kauerte im Badezimmer vor der Toilette und hatte nur einen Gedanken: Ich hatte jemanden umgebracht!

Ich dachte an die damalige Sache mit Faiths Freund Tyler, dass er völlig zerfetzt im Wald gefunden worden war, und schon wieder wurde mir übel. Apathisch starrte ich vor mich hin.

Ich bekam gar nicht mit, wie die Zeit verstrich und Liam auf einmal völlig aus der Puste in der Tür stand.

»Emma, was war denn los? Ich bin so schnell gekommen, wie ich konnte.«

»Du bist zu spät«, war meine karge Antwort.

»Zu spät für was?« Liam kam näher und setzte sich zu mir.

»Du hättest gestern Nacht da sein sollen. Du hättest mich zurückhalten müssen! Ich bin ein Monster«, weinte ich bitterlich und ließ mich in seine Arme fallen.

»Ein Monster? Wie kommst du denn auf den Quatsch?«

Er schien wirklich nicht zu wissen, wovon ich redete.

»Sieh mich doch an«, schluchzte ich, »ich bin ein Mörder!«

Behutsam strich er mir über den Kopf.

»Fass mich nicht an! Ich verdiene es nicht, dass du lieb zu mir bist.« Okay, zugegeben. Meine melodramatische Seite hatte jetzt eindeutig die Überhand, doch die Sache war zu ernst, um auf die leichte Schulter genommen zu werden. Egal, ob ich was dafür konnte oder nicht.

Liam hörte trotzdem nicht auf, mich zu streicheln. »Emma, wenn du das so siehst, sind wir alle Mörder«, versuchte er mich zu beruhigen, doch dadurch wurde es nur noch schlimmer.

»Ich will aber kein Mörder sein!«, antwortete ich patzig und heulte nur noch mehr.

»Emma ...« Doch ich ließ ihn nicht ausreden.

»Das Blut! Es schmeckt nach nichts!«

Liam sah mich prüfend an, als ob er immer noch nicht verstanden hätte.

»Das Blut!«, wiederholte ich – nochmal für total Bescheuerte – »Es ist nicht zuzuordnen!«

Liam machte daraufhin große Augen – na endlich verstand er! Hatte ja auch lang gedauert! – und fing dann an zu lachen.

Entsetzt schaute ich ihn an. »Findest du das etwa lustig?“, brüllte ich ihn direkt an, doch Liam lachte nur noch mehr.

»Die Familie wird genauso um die Person trauern, wie wir um Tyler! Weißt du nicht mehr, wie traurig das war? Vielleicht habe ich auch einen Familienvater auf dem Gewissen! Oder eine Mutter mit drei kleinen Kindern!«, sagte ich, in der Hoffnung, sein Gewissen erreichen zu können.

»Die Familie?«, fragte er und lachte nur noch lauter. »Familienvater? Mutter von drei Kindern?« Liam klopfte sich auf den Schenkel. Tränen stahlen sich aus seinen Augenwinkeln, so herzhaft lachte er.

»Sag mal, bist du pervers, oder sowas?«, fragte ich, völlig schockiert von seinem unsensiblen Verhalten. Endlich machte er Anstalten, sich dazu zu äußern. Erwartungsvoll blickte ich ihn an.

»Also, ich weiß nicht, ob dein Opfer männlich oder weiblich war. Aber man kann schon sagen, deinem Äußeren nach zu urteilen, hast du es bis zur Unkenntlichkeit zerfetzt.«

Ich riss die Augen auf. Wie konnte er jetzt noch sowas sagen? Noch mehr Salz in die Wunde streuen? Oder hatte ich das verdient? War ich ein unheimlich gemeiner blutrünstiger Werwolf, schlimmer als alle anderen?

»Emma.« Er nahm meine Hände und hielt sie fest, sein wippender Oberkörper verriet, dass er sich innerlich immer noch schlapplachte (sowas Unmögliches!). »Ich weiß nicht, inwiefern Hühner umeinander trauern. Wenn du den Hahn gekillt hast, werden die Hennen gewiss traurig sein. Solltest du eine Henne massakriert haben, ist bestimmt das eine oder andere Ei der schutzlosen Härte des Lebens ausgeliefert, aber bitte glaube mir, man wird dir das verzeihen.«

Ich blickte Liam verwirrt an.

»Das ist zumindest kein Grund, sich die Pulsadern aufzuschneiden oder sich von der nächstbesten Brücke zu stürzen.«

»Hühner?«, war das Einzige, was mir dazu einfiel. Ich schniefte und wischte mir die Tränen aus den Augen.

»Ja, Hühner. Was hast du denn gedacht?«

»Aber ... das Blut. Es schmeckt nach nichts. Ich kann es nicht zuordnen.«

»Es ist kein Menschenblut«, versicherte Liam mir.

»Woher willst du das wissen?«

»Ich bin schon etwas länger im Geschäft. Ich kann es riechen.«

Ich nickte langsam. Dann wurde mir plötzlich etwas klar. »Man kann es riechen?«, polterte ich los. »Und warum musste ich es dann nochmal PROBIEREN?«

Liam fing erneut an zu lachen. »Ich bitte dich, Emma. Das betreffende Tier zu riechen ist was für Fortgeschrittene. Es zu erschmecken ist die Anfängervariante. Und auch damit scheinst du noch deine Probleme zu haben.«

Oh, ich hasste es, wenn er so verdammt überheblich war! Zur Strafe boxte ich ihn in die Magengegend. Liam entwich ein dumpfes »Uff.« »Vorsicht Süße, nach dem Vollmond ist man kräftiger als sonst.«

»Schadet nix!«, war meine kurze Antwort, doch ich wurde nur süffisant angegrinst.

»Wenn du deine Augen mal aufgemacht hättest, anstatt dich hier wie eine Bekloppte aufzuführen und dich auf den Boden fallen zu lassen und zu bemitleiden, hättest du das Blut weder schmecken noch riechen müssen.«

Unsicher schaute ich ihn an. Was sollte das denn schon wieder bedeuten? »Sieht das Blut auch anders aus?«, fragte ich vorsichtig, was jedoch nur wieder mit schallendem Gelächter seinerseits endete.

So langsam hatte ich echt keinen Bock mehr, mich auslachen zu lassen.

Liam stand auf, half mir auf die Beine und stellte mich vor den Spiegel. »Du Dummerchen«, sagte er liebevoll und zupfte mir vor dem Spiegel eine weiße Feder aus den Haaren.«

Erst jetzt bemerkte ich mein beschissenes Gesamtbild. Ich war voller Blut, ja. Aber das war nur die halbe Miete. Meine Haare sahen aus, als wäre ich irgendwo durch einen Maschendrahtzaun gekrochen (und mehrfach hängengeblieben), so zerrupft waren sie, und unzählige weiße Federn hatten sich darin verfangen. Meine Beine und Arme waren über und über mit Hühnermist bedeckt, und wenn man mal ordentlich schnupperte, roch man sogar mit einer normalen Menschennase, dass ich unheimlich nach Hühnerscheiße stank.

»Igitt«, war mein einziger Kommentar. Dann schob ich Liam mit den Worten »fünf Minuten« unsanft aus dem Badezimmer. Ich entledigte mich des Bademantels, den ich mir vorhin halbherzig übergeworfen hatte und verschwand unter der Dusche.

Auf dem Heimweg hielt Liam bei einer Metzgerei an und holte etliche verschiedene Fleischsorten, um mich den Unterschied erkennen zu lassen, doch leider war das Erschmecken und Erschnüffeln verschiedener Fleischsorten genauso wie Mathe.

»Was bist du nur für ein Werwolf?«, scherzte Liam, doch ich konnte es einfach nicht! Er hielt sogar noch bei einer Apotheke an und kaufte mir eine Wundsalbe, womit ich mir Hände und Füße einreiben konnte. Er war der Meinung, ich musste die Nacht eine ordentliche Strecke zurückgelegt haben, da Werwölfe eigentlich keine Überbleibsel von ihren nächtlichen Aktivitäten zurückbehielten, doch entweder war auch das mal wieder anders bei mir oder ich war der erste Pussy-Werwolf, den es gab.

Kein wahrlich ruhmreicher Gedanke, aber immer noch besser, als ein Mörder zu sein.

21. Kapitel

Am nächsten Schultag kam Amilia zu uns an den Tisch geschlendert und setzte sich provozierend vor mich auf meine Tischseite. Mit ihrer allerlieblichsten Stimme begrüßte sie Liam und schaute danach abwertend auf mich.

»Wie ich sehe, hat sich unser kleines Abkommen erledigt, oder?«, sagte sie und schaute wieder zu Liam.

Ich freute mich. Das hatte sie vollkommen klar erkannt. Offensichtlich war sie doch nicht so blond, wie ihre billige Blondierung es vorgaukelte.

Liams Antwort ließ mich allerdings schlucken. »Nein. Ich würde mich freuen, wenn wir weiterüben könnten.«

Wütend funkelte ich ihn an. Wozu musste er sich jetzt noch mit dieser Kacktusse treffen? Jetzt, wo – wie man so schön sagt – das Kind eh schon in den Brunnen gefallen war und er mich sowieso nicht mehr »versehentlich« beißen konnte?

»Alles klar, Süßer! Dann spätestens bis in vier Wochen«, flirtete sie ihn an und ließ sich galant von dem Tisch gleiten, um zurück zu ihrem Tisch zu powackeln.

Liam drehte sich zu mir um, doch ich ignorierte ihn. Er ließ ein genervtes Seufzen hören. »Emma, bitte mach jetzt keinen Aufstand.« Er legte seine Hand auf mein Knie und strich zart darüber.

»Ich mach keinen Aufstand«, patzte ich und schaute beleidigt Richtung Tafel.

»Möchtest du etwa nicht wissen, was du in dieser speziellen Zeit tust?«

Ich ignorierte ihn weiter.

»Wenn ich meinen Geist kontrollieren könnte, könnte ich in den Vollmondnächten bei dir bleiben und müsste dich nicht allein lassen.«

Ich sagte nichts.

»Ich könnte auf dich aufpassen.«

Natürlich hätte ich gerne gewusst, was ich in meiner geistigen Abwesenheit machte, hätte gerne, dass er bei mir blieb und auf mich aufpasste, doch warum zum Teufel verstanden Kerle nie, warum es eigentlich ging? Und warum gab es immer wieder Weiber, die ihre Mistgriffel nicht von bereits vergebenen Kerlen lassen konnten? Wo lag da der Kick? Hatten die wirklich so ein kleines Selbstbewusstsein, dass sie sich immer wieder beweisen mussten, wie unwiderstehlich sie waren?

Ich hatte zu viele Gedanken im Kopf, um wirklich dem Unterricht zu folgen, deshalb war ich heilfroh, als es endlich zur Pause klingelt.

Wortlos stand ich auf und ging hinaus auf den Pausenhof. Liam folgte mir. Bevor ich bei meinen geliebten Palisaden angekommen war, fasste mich Liam an der Schulter und drehte mich um.

»Jetzt warte doch mal, Emma. So kann das doch nicht ewig weitergehen.«

Ich funkelte ihn böse an. »Da hast du vollkommen Recht.«

Liam rollte mit den Augen. »Jetzt hör schon auf. Du weißt doch, dass ich nichts von Amilia will. Und wie du jetzt ja auch aus sicherer Quelle weißt, habe ich dich diesbezüglich nie angelogen.«

Ich schaute ihn genervt an. Ja, das stimmte. Er hatte mich in Bezug auf Amilia nie angelogen. Außer, dass er sich hinter meinem Rücken mit ihr getroffen hatte. Aber was zählte das schon?

Warum musste es überhaupt immer Amilia sein? Von mir aus hätte er das mit jedem anderen Werwolf üben können. Selbst mit jedem weiblichen Werwolf! Aber Amilia!!! Da ich nichts erwiderte, sondern ihn immer noch stumm anglotzte, so nach dem Motto »Kommt da noch was?«, redete er weiter.

»Außerdem muss ich das lernen, wenn ich deinen Schaffer töten möchte. Dann muss ich ja schließlich als Werwolf wissen, was ich tue. Du erinnerst dich? Und du hast gesagt, dass, wenn du es wissen würdest, du dich damit schon irgendwie arrangieren könntest.«

Liam lächelte aufmunternd, doch ich schaute ihn nur weiterhin abschätzend an. Ich wusste, dass ich das mit Amilia gesagt hatte, doch es fiel mir schwerer, als ich gedacht hatte. Zumal sie sich mir gegenüber auch einfach nicht benehmen konnte.

Plötzlich runzelte Liam verärgert die Stirn und kniff seine Augenbrauen zusammen. »Mensch, Emma, deine Eifersucht nervt so langsam. Echt!« Er drehte sich um und wandte sich zum Gehen.

Huch? Was war das denn jetzt? Und warum hatte ich auf einmal das eklige Gefühl, es maßlos übertrieben zu haben? Er wusste doch, wie sehr ich Amilia hasste. War es verkehrt, das nicht ab und an nochmal in Erinnerung zu rufen? Nicht, dass er noch dachte, es hätte sich da was geändert.

Zuerst schaute ich ihm relativ fassungslos hinterher, doch dann setzte ich mich in Bewegung. »Liam«, rief ich, »warte doch mal kurz.«

Ich flitzte zu ihm. »Es tut mir leid. Ich weiß, dass du mich nicht mit Amilia betrügen würdest (wusste ich das wirklich?, mischte sich mein Misstrauen sofort wieder ein, doch ich ließ es schnell verstummen), aber ausgerechnet Amilia! Du weißt doch, wie gut ich sie leiden kann. Gibt es nicht irgendeinen anderen Werwolf, der dich darin schulen könnte?«

Ich schaute in seine undurchdringliche Miene. »Er darf auch weiblich sein«, fügte ich versöhnlich hinzu, doch es kam noch immer keine Reaktion.

»Haallloo!« Zur Bekräftigung meiner Worte wedelte ich mit der Hand vor seinem Gesicht hin und her.

Liam schaute mich immer noch reaktionslos an.

»Hey, du Ölgötze! Kannst du das jetzt mal lassen, hier stumm vor dich hinzustarren?«

So langsam wurde ich ärgerlich. Schließlich hatte ich schon klein beigegeben, obwohl ich das ja eigentlich nicht mehr wollte. Auf einmal wurden seine Gesichtszüge wieder weich.

»Na siehst du. So kenne ich dich«, grinste er, doch genauso schlagartig, wie sein Ausdruck freundlich wurde, wechselte er wieder zu ernst. »Wie ich dir schon mal gesagt habe, ist Amilia leider die Einzige, die diese Fähigkeit besitzt und sie auch weitergeben kann. Oder meinst du nicht, wenn es noch einen zweiten Werwolf geben würde, hätte ich nicht lieber den gewählt? Ich meine, anstatt mir dein ständiges Genörgel anzuhören?«

Liam lächelte zwar leicht, doch ich hatte das Gefühl, er meinte jedes Wort vollkommen ernst.

»Schon gut, ich versuch mich zu bessern. Bedenke, dass meine Ausraster jetzt noch einen anderen Grund haben«, versuchte ich mich schwach zu verteidigen, doch Liam nahm mir allen Wind aus den Segeln.

»Nicht im Bezug auf Amilia. Es sei denn, du warst bereits in unserer Kennenlernphase ein Werwolf und hast mir das nur verschwiegen.«

Ich rollte mit den Augen. »Genau so wird es sein«, kommentierte ich kühl. Schließlich war ICH hier die Mutter von Zynismus, Sarkasmus und Ironie. Dennoch lenkte ich ein. Ich wusste, dass ich in Bezug auf Amilia nicht immer alles so klar sah, wie es eigentlich war, und Liam hatte Recht. Ich machte ihm wirklich jedes Mal eine Szene, wenn es um diese Schnepfe ging. Das fiel ja sogar mir selbst auf und auch ich war mittlerweile von dem ewigen Ärgern darüber genervt. Aber warum konnte denn auch keiner eine Bombe auf ihren Kopf schmeißen, sodass ich sie ein für alle Mal los war? Wenn wir uns ihretwegen stritten und auseinandergingen, war das sicherlich nur ganz in ihrem Sinne. Und wer wollte Amilia schon einen Gefallen tun?

»Ich versuche, mich in Zukunft zusammenzureißen«, beugte ich mich und Liam nickte.

»Und ich versuche, ein bisschen mehr Rücksicht auf deine Gefühle zu nehmen.« Dann legte er den Arm um mich und schob mich zurück Richtung Klassenzimmer. »Komm, es hat geklingelt. Wir müssen zurück.«

Bereitwillig folgte ich ihm. Wir saßen schon auf unseren Plätzen, als Amilia erneut angearschwackelt kam.

»Liam, mein Zuckermäulchen«, sagte sie in einem koketten Tonfall und beugte sich vor, damit die anderen nicht mitbekamen, was sie ihm zuflüsterte. Da ich jedoch direkt daneben saß, verstand ich auch ohne mein neues Turbo-Werwolf-Gehör jedes Wort. »Was hältst du davon, wenn wir die Stunden nicht nur auf die Vollmondtage beschränken? Es gibt ein paar Übungen, die kann man auch gut als Mensch machen. Und es würde dich wesentlich schneller voranbringen.« Sie klimperte mit ihren Wimpern und warf mir einen gehässigen Blick zu.

Da! Ich war gar nicht diejenige, die immer anfing. Hoffentlich erkannte das Liam jetzt auch mal langsam!

»Amilia, hör doch mal bitte auf, Emma ständig zu provozieren. Wir sind hier doch nicht im Kindergarten!«, fing Liam an und ich grinste Amilia mit meinem schadenfrohsten Lächeln an, das ich auf Lager hatte. Hätte mich jemand so unverschämt angegrinst wie ich sie, hätte er definitiv mit einer Backpfeife rechnen können.

Liam ergriff erneut das Wort und was er dann sagte, ließ mir mein dummes Grinsen ganz schnell wieder vergehen. »Allerdings könntest du Recht haben. Übung macht schließlich den Meister, nicht wahr? Wann hättest du denn Zeit?«

Ich schnaubte missbilligend. Das war doch jetzt wohl nicht wahr, oder? Verabredete er sich tatsächlich vor meinen Augen mit ihr, obwohl wir uns vorhin noch deswegen gestritten hatten? Sah so etwa »Ich versuche ein bisschen mehr Rücksicht auf deine Gefühle zu nehmen« aus?

Ärgerlich nahm ich einen Bleistift aus meinem Mäppchen und spielte damit herum, bis er entzweibrach.

»Oh«, tat Amilia betroffen, »passt dir das etwa nicht? Verzeih mir, ich wollte dich nicht verärgern.«

Es wäre besser für sie, wenn sie ganz schnell die Schnauze halten würde, dachte ich grimmig und schaute herab auf meine zwei Bleistifthälften.

»Leider bin ich die Einzige, die deinem Noch-Freund helfen kann. Ist schon schlimm, wenn man aus anderer Ecke so übervorteilt wird, oder?«

Ich schaute sie an und sah ihr spöttisches Grinsen. Kurzerhand schmiss ich den Bleistift herunter und grinste so herabwürdigend, wie ich nur konnte, zurück. Wie war das doch gleich? Sie musste tun, was ich wollte?

Amilias Blick sagte »Das wagst du nicht«, doch mein Inneres sagte: »Oh doch! Komm schon! Wir schaffen das!«

Also lächelte ich weiter und sagte freundlich: »Heb auf«. Mittlerweile hatte auch der Rest der Klasse unseren kleinen Disput mitbekommen und wartete gespannt darauf, wie es weiterging. Für sie war es lediglich belangloses Rumgezicke. Vermutlich hatte der männliche Teil der Klasse schon irgendwelche Schlammcatch-Fantasien im Sinn.

Alle, bis auf Kyle und Liam, die beide so erschrocken aussahen, als hätten sie einen lebenden Toten gesehen. Wobei das kein guter Vergleich war. Wer ein Werwolf war, dem musste ja ein Zombie auch nicht unbedingt spanisch vorkommen, oder?

»Emma, nimm das zurück«, zischte Liam mir zu, doch ich dachte gar nicht daran. Jedes Mal machte Amilia mich dumm an und ich hatte ihm schon vor längerem gesagt, dass ich mir das nicht länger bieten lassen würde. Weder von ihm noch von irgendjemand anderem. Und dass ich auch noch von einem Werwolf gebissen und dadurch selbst zu einem geworden war und meine Hemmschwelle in Sachen Reizbarkeit und Aggressivität auf ein Minimum geschrumpft war, beschwichtigte mich auch nicht nur ansatzweise.

»Emma, bitte, sag was«, flüsterte Liam erneut.

Ich sollte was sagen? Gut ... Ich machte ja meistens, was man mir sagte. »Wird das heute noch was?«, fragte ich Amilia, deren Augen – wie mir gerade auffiel – richtig glubschig waren, wenn sie sich aufregte. Kurz hatte ich das Gefühl, dass sie mir gleich eine verpassen würde, doch sie riss sich zusammen.

»Das wirst du mir büßen«, fauchte sie, hob die Bleistiftstücke auf und ging wutschnaubend auf ihren Platz zurück.

Ich lächelte ihr nach. Na siehst du, geht doch, dachte ich, verkniff mir aber den Kommentar – Liam zuliebe.

Als der Unterricht beendet war, riss mich Liam am Arm mit sich und stürmte aus der Klasse. Nachdem wir uns von den anderen Schülern ein gutes Stück entfernt hatten, polterte er los. Er hielt mich an den Oberarmen fest und schrie mir ins Gesicht.

Ich muss gestehen, ich war zunächst schockiert, dass er so die Fassung verlieren konnte. Und ich hatte sogar ein bisschen Angst vor ihm, da ich ihn noch nie so aus der Haut hatte fahren sehen. Dabei konnte ich mir gar nicht vorstellen, dass das, was ich da eben getan hatte, so schlimm gewesen sein sollte?!

»Bist du von allen guten Geistern verlassen? Was hatte ich dir darüber gesagt? Hä? Antworte! Dummkopf!« Liam schüttelte mich und versuchte, so eine Antwort zu erzwingen.

»Sei mal nicht so grob«, beschwerte ich mich und Liam ließ leicht nach. »So schlimm wird's schon nicht sein, oder?«

»Ahhh!!! Du Ahnungslose! Meinst du, das ist alles ein Spiel? Wie stellst du dir das vor? Wie Tussi-Schlammcatchen in irgendeinem Billig-Puff?«

Aha! Hatte er also doch an Schlammcatchen gedacht. Männer waren ja sowas von berechenbar.

Trotzdem musste ich schmunzeln. So viele obszöne Wörter hatte ich noch nie aus seinem Mund gehört. Schon gar nicht so viele hintereinander.

»Ich muss dich enttäuschen. Zu einem Kampf, wo Amilia und ich uns nackt in Schlamm suhlen und uns gegenseitig mit Matsch bewerfen, wird es nicht kommen.«

Fassungslos starrte Liam mich an. »Willst du mich verarschen?«

Gut, das waren eindeutig zu viele asoziale Wörter für ihn, wie er sie immer nannte. Langsam wurde mir schon etwas mulmig. Warum nur regte er sich so künstlich auf? Weil Amilia mich herausfordern würde? Erstens stand das ja noch gar nicht fest. Vielleicht traute sie sich ja auch nicht. Und wenn doch? Was sollte schon groß passieren? Angeblich war ich doch sowieso die Stärkere. Also konnte ich dem Ganzen doch ziemlich gelassen entgegensehen oder etwa nicht?

»Amilia wird dich garantiert herausfordern.«

Ich zuckte gleichgültig mit den Schultern.

»Amilia wird dich plattmachen.«

»Das glaub ich nicht.«

Liam schlug die Hände über dem Kopf zusammen. »Warum bist du nur so dumm? Ich dachte immer, du wärst anders als die anderen. Aber in der letzten Zeit bin ich mir da nicht mehr sicher. Wenn du die Gefahr nicht erkennst, in die du dich begeben hast, bist du genauso hohl wie die ganzen anderen Weiber auf der Schule.«

Hoppla! Das hatte gesessen.

»Und was bedeutet das?«, fragte ich kleinlaut.

»Das weiß ich selbst noch nicht.«

Ich schluckte und merkte, wie meine Augen zu brennen begannen. »Willst du etwa Schluss machen?«, fragte ich.

Meine Kehle war wie zugeschnürt. Ganz so taff, wie ich dachte, war ich wohl doch nicht. »Bitte, sag was«, flüsterte ich. Zu mehr war meine Stimme gerade nicht in der Lage. Ich wollte Liam zeigen, dass er nicht mehr alles mit mir machen konnte, dass ich meine rosarote Brille abgelegt hatte und ihn zwar liebte, aber nicht mehr auf diese naive Anbettelungsart in ihn verschossen war. Aber unsere Beziehung riskieren wollte ich zu keiner Zeit! Warum konnte ich auch mein dummes Mundwerk mal nicht halten?

Endlich regte sich Liam. »Natürlich will ich nicht Schluss machen. Aber wenn du nicht bald erkennst, was für einen gigantischen Fehler du da begangen hast, wird sich das Schlussmachen bald erledigt haben, denn dann habe ich wahrscheinlich niemanden mehr, mit dem ich Schluss machen könnte.«

Meinte er das ernst? Ich sah ihm lang in die Augen, doch nicht das kleinste Fünkchen Spaß oder Übertreibung war darin zu erkennen. Meine Nackenhaare sträubten sich. Was hatte ich da gemacht, ohne mir über die Schwere der Folgen im Klaren gewesen zu sein?

»Es tut mir leid, wirklich.« Ich nahm seine Hand, streichelte sanft über den Handrücken. »Mein Temperament ist mit mir durchgegangen.« Und auch wenn sich das ganz nach einer Ausrede anhörte, steckte doch Wahrheit dahinter. So schnell hatte man mich vor dem ganzen Werwolf-Desaster nicht auf die Palme bringen können, und selbst wenn, war ich immer noch nett und zurückhaltend geblieben. Und vor allem hätte ich nie so eine dicke Lippe riskiert.

Liam schnaufte verächtlich. »Wie so oft in letzter Zeit«, war sein Kommentar dazu.

»Es tut mir wirklich leid. Was kann ich tun, um das wieder gutzumachen?« Mein Blick war zunächst hoffnungsvoll, doch als ich die Antwort hörte, wechselte er über Entsetzen, zu »Kommt gar nicht in Frage«.

»Bitte Amilia um Verzeihung.«

»Ich soll was?«, fragte ich bestürzt.

»Du hast mich schon richtig verstanden.«

»Oh oh oh ... das geht nicht.« Ich schaute Liam flehend an.

»Warum nicht?«

»Weil ... ich mich dann blamiere.«

»Das hast du sowieso schon getan. Und jetzt noch einen draufsetzen, um dafür nicht als Hundefutter zu enden, wird dir auch keinen Zacken aus der Krone brechen.« Er sah mich entschlossen an.

»Gibt es denn keine andere Lösung?«

»Nein.«

Oh Mann! Liam konnte echt erbarmungslos sein. »Meinst du wirklich, ich hätte so schlechte Chancen?«, versuchte ich es nochmal.

»Du begreifst es nicht, oder?« Er zog die Augenbrauen nach oben.

»Ich dachte, ich bin stärker.« Meine Stimme war nicht mehr als ein demütiges Flüstern. Ich wollte Liam nicht noch mal so verärgern.

»Ich sagte, rein körperlich. Wie willst du siebzehn Jahre Erfahrung mit einem Werwolf-Körper, gepaart mit menschlicher Intelligenz ausboten, wo du dich doch erst zum zweiten Mal verwandelt hast?«

»Aber ... ich habe doch auch schon was besiegt.«

»Ein Huhn, Emma! Das kann sogar Nachbars Katze!«

Verlegen schaute ich zu Boden. Es war gar nicht nötig, meine Fähigkeiten so schlechtzumachen. Während ich über Liams Vorschlag nachdachte, stand dieser erwartungsvoll vor mir. So wie er das schilderte, wäre es wohl wirklich besser, in den sauren Apfel zu beißen und mich bei Amilia zu entschuldigen.

»Okay, ich mach's«, resignierte ich und nahm Liam in den Arm.

»Das ist ausnahmsweise mal eine kluge Entscheidung.«

Wir gingen die restlichen Meter, bis wir zu unserem morgendlichen Treffpunkt kamen, da verabschiedete sich Liam.

Verdutzt sah ich ihn an. »Kommst du nicht mehr mit zu mir?«

»Nein danke, Emma. Ich bin immer noch ziemlich sauer auf dich.« Trotzdem gab er mir einen leichten Kuss auf die Stirn und ging dann eiligen Schrittes davon.

Ich konnte gar nicht sagen, wie sehr mich dieser kleine Kuss beruhigte. Er war zwar nur eine schwache Aufmerksamkeit, im Gegensatz zu dem, wie Liam mich sonst behandelte, doch er sagte aus, dass ich ihn nicht vollends vergrault hatte und das zu wissen, ließ mich später bestimmt ruhiger schlafen.

22. Kapitel

Die Nacht jedoch war alles andere als erholsam. Angestrengt wälzte mich hin und her und träumte. Zuerst wusste ich nicht, wo ich war. Ich wusste nur, dass ich mich im Dunklen verbarg, um nicht gesehen zu werden.

Langsam schlich ich mich an ein kleines Häuschen heran, instinktiv darauf bedacht, nicht in den Lichtkegel zu treten, der aus den Fenstern schien. Es war rotes Licht, das eine angenehme Wärme ausstrahlte. Dann hörte ich etwas.

Plötzlich wechselte die Perspektive und ich sah mich, wie ich mich an ein Hühnerhäuschen heranpirschte. Geduckt setzte ich meinen Weg fort, auf der Suche nach dem Eingang. Eine kleine Holztreppe führte ins Innere und ich spürte, wie meine geduldige Jagdtechnik nach und nach einer gewaltigen Erwartungshaltung wich.

Dann änderte sich meine Perspektive noch einmal und ich war wieder der Werwolf selbst. Der Eingang des Häuschens war wie eine Art Katzenklappe, durch die ich gierig meinen Kopf hindurchsteckte. Die Lust am Jagen überrollte mich, sodass ich alles, was danach kam, nur noch schemenhaft erkennen konnte.

Beim Betreten des Hüttchens hörte ich wildes Gegacker und panisches Gekreische. Zuerst war alles weiß, dann stoben die weißen Wölkchen auseinander und versuchten sich hektisch vor mir zu verstecken, doch ich war völlig gelassen. Ich hatte das sichere Gefühl, alles reißen zu können, was ich nur wollte. Ein kurzes Anspannen der Muskeln meinerseits, als meine Beute angsterfüllt versuchte, sich vor mir in Sicherheit zu bringen und dann die Farbe Rot. Alles war voller Blut und ich schmeckte es sogar, doch es fühlte sich gut an.

Ich wachte auf, doch bevor ich großartig nachgedacht hatte, war ich auch schon auf den Beinen und im Bad verschwunden. Vor dem Spiegel betrachtete ich mein Gesicht, ob ich irgendwo Blut hatte, doch da war nichts. Es war selbstverständlich alles nur ein Traum gewesen. Trotzdem war es erschreckend, wie real er wirkte.

***

Am nächsten Morgen traf ich mich wie gewohnt mit Liam an der Laterne. Auf dem Weg zur Schule beratschlagten wir, wie ich unsere königliche Amilia am besten besänftigen konnte, um aus dem ganzen Schlamassel, den ich mir mit meiner großen Klappe eingebrockt hatte, wieder herauszukommen.

Nachdenklich stapfte ich neben Liam her, der sich im Vergleich zu gestern wieder beruhigt hatte und nun versuchte, mir Mut zu machen.

»Mach dir nicht so viele Gedanken, Emma. Sie wird schon nicht nein sagen. Sie wird zufrieden sein, wenn du dich offiziell entschuldigst. Auf einen Rangkampf ist kein Werwolf scharf. Nicht mal, wenn einer haushoch überlegen ist.«

»Wenn du das sagst«, antwortete ich darauf mit einem kritischen Blick und schaute unsicher zu Liam.

»Amilia ist kein Unmensch. Du wirst sehen. Und jetzt guck nicht andauernd so niedergeschlagen.«

Liam legte zur Bestätigung seiner Worte den Arm um mich, doch ich glaubte, Amilia besser zu kennen. Wenn der Kampf für mich tatsächlich so aussichtslos war, wie Liam sagte, würde sie ihn nie und nimmer absagen. Schon gar nicht, wenn sie dadurch in ihrer Rangfolge aufsteigen würde, wo sie doch angeblich so scharf darauf war.

Laut Liam war das ja auch der einzige Grund, warum sie überhaupt was von ihm wollte. Wenn sie ihn als Gefährten hätte, würde sie ebenfalls ein Alpha-Wolf werden und damit zu den Ranghöchsten zählen. Na, wenn das kein Grund war, eine Beziehung mit jemandem einzugehen, hatte ich gedacht, als er mir das erzählte.

Um mich auf andere Gedanken zu bringen, erzählte ich Liam von dem Traum. Da er für mich so greifbar war, so wirklich, und es sich angefühlt hatte, als würde ich das alles tatsächlich erleben, konnte ich mich an jedes einzelne Detail erinnern und dementsprechend ausführlich berichten.

Da Liam nichts dazu sagte und nur stumm vor sich hin starrte, bekam ich Bedenken.

»Was ist los?«, fragte ich ängstlich und versuchte an seiner Reaktion zu erkennen, ob er die Wahrheit sagte oder mich einfach nur beruhigen wollte.

»Sagen wir so, es ist ungewöhnlich, dass du bereits nach deiner zweiten Verwandlung träumst. Und dann auch noch so detailliert.«

Hmm, war das jetzt gut oder schlecht?

»Aber du hattest doch gesagt, dass es durchaus vorkommt, dass man das Erlebte nochmal träumt.«

»Das stimmt, Emma. Dennoch ist die Zeit, die es bei dir gedauert hat, einfach ziemlich kurz.«

»Vielleicht bin ich ja ein Naturtalent?«, witzelte ich. Schließlich konnte jeder irgendwas gut. Ein bisschen schade, dass ich mein Talent nicht wirklich gebrauchen konnte und ich auch erst zu einem Werwolf werden musste, um überhaupt irgendwas besser zu können als andere, aber immerhin!

Liam rieb sich das Kinn und dachte laut nach. »Ich glaube eher, dass es daher kommt, dass ich dir von den Träumen erzählt habe. Du weißt, dass es sowas gibt und nun versuchst du dich womöglich unbewusst mit allen Mitteln daran zu erinnern. Wie dem auch sei. Normal ist es so oder so nicht.«

»Was meinst du?«

»Dein Perspektivwechsel. Du erlebst dich in deinen Träumen normalerweise nur als Täter. Ich habe noch nie gehört, dass es jemanden gab, der sich selbst als Außenstehender beobachten konnte.«

Ich dachte über seine Worte nach. »Und wenn ich das gar nicht war? Wenn dort noch ein zweiter Werwolf war?«

Liam schien meinen Einwand in Erwägung zu ziehen, doch dann verneinte er. »Das ist unmöglich, Emma. Wenn da tatsächlich noch ein zweiter Werwolf gewesen wäre, hättest du ihn auf jeden Fall bemerken müssen.

Sich an einen Werwolf heranzuschleichen, ist nahezu unmöglich. Auch nicht, wenn man selbst einer ist. Und das würde auch immer noch nicht den Perspektivwechsel erklären.«

Ich nickte wissend. Dank des Traums wusste ich, welche Kleinigkeiten man als Werwolf registrierte.

Mittlerweile waren wir auf dem Schulhof angekommen und ich sah Amilia mit Kyle & Co. in einer Ecke stehen. Liam deutete in ihre Richtung und ich verzog das Gesicht. Ich hatte echt überhaupt keine Lust, jetzt vor ihr zu Kreuze kriechen zu müssen, zumal ich mich viel lieber weiter über meine Absonderlichkeit in Sachen Träumen unterhalten hätte, aber es half wohl alles nichts.

Liam schien meine Gedanken zu erraten. »Geh schon zu ihr. Je eher du hingehst, umso schneller hast du es hinter dir. Über deine Träume können wir uns auch noch später unterhalten.«

Mit hängenden Schultern ging ich zu Amilia und baute mich dann feierlich vor ihr auf.

»Was willst du?«, keifte sie mich direkt an, doch ich bewahrte Ruhe und blieb freundlich.

»Ich wollte mich bei dir entschuldigen, Amilia. Es war nicht richtig von mir, dich so zu behandeln.« Ich setzte ein leichtes Lächeln auf, auch wenn ich mir zu gerne die Zunge abgebissen hätte.

Zuerst machte Amilia ein überraschtes Gesicht. Sie schien sich ohne jegliche Überheblichkeit über meine Entschuldigung zu freuen, doch schlagartig wechselte ihr Gesichtsausdruck wieder und sie schaute arrogant auf mich herab. Sie ergriff meine ausgestreckte Hand, die ich ihr für meine offizielle Entschuldigung dargereicht hatte, und bedankte sich.

»Ist okay, Emma. Ich nehm dir dein Verhalten nicht übel. Da du aus einer Bauernfamilie stammst, kannst du nicht wissen, wie man sich höflich verhält.«

Ich schluckte meinen Ärger hinunter. Zu gerne hätte ich ihr irgendeinen gemeinen Spruch an den Kopf geknallt oder ihr wenigstens ein bisschen wehgetan, doch da ich auf ihr Wohlwollen angewiesen war, lächelte ich weiter. Was hatte ich auch erwartet? Dass sie die Entschuldigung wie ein normaler Mensch akzeptieren würde?

Ich wollte gehen und versuchte, unser Händchenhalten zu lösen, doch Amilia hielt mich fest und drückte stärker zu. Dann zog sie mich an sich und legte mir den Arm um die Schultern. Für Außenstehende sah es bestimmt so aus, als hätte sie mich freundschaftlich umarmen wollen, doch ich konnte ganz deutlich spüren, dass sie gerade versuchte, mir galant die Finger zu brechen. Nur gut, dass ich nicht so ein Knochengerippe war wie sie und meine Hand doch ganz stabil gebaut zu sein schien.

»Nicht, dass wir uns falsch verstehen, Bauer«, flüsterte sie mir ins Ohr, »deine Entschuldigung ändert gar nichts an unserem Verhältnis zueinander.« Mit einem überheblichen Lächeln ließ sie mich wieder frei und ging in Richtung Klasse, während ich stocksteif in meiner Position verharrte. Ich war mir nicht sicher, ob aus überschäumender Wut, weil ich mich noch bemüht hatte, mich relativ nett bei ihr zu entschuldigen, oder aus Angst, dass ich wohl doch nicht um unsere Auseinandersetzung herumkommen würde.

Kyle sah mich verständnislos an und schüttelte mitleidig den Kopf, folgte dann aber Amilia. Ich stand immer noch wie angewurzelt da, bis Liam auf mich zugeeilt kam.

»Und, wie lief's?«, fragte er neugierig, doch ich sah ihn strafend an.

»Dein angeblicher Nicht-Unmensch hat meine Entschuldigung ausgeschlagen«, sagte ich knapp und machte mich ebenfalls auf den Weg zur Klasse.

Liam fiel aufgrund meiner Aussage die Kinnlade sprichwörtlich hinunter. »Bitte was?« Er fing sich und eilte hinter mir her.

»Du hast schon richtig verstanden«, gab ich bissig zurück, »sie scheißt auf meine Entschuldigung.«

»Das kann doch nicht wahr sein!«, polterte Liam los, ging eiligen Schrittes an mir vorbei und stürmte in die Klasse. Ich beeilte mich hinterherzukommen. DAS wollte ich unter keinen Umständen verpassen.

»Amilia! Auf ein Wort!« Liam stand mit erzürnt wippendem Fuß am Türrahmen und wartet auf Amilia, die sich gelangweilt umgedreht hatte. »Sofort!«

Amilia gehorchte und setzte sich in Bewegung. Sie verließen das Klassenzimmer. Ich wollte hinterhergehen, doch Liam warf mir nur ein befehlsmäßiges »Du nicht« entgegen.

Mürrisch schlich ich auf meinen Platz. Ich wäre zu gerne dabei gewesen, hätte zu gerne gehört, was die beiden sich zu sagen hatten, doch ich musste wohl warten, bis Liam endlich zurückkam. Ungeduldig rutschte ich auf meinem Stuhl hin und her. Der Lehrer war noch nicht da. Ob ich es einfach riskieren und den beiden nachgehen sollte? Zuerst wollte ich, doch Liam war eh schon so sauer. Er würde es mit Sicherheit nicht begrüßen, wenn ich mit meiner neugierigen Nase um die Ecke käme.

Nach gefühlten einhundert Stunden kamen sie endlich wieder zurück in die Klasse. Liams Gesicht war rot vor Zorn. Offensichtlich war die Unterhaltung nicht nach seinen Wünschen verlaufen. Und Amilia? Ihren Gesichtsausdruck konnte ich nicht wirklich deuten. Sie sah weder sauer noch eingeschüchtert aus. Gespannt wartete ich auf Liam, der sich unsanft auf seinen Platz fallen ließ.

»Und? Was habt ihr besprochen?«

»Sie besteht darauf, dich selbst in deine Schranken weisen zu dürfen.«

Ich schluckte laut.

»Jedoch hat sie mir versprochen, dir keinen ernsthaften Schaden zuzufügen.«

»Und damit hast du dich einverstanden erklärt?!«, brach es fassungslos aus mir hervor. Ich konnte nicht glauben, was ich da hörte.

Immerhin war er doch derjenige gewesen, der partout nicht wollte, dass es zu einem Kräftemessen zwischen Amilia und mir kam, weil es ja ach so gefährlich und ach so selbstmörderisch wäre. Und nun gab er sich damit zufrieden, dass Amilia (man bedenke: Die gleiche Amilia, von der er auch der Überzeugung war, dass sie so nett sei und nicht auf den Kampf bestehen würde!) ihm versprach, mir nicht wehzutun? Ich schüttelte den Kopf. Ich war ja sowas von geliefert!

»Amilia wird Wort halten«, beharrte Liam. Ich fragte mich, woher er diese Sicherheit nahm.

»Klar, weil Amilia ja schon immer ein von Grund auf ehrlicher Mensch war«, höhnte ich, doch Liam schnitt mir das Wort ab.

»Sie wird keine Wahl haben.«

Fragend schaute ich ihn an.

Genervt erklärte er weiter. »Ich habe ihr gesagt, dass sie dir bloß kein falsches Haar krümmen soll, da ich sie sonst herausfordern werde.«

Das hatte er wirklich gesagt? Er würde mit ihr kämpfen, um meinetwillen? Ich hatte ja immer Zweifel, was diese komische Freundschaft (oder was auch immer das war) zwischen den beiden bedeuten sollte, aber wenn ich dann sowas wieder hörte, schmolz mein Herz förmlich dahin.

Ich saß neben Liam und fühlte mich nach langer Zeit endlich wieder wirklich glücklich. Nicht nur beruhigt oder zufrieden oder froh über irgendeine Tatsache. Nein, ich fühlte mich glücklich.

Leider unterbrach er meine romantischen Gedanken mit einem ziemlich prolligen Satz: »Und man braucht kein Genie zu sein, um zu wissen, was das für sie bedeuten würde.«

Der Mega-Macht-Wolf hatte gesprochen! Ich Wolf, du Futter – oder wie oder was? Doch ich verkniff mir jeglichen Kommentar, sondern erfreute mich einfach nur daran, dass Liam sich so auf meine Seite schlug.

23. Kapitel

Weitere vier Wochen waren vergangen und heute war es soweit. Amilia wollte mir meinen Denkzettel verpassen und so, wie sie mich bereits in der Schule behandelt hatte, würde das ziemlich übel für mich werden.

Ich war schon ein bisschen aufgeregt, andererseits hatte es für mich aber auch etwas Gutes, dass mein menschliches Ich während meiner Verwandlung nicht anwesend war. So bekam ich meine Abreibung wenigstens nicht mit, sondern es reichte, wenn ich mich am nächsten Tag um meine Wunden kümmern konnte. Vielleicht schlief ich ja auch ein bisschen länger, sodass mein Körper eventuell schon den Großteil der Heilung der Wunden übernommen hatte und alles gar nicht mehr so schlimm war.

Nachdem die Schule aus war, machten Liam und ich uns wieder auf den Weg in die Berge. Dort, wo ich schon meine letzte Verwandlung verbracht hatte. Als wir nur zu zweit ins Auto einstiegen, war ich ein bisschen verblüfft.

»Kommt Amilia doch nicht mit?«, fragte ich, in der Hoffnung, doch noch Glück gehabt zu haben.

»Sie fährt nicht mit uns, aber sie wird dich schon aufstöbern. Keine Sorge.«

Ich seufzte. Vielleicht fand sie mich auch gar nicht. Wie sagte man schließlich so schön? Die Hoffnung stirbt zuletzt.

Da wir heute lang Schule hatten und Liam auch noch zwei Stunden zurückfahren musste, verabschiedete er sich direkt nachdem wir angekommen waren. Er drückte mich an sich, vergrub seine Nase in meinen Haaren und holte tief Luft.

»Pass gut auf dich auf, Süße, hörst du?« So ganz schien er Amilia wohl doch nicht zu trauen.

»Mach dir keine Sorgen. Das wird schon klappen.«

Mit einem wenig überzeugenden Lächeln gab ich ihm einen sehnsüchtigen Kuss und ließ ihn fahren. Dann setzte ich mich auf die Couch und wartete vor dem Fernsehen auf meine bevorstehende Verwandlung.

Was Amilia betraf, war ich mittlerweile ganz ruhig. Sie hatte Liam immerhin versprochen, es nicht zu weit zu treiben, und daran würde sie sich auch halten. Nicht meinetwegen, doch ich glaubte einfach nicht, dass sie riskieren würde, ihn als Feind zu haben.

Außerdem hatte ich ja immer noch einen kleinen Hoffnungsschimmer. Laut Liam war dieser zwar mikroskopisch klein, doch angeblich war ich ja die Ranghöhere und damit auch die Stärkere. Das gab mir Kraft und Mut.

Das Einzige, was Panik in mir aufstiegen ließ, war der Gedanke an die Verwandlung selbst. Die Schmerzen, wenn einem sämtliche Knochen brachen, die widerlichen Geräusche dazu und das Brennen am ganzen Körper, wenn mir Fell wuchs. Warum konnte ich mich nicht in einen chinesischen Nackt-Werwolf verwandeln? Dann wäre wenigstens das Haarproblem gelöst.

Ich hatte bereits alle Vorkehrungen getroffen. Hatte Wasser hingestellt und das Wolfskraut gut sichtbar auf den Tisch gelegt. Wie ich im Nachhinein erfahren hatte, diente das Kraut gar nicht dazu, die Schmerzen zu lindern. Es sorgte lediglich dafür, dass die Verwandlung schneller vonstattenging und ich dadurch die Schmerzen *nur* alle auf einmal hatte, anstatt über einen längeren Zeitraum verteilt. Beruhigend, nicht wahr?

Ich zappte mich durch die Programme, doch es kam nur Blödsinn, also setzte ich mich vors Fenster und starrte in den Himmel. Wo Liam jetzt wohl war? Ob er an mich dachte? Ob er sich Sorgen machte?

Gedankenversunken registrierte ich plötzlich, dass der Mond aufging. Schnell lief ich zum Couchtisch und angelte die Blätter herbei. Wenn ich sie von Anfang an nehmen würde, hätte ich bestimmt größere Schmerzen, doch sie würden sich nicht so elendig und qualvoll in die Länge ziehen.

Ich setzte mich wieder vors Fenster und wartete.

Und wartete …

Und wartete …

Und wartete …

***

Der Mond stand mittlerweile hoch am Himmel, doch nichts geschah. Nanu? Verwirrt lief ich herum, doch alle meine Körperteile funktionierten tadellos. Da war kein Stechen, kein Ziehen und schon gar kein Knacken. Ich ging zu einem Spiegel und betrachtete mich ausgiebig. Auch da sah alles normal aus. Ob mein Super-Wolf-Modus kaputt war?

Plötzlich hörte ich ein leises Scharren vor der Haustür, dann ein Knurren. Oh Scheiße! Das musste Amilia sein! Ich konnte ihr doch nicht als Mensch gegenübertreten! Vermutlich würde sie mich eiskalt umlegen, irgendwo im Wald verscharren und dann behaupten, ich hätte mich aus dem Staub gemacht.

Nervös hielt ich die Luft an. Bloß keine unbedachten Geräusche machen. Wieder ein Schnüffeln unten am Türschlitz. Ein tiefes Einatmen. Sie wusste, dass ich hier war. Ein Heulen ertönte. Ich überlegte, was ich tun sollte. Darauf verlassen, dass sie von selbst wieder verschwand? Oder hingehen und mit ihr reden?

Das Scharren an der Tür wurde kräftiger. Okay, ich würde hingehen und mit ihr reden. Angeblich behielt sie ja ihren menschlichen Verstand. Dann müsste sie ja auch kapieren, was ich ihr sagen würde.

Ich stellte mich also vor die Haustür und rief: »Amilia? Ich bin's, Emma. Ähm …« Aber was um alles in der Welt sollte ich ihr sagen? Wir müssen unsere Konferenz vertagen? »Du, hör mal. Bei mir ist etwas schiefgelaufen. Ich bin immer noch in Menschengestalt. Ich kann nicht rauskommen.«

Das Scharren hörte auf und auch das Schnüffeln verschwand. Erleichtert ließ ich mich gegen die Tür sinken. Sie hatte verstanden. Ich legte meinen Kopf gegen die Tür, als dieser durch einen lauten Aufprall wieder zurückgeschleudert wurde. Verdammt! Was war das? Wieder ein Rumsen gegen die Haustür. Sie bog sich leicht nach innen durch, federte aber wieder zurück. Es war, als würde sich irgendjemand mit voller Wucht dagegen werfen. Irgendjemand? Oder irgendwas?

»Amilia? Was tust du da?«, rief ich erneut, doch zu dem Sich-gegen-die-Haustür-werfen kam nun noch ein Knurren hinzu. So langsam bekam ich Angst. Sie wollte wirklich hier rein!

Ich zog eine Kommode vor die Tür, in der Hoffnung, dass diese das Ganze etwas stabilisieren würde, dann rannte ich hektisch zu den Fenstern und verschloss diese so gut es ging. Selbst die Fensterläden machte ich zu und dabei fiel mir auf, dass der Wolf, der sich gerade an der Tür zu schaffen machte, überhaupt nicht blond war. Wenn Liams Fell dunkelbraun war und meins straßenköterblond wurde, dann hätte Amilias doch hell sein müssen, oder?

Vor der Tür stand jedoch ein großer schwarzer Wolf, der immer wieder mit dem Schädel gegen die Tür schlug. Und wenn das gar nicht Amilia war? Sondern der Wolf, der mich bereits schon mal gebissen hatte? Mir wurde schwindelig. Voller Angst rannte ich in das Schlafzimmer, welches am weitesten von der Eingangstür weg war und verkroch mich dort in der hintersten Ecke.

Oh, bitte bitte, lass das Vieh wieder verschwinden!, betete ich inständig vor mich hin und bei jedem Schlag, den der Wolf gegen die Tür machte, zuckte ich zusammen.

Ich hatte solche Panik! Was sollte ich tun, wenn er den Weg hierein fand? Würde er mich töten? Oder sogar fressen? Diesmal war kein Liam da, der mir helfen konnte.

Ein erneuter Aufprall und die Tür flog aus den Angeln. Ich hörte die Krallen auf dem Holzboden klacken, während sich der Werwolf mir näherte. Ich zitterte am ganzen Körper und hoffte immer noch, dass er einfach umdrehen und wieder gehen würde, doch ich hatte den Gedanken noch nicht zu Ende gedacht, da schob sich ein gigantischer Kopf durch die Tür und starrte mich aus gelben Augen an.

Ich hatte mich gedanklich schon von allen verabschiedet, da zuckte plötzlich ein qualvoller Schmerz durch meinen Körper.

O mein Gott! Jetzt verwandelte ich mich? So war ich doch ein gefundenes Fressen für den Wolf, wenn ich mich vor Schmerzen gekrümmt auf dem Boden wand!

Der Werwolf trat näher und umrundete das Bett, hinter dem ich hockte. Er starrte mich weiter an. Warum tötete er mich nicht? Vermutlich dachte er darüber nach, in welcher Form er mich am liebsten dinieren würde.

Ich saß immer noch zitternd auf dem Boden. Ein lautes Knacken durchbrach die Stille und ein mühsames Schnaufen entwich meinen Lippen. Jetzt oder nie, dachte ich mir, sprang über das Bett und hastete wie eine Geistesgestörte aus dem Zimmer.

Wieder ein Knacken, welches meinen Oberkörper in die Waagerechte zwang. Ich schrie auf vor Schmerz, doch ich lief weiter. Nur noch ein paar Meter und ich war an dem Couchtisch angekommen. Ich hörte, wie der Werwolf langsam hinter mir herschlich. Mit der gleichen Ruhe, die ich hatte, als ich in dem Hühnerstall war. Er wusste, dass er mich jederzeit reißen konnte. Deshalb machte er sich keine Sorgen, dass ich ihm entwischen könnte.

Hastig griff ich nach den Blättern, kaute sie aber nur halbherzig und schluckte sie herunter. Daraufhin ging alles ganz schnell. Ich sah zwar aus den Augenwinkeln, wie der Werwolf sich näherte, doch darum konnte ich mich nicht mehr kümmern.

Krämpfe schüttelten meinen Körper und ich fiel hart zu Boden. Vor Schmerz wurde mir schwarz vor Augen, dann war alles dunkel.

Es juckt ... Kratzen!

Durst ... Trinken!

Hunger ... Fressen!

Wittern ... Eindringling!

Eindringling? Angreifen!

Angreifen? Beseitigen!

***

Ich wachte auf und war sofort hellwach. Hastig drehte ich mich nach allen Seiten um, stellte dann aber beruhigt fest, dass ich alleine in der

Hütte war. Ich hatte mich zurück in einen Menschen verwandelt und draußen wurde es bereits hell.

Ich wollte aufstehen, doch diesmal schmerzte nicht nur mein Schädel. Mein Arm hatte eine riesige Wunde, die bestimmt zwanzig Zentimeter lang war. Es hatte sich schon Kruste gebildet und ich spürte, dass sie bereits heilte, doch weh tat sie immer noch. Ich untersuchte behutsam den Rest meines Körpers und fand noch zwei weitere dieser Wunden. Einmal an meinem Bein und einmal seitlich an meiner Hüfte. Dieser blöde Werwolf hatte mir ganz schön eine verpasst.

Behutsam rappelte ich mich auf und rief Liam an. Schon nach dem ersten Klingeln hörte ich seine besorgte Stimme.

»Emma? Geht's dir gut?«

»Oh, Liam! Ich hatte solche Angst gestern!«, gestand ich und dachte daran, wie ich mich einfach nicht verwandeln wollte, während der Werwolf schon durch die Tür hereinkam.

»Ich bin gleich da. Fünfzehn Minuten.«

»Beeil dich«, bat ich ihn und legte auf.

Mir ging es zwar gut, doch ich musste unbedingt mit ihm über gestern Abend reden. Schnell sprang ich unter die Dusche und wusch mir den Dreck, in dem ich mich gestern Nacht offensichtlich gewälzt hatte, von meinem Körper. Das warme Wasser entspannte meine strapazierten Glieder, doch auf meinen Wunden fühlte es sich eher unangenehm an, also beendete ich das Duschen, zog mir einen Jogging-Anzug an und wartete auf der Couch auf Liam. Keine fünf Minuten später kam dieser durch den Hauseingang herein.

Sein Blick fiel zuerst auf die Tür, die mitten im Raum lag. Von der kleinen Kommode, die ich zur Verstärkung dahintergestellt hatte, war nichts mehr zu sehen.

»Was ist denn hier passiert?« Liam sah mich besorgt an und eilte zu mir herüber. »Geht's dir gut? Alles okay?«

Während er die Fragen stellte, untersuchte er mein Gesicht auf mögliche Blessuren. Ich zeigte ihm meinen Arm, mein Bein und die Wunde an meiner Hüfte.

»Oh … das muss tief gewesen sein, wenn es jetzt immer noch zu sehen ist.« Er sah mich mitleidig an. »Hat es sehr wehgetan?«

»Keine Ahnung«, sagte ich ehrlich.

Natürlich hätte ich Amilia jetzt richtig reinreiten können und ich musste sagen, ein gewisser Teil von mir war von dieser Idee auch mehr als angetan, doch ich hatte Wichtigeres auf dem Herzen als diesen belanglosen Unsinn. So lange meine Gliedmaßen noch alle vollzählig waren und nichts so beschädigt war, dass es binnen der nächsten halben Stunde abfaulen würde, war alles in Ordnung. Außerdem musste ich Liam unbedingt von dem merkwürdigen Abend gestern erzählen.

Ich begann damit, wie ich vor dem Fenster gesessen hatte und der Mond langsam aufging, bis er hoch am Himmel stand und bei mir immer noch keine Verwandlung in Sicht war.

Liam riss vor Schreck die Augen auf. »Und dann?«

Er hing an meinen Lippen, als würde ich die schlimmste Horrorgeschichte erzählen, die er jemals gehört hatte. Gut, ich persönlich hatte mich gestern sogar so gefühlt, als würde ich sie erleben (was ja letztendlich auch gestimmt hatte), aber ich wurde stutzig, dass Liam von allem so überrascht zu sein schien.

Ich berichtete weiter, wie der andere Werwolf – Liam knurrte direkt ein abfälliges *Amilia* – an dem Türschlitz schnüffelte und danach an der Tür zu kratzen begann, bevor er sie terminatormäßig dem Erdboden gleichmachte und zu mir ins Schlafzimmer geschlichen kam.

Liam hielt die Luft an. »Ich denke, du warst noch nicht verwandelt?«

»Stimmt, war ich auch nicht.«

Liam wurde kreidebleich.

Dann schilderte ich, wie ich todesmutig über das Bett getürmt war und mir die Blätter einwarf, worauf ich mich dann verwandelt hatte.

»Du hast dich mit Hilfe der Blätter verwandelt?« Liam zog irritiert die Augenbrauen nach oben.

»Nein. Die Verwandlung hatte schon vorher begonnen. Aber nachdem ich das Wolfskraut geschluckt hatte, beschleunigte das natürlich immens die Verwandlung.«

Er nickte wissend. Klar, er hatte mir die Blätter ja extra deswegen gegeben.

»Tja, und danach kann ich mich an nichts mehr erinnern«, beendete ich meine Geschichte.

Liam saß wie versteinert da.

»Und, was sagst du? War das überhaupt Amilia? Ich meine, weil der Werwolf dunkel war ... Hätte er nicht hell sein müssen?«

Liam schlug die Hände vorm Gesicht zusammen. »O mein Gott, Emma! Es hätte sonst was passieren können! Mir wird schlecht, wenn ich nur daran denke, dass du – auch noch unverwandelt – zusammen mit einem gefährlichen Werwolf in einem Raum warst. Und das ohne fremde Hilfe!«

Es war ja ganz süß, dass er sich solche Sorgen machte, aber langsam wurde ich ungeduldig.

»Ja, das ist jetzt nicht mehr zu ändern. Sag mir lieber, ob das wirklich Amilia war.«

Liam schüttelte den Kopf. Er schien völlig fertig.

»Sie war es also nicht?«

»Was? Ach so, doch. Amilia ist ein dunkler Werwolf. Theoretisch hast du Recht. Sie müsste hell sein, aber sie ist nicht naturblond.«

»Nee!«, rief ich ungläubig. Ich wusste, dass das jetzt wohl das Unwichtigste überhaupt war, doch das war ja kaum zu glauben. Frauen und ihre Probleme ..., ja, ja, schon gut.

»Doch, es stimmt. Meinst du, ein anderer Werwolf hätte dich als Mensch so lange einfach nur angeschaut, ohne dir etwas zu tun? Oder hätte so manierlich die Tür geöffnet?«

Ich schaute auf die Trümmer, die verstreut im Zimmer lagen. »Manierlich?«, fragte ich und sah Liam skeptisch an.

»Wenn ein anderer Werwolf dich hier drin gerochen hätte, wäre er einfach durch die Tür gerannt. Da wäre nichts mit Scharren oder Anklopfen gewesen.«

»Anklopfen?«, wiederholte ich und schnaufte, während ich mich daran erinnerte, wie das Biest seinen Kopf gegen die Tür geschlagen hatte, um diese aufzubrechen.

»Ja, anklopfen. Selbst wenn es eine massive Stahltür gewesen wäre, könnte ein Werwolf sie mit einem Prankenschlag aus dem Weg räumen. Oder er wäre einfach durch eines der vielen Fenster gesprungen.«

»Hast du schon mit ihr gesprochen?«

»Nein, ich hatte versucht sie anzurufen, doch sie meldet sich nicht.«

Ich nickte. Vermutlich lag sie noch irgendwo genüsslich herum, träumte vor sich hin und freute sich, dass sie mir eine Lektion erteilt hatte.

»Was mir aber zu denken gibt, ist nicht die Sache mit Amilia.« Liam biss sich auf die Unterlippe, als müsste er überlegen, ob er es wirklich sagen sollte.

»Sondern?«, half ich nach.

»Irgendetwas läuft komisch bei dir, Emma.« Er schaute mich an, doch seine Augen gaben keine Gefühlsregung preis.

Empört sah ich ihn an. Was soll das denn wieder heißen?

»Jetzt tu mal nicht so«, rügte er mich sofort für meinen Blick, »aber deine anfänglich eiternde Wunde, obwohl du doch infiziert wurdest, dann deine frühen Träume und nun die Tatsache, dass du dir als Werwolf in Menschengestalt noch den Vollmond anschauen kannst, bevor du dich verwandelst. Emma, das ist alles andere als normal. Und ich muss gestehen, es macht mir ein wenig Angst.«

»Du hast Angst vor mir?«, fragte ich erschüttert.

»Nicht vor dir! Um dich. Ich glaube, wir sollten Dr. White noch einen Besuch abstatten.«

Ich ließ ein verächtliches Schnauben hören. »Zu dem Quacksalber? Der der Meinung war, dass ich völlig gesund sei, bis der erste Vollmond uns vor kurzem das Gegenteil bewiesen hat?«

»Genau der. Mag sein, dass er sich da geirrt hat, aber immerhin könnte er etwas wissen. Er kennt schließlich viele Werwölfe. Vielleicht ist ihm so ein Fall schon mal untergekommen. Außerdem, wenn wir gleich zu White fahren, hast du dir heute Mathe gespart.«

Okay, er hatte mich überredet. »Lass uns hinfahren.« Ich packte meine Sachen und war binnen kürzester Zeit startklar. Liam hängte die Reste der Tür so gut es ging wieder ein und wir machten uns auf den Weg.

24. Kapitel

Da Liam den Doktor schon vorher telefonisch über unser Kommen informiert hatte, wartete dieser bereits vor der Haustür auf uns.

»Kommt rein«, bat er freundlich und versorgte uns drinnen mit Kaffee und Keksen. »Na? Wie geht's denn meiner Lieblingspatientin?«, fragte er mit einem leicht schnippigen Unterton.

»Dank der Behandlung eines sehr guten und vor allem weisen Arztes, hervorragend. Danke der Nachfrage«, entgegnete ich ebenso kühn.

Dr. White lächelte mich an und richtete das Wort dann an Liam. »Was führt euch her? Du sagtest, etwas stimmt nicht mit ihr?«

Liam nickte. »Sie ist doch infiziert.«

Für kurze Zeit fiel Dr. Allwissend alles aus dem Gesicht, doch schnell fasste er sich wieder. »Ehrlich?« Die Frage war mehr an mich gerichtet als an Liam.

»Ja«, bestätigte ich.

»Dann fangt mal an zu erzählen. Aber lasst nichts aus«, mahnte er uns und wir begannen abwechselnd die ganze Story runterzurattern.

Angefangen von meiner ersten Verwandlung, meinen Träumen bis hin zu der Tatsache, dass ich mir gestern Abend erst noch den Vollmond angeschaut hatte, bevor endlich die Verwandlung einsetzte. Dr. White kommentierte unsere Geschichte mal mit einem »Aha«, dann mit einem »Interessant« und dann wieder mit einem »Gibt's-ja-nicht«.

»Und ihr schwört bei eurem Leben, dass ihr mir die Wahrheit erzählt habt?«

Liam schwor direkt. Ich fand das ein bisschen albern, doch nachdem ich in die Seite geknufft wurde, sagte ich so feierlich, wie ich konnte: »Ich schwöre.«

Eine Zeit lang starrte Dr. White nur auf seine Hände, die er vor sich zusammengefaltet auf den Tisch gelegt hatte. Dann rührte er sich endlich.

»Unter diesen Umständen sehe ich mich von meiner Schweigepflicht entbunden und will ehrlich zu euch sein.«

»Ich bitte darum«, versuchte ich das Gespräch zu beschleunigen.

»Ich hatte in der letzten Zeit vier Fälle, die deinem Fall sehr ähnelten, Emma.«

Liams Gesichtszüge erhellten sich. »Wunderbar! Dann bist du doch kein Einzelfall und alles ist gut, oder?«

Doch Dr. White schüttelte den Kopf. »Das kann man so leider nicht sagen, Liam. Ich vermute, dass es etwas mit der Tatsache zu tun hat, dass es sich bei euch um verwandelte Exemplare handelt. Nicht um gebürtige Werwölfe.«

»Es gibt also noch mehr von meiner Sorte? Ich dachte, normalerweise würden keine Menschen verwandelt?«, fragte ich etwas perplex.

»Da hast du Recht, Emma«, sprach Dr. White weiter. »Vor allem ist es komisch, dass so viele Exemplare in so kurzer Zeit verwandelt wurden. Wenn so etwas mal versehentlich vorkommt, dann ein Fall in zehn Jahren. Und nicht vier in sechs Monaten.«

»Vier in sechs Monaten?« Das hörte sich selbst in meinen Ohren nach viel an.

Liam war direkt Feuer und Flamme. »Und denen ging es genauso?«

»Ja. Als sie zu mir kamen, hatten sie alle schwere Wunden, die sich ausnahmslos ziemlich fies entzündet hatten. Ich dachte, nachdem die Wunden abgeheilt waren, wäre alles gut, doch einer nach dem anderen kam und berichtete mir, sich an Vollmond doch in einen Werwolf verwandelt zu haben.«

Liam und ich hörten gespannt zu.

»Und was haben Sie ihnen geraten?«, fragte ich neugierig.

»Das war noch nicht alles, Emma. Sie beklagten sich, dass sie plötzlich unnatürlich viel Lust auf Fleisch verspürten. Doch auch das fand ich nicht besonders ungewöhnlich. Ich kenne das ja selbst. Als Werwolf liebt man alles, was mit Fleisch und Wurst zu tun hat.«

»Und dann?«, drängelte ich.

»Dann kam plötzlich einer nach dem anderen und erzählte mir, dass sie sich nur noch ganz schwer unter Kontrolle hätten. Sie waren furchtbar aggressiv, rasteten völlig aus. Einer hatte sogar seinen Job verloren, weil er das ganze Büro kurz und klein geschlagen hatte, nachdem die Sekretärin den Zucker in seinem Kaffee vergessen hatte.«

Ich schaute betreten nach unten. Irgendwie kam mir das bekannt vor. So extrem war ich zwar nicht gewesen, doch auch ich hatte mittlerweile gemerkt, dass sich meine Hemmschwelle auf ein Minimum reduziert hatte.

»Ich weiß, dass verwandelte Werwölfe in viel kürzerer Zeit mit wesentlich mehr neuen Eindrücken und Gefühlen zurechtkommen müssen. Gerade was Wut und Aggressivität betrifft, doch so extrem hatte ich das noch nicht gehört. Da das aber die einzigen verwandelten Werwölfe waren, die ich kannte, dachte ich mir, vielleicht sind die Geschichten untertrieben und somit schenkte ich auch den Wutanfällen keine Beachtung mehr. Ich verschrieb ihnen allen Beruhigungsmittel, doch geholfen hatte es nicht wirklich. Sie klinkten geistig total aus, wenn sie sich über irgendwas aufregten. Und das nicht nur in Werwolfsgestalt.«

Ich schaute zu Liam. Ich wusste nicht, was ich dazu sagen sollte, also überließ ich ihm das Reden.

»Hmm …«, machte Liam, »könntest du uns die Adressen von den anderen geben? Ich würde gerne mit ihnen reden.«

Dr. White schaute Liam in die Augen und schwieg.

»Bitte. Emma hat Angst und ich möchte ihr die Angst nehmen.«

Dann schüttelte Dr. White den Kopf. »Ich kann euch leider nicht helfen, Liam. So gern ich auch würde.«

»Komm schon«, bat Liam, »wenigstens eine Adresse. Es würde uns sehr helfen.«

»Es geht nicht.« White stand auf und forderte uns damit indirekt zum Gehen auf.

»Warum nicht?« Liam war ebenfalls aufgestanden, bewegte sich aber keinen Meter.

White rollte mit den Augen. »Weil sie tot sind. Alle!«

Erschrocken riss ich die Augen auf und auch Liam hatte Mühe, seine Contenance zu wahren.

»Tot?«, flüsterte ich und ging zu Liam, um mich an ihm festzuhalten. Schützend legte er seinen Arm um mich. »Wie ist das passiert?«, fragte ich leise.

Ich wusste nicht, ob ich die Antwort darauf wirklich hören wollte. Liam schien das zu spüren und drückte mich fest an sich.

»Sie haben sich umgebracht«, antwortete White nüchtern.

Obwohl ich noch nicht wusste, ob ich das gut oder eher schlecht finden sollte, fühlte ich mich dennoch ein wenig erleichtert. Sowas lag ja bei einem selbst.

»Sie hatten das also schon selbst zu verantworten? Es lag nicht an einer Vergiftung durch den Biss oder so?«, fragte Liam.

»Nein, daran lag es mit Sicherheit nicht. Sie sind einfach übergeschnappt und haben sich dann selbst in Gefahr gebracht. Alle übrigens im unverwandelten Zustand.«

»Und, bringst du das Überschnappen mit dem Biss in Verbindung?«

Dr. White sah ihn an. »Entweder das oder sie hatten vorher schon einen Hang dazu und wurden systematisch danach ausgesucht.«

Liam verstummte.

»Sie meinen, da sucht jemand absichtlich geisteskranke Menschen aus, um sie zu verwandeln?«, mischte ich mich ein.

»Ich kann es dir nicht sagen, Emma. Auffällig war einfach schon, dass sie alle so waren.«

»Was sollte jemand davon haben? Und warum wurde ich gebissen?« Man konnte mir ja viel nachsagen, doch geisteskrank war ich sicherlich nicht.

»Ich weiß es nicht, Emma. Vielleicht sind sie auch durch den Biss so geworden und die Sache war gar nicht beabsichtigt.« White zuckte mit den Schultern und geleitete uns zur Haustür. »Ich würde mich jedenfalls freuen, wenn du mich über sämtliche Absonderlichkeiten auf dem Laufenden hältst.«

Ich nickte und wir verabschiedeten uns von dem Doktor.

25. Kapitel

»Ich versuch nochmal, Amilia zu erreichen. Es ist bereits nach Mittag. Sie müsste längst wach sein«, sagte Liam und kramte sein Handy hervor.

Eigentlich wäre das ja wieder ein Grund gewesen, sich zu ärgern, doch ich war in Gedanken noch mit dem eben geführten Gespräch beschäftigt, sodass ich das weitgehend ignorieren konnte. Außerdem wollte ich nicht die Nächste sein, die überschnappte und sich dann auf ein Bahngleis schmiss oder so.

»Hmm ... merkwürdig ..., sie geht immer noch nicht ran.«

Ich horchte auf. Das war tatsächlich merkwürdig. Normalerweise war Amilia doch immer direkt zur Stelle, wenn es irgendwie um Liam ging. Ich konnte mir nicht vorstellen, dass sie seine Anrufe absichtlich missachtete.

»Wärst du damit einverstanden, wenn wir kurz bei ihr vorbeifahren?«

»Eigentlich nicht. Aber unter diesen Umständen mache ich da mal eine Ausnahme.«

Wir stiegen ins Auto und fuhren los. Während der Fahrt knibbelte ich bereits die Kruste von meinen Wunden. Darunter kam frische rosige Haut zum Vorschein.

»Wow! Wie schnell das bei euch geht!«, lächelte ich ein wenig fasziniert und zeigte Liam stolz meinen Arm, der wieder wie neu aussah.

Auch Liam lächelte. »Tja, wenn du diese Fähigkeit mal von klein auf gehabt hättest, wäre dir Vieles erspart geblieben, oder?« Er kicherte.

Ha ha! Sehr witzig. Zur Strafe boxte ich ihn auf den Oberarm und Liam gluckste vergnügt.

Eine Weile starrte ich aus dem Fenster und sah der Landschaft dabei zu, wie sie an uns vorbeizog.

»Du, sag mal, Liam, was meinst du, warum sich die verwandelten Werwölfe umgebracht haben?«, fragte ich gedankenverloren.

»Ich weiß es nicht, Emma. Aber vermutlich sind sie nicht mit all dem zurechtgekommen.«

Ich nickte zustimmend. Für jemanden, der vorher noch nichts von der Existenz von Werwölfen gewusst hatte, dann gebissen wurde und sich danach selbst verwandelte, für den war das garantiert nochmal doppelt so schlimm wie für mich.

»Weißt du, wenn du mich nicht hättest, wärst du jetzt auch auf dich allein gestellt. Du könntest niemanden fragen, könntest dir bei niemandem Tipps holen und müsstest das alles ganz alleine durchstehen. Ich könnte mir vorstellen, dass ihnen das zu viel geworden ist.«

Wieder ein Nicken meinerseits. Das konnte ich mir in der Tat sehr gut vorstellen. Teilnahmslos schaute ich wieder aus dem Fenster und dachte darüber nach.

Liam legte seine Hand auf mein Knie und streichelte es. »Alles gut?«, fragte er besorgt.

»Ja, alles gut.«

»Mach dir keine Sorgen. Ich bin sicher, dass du nicht so enden wirst. Außerdem habe ich dir ein Versprechen gegeben und ich halte meine Versprechen.«

»Darüber mache ich mir keine Gedanken.«

»Worüber dann?« Liam schien ein wenig verblüfft zu sein.

»Darüber, weshalb sie überhaupt zu Werwölfen geworden sind. Wer sie gebissen hat und vor allem, warum.«

Er nickte verständnisvoll. »Das ist eine gute Frage. Aber wir werden es herausfinden und dann werde ich den, der dir das angetan hat, zur Rechenschaft ziehen. Es wird alles wieder gut werden, Emma.«

Dankbar huschte ein leichtes Lächeln über meine Lippen.

Schließlich kamen wir bei Amilia an und klingelten an ihrer Haustür. Ein alter Mann mit Anzug und streng zurückgegelten Haaren öffnete die Tür.

»Madam? Sire?«, fragte er mit tiefer Stimme und hielt seinen rechten Arm steif hinter dem Rücken.

»Wir wollten zu Amilia«, sagte Liam.

»Sehr wohl, Sire.« Der Mann trat beiseite und ließ uns eintreten. »Einen Moment, bitte.« Mit diesen Worten und einer Verbeugung verschwand er.

»Was war das denn?«, flüsterte ich Liam zu.

»Nicht was, sondern wer. Das war ihr Butler.«

»Die haben einen Butler?!«, entfuhr es mir.

»Scht«, machte Liam und nickte nur kurz.

Einen Butler. Klar. Sorry, dass ich überrascht war. War ja auch was völlig Alltägliches, seinen eigenen Butler zu haben. Wer hatte den nicht?! Ich rollte mit den Augen und sah mich um. Die Hütte war nicht von schlechten Eltern, konnte ich nur sagen. Das Einzige, was mich irritierte, waren die unzähligen Gemälde von irgendwelchen alten Leuten in merkwürdigen Roben, die im ganzen Flur hingen.

Liam bemerkte meinen Blick und erklärte mir, dass das Amilias Vorfahren seien. Bevor ich genauer nachfragen konnte, kam eine Frau um die Ecke, die praktisch wie Amilia aussah. Nur ein bisschen älter. Meine Güte, was sahen manche Leute ihren Eltern ähnlich, und dabei dachte ich an Faith und Liams Mom. Was für ein Glück, dass das bei mir zu Hause nicht der Fall war.

Fahrig nesselte die Frau an ihrem Blazer herum.

»Hallo, Mrs Benett«, grüßte Liam freundlich.

»Kommst du zum Unterricht, Liam? Ich muss dich enttäuschen, aber Amilia geht‘s nicht gut«, plapperte sie direkt los und schaute dabei nervös zur mir herüber.

»Ihr geht‘s nicht gut?« Liam schien perplex. »Warum? Was hat sie?«

Wieder schielte sie in meine Richtung. »Schon okay. Emma ist meine Freundin. Sie ist eingeweiht.«

Doch das schien die Frau nicht im Geringsten zu beruhigen. Angespannt stand sie vor uns, während ihre Augen immer wieder hektisch zu mir herüberflitzten. »Es ist besser, du gehst jetzt, Liam.« Sie versuchte, Liam Richtung Ausgang zu schieben, doch der blieb hartnäckig stehen.

»Darf ich erfahren, was hier los ist?« Liam war aufgebracht, doch Amilias Mutter reagierte gereizt.

»Wie wär's, wenn du das deine Freundin fragst? Und jetzt raus hier!«

Ich machte ein entsetztes Gesicht. Was sollte ich denn damit zu tun haben?

»Entschuldigen Sie bitte, Mrs Benett, aber Sie werden uns jetzt zu Amilia bringen, damit wir mit ihr reden können«, forderte Liam bestimmend.

Zuerst sah Amilias Mom so aus, als wolle sie ihm für seine Unverschämtheit den Kopf abreißen, doch dann fügte sie sich und lotste uns bis in Amilias Zimmer. Ihrem Geruch nach zu urteilen, blieb ihr auch nichts anderes übrig, als ihm zu gehorchen.

»Ich hoffe, deine Freundin hat sich in Menschengestalt besser unter Kontrolle«, warf sie ihm bissig an den Kopf und verschwand.

Mulmig folgte ich Liam durchs Zimmer, bis wir vor einem weißen Himmelbett standen, in dem Amilia lag. Ich erschrak, als ich sie sah. Diese Amilia hatte nichts mehr mit der superhübschen Model-Amilia zu tun, die ich kannte. Ihre Haut war aschfahl, sie hatte tiefe violette Ringe unter den Augen, ihr normalerweise blondes seidiges Haar hing ihr in fettigen Strähnen am Kopf herunter und sie hatte überall Verbände.

»Amilia, was ist passiert?«, fragte Liam und setzte sich zu ihr aufs Bett.

Ich traute mich nicht wirklich, mich zu bewegen, also blieb ich erstmal da, wo ich war.

Flatterhaft blinzelte sie mit den Augen, bevor sie sie ganz langsam öffnete.

»Warum hast du überall Verbände?« Liam schien nicht weniger entsetzt zu sein als ich.

»Ich hab doch gar nichts gemacht. Ich wollte sie doch nur ein bisschen ärgern«, wisperte sie schwach.

»Was heißt das? Wen wolltest du nur ein bisschen ärgern?«

»Emma«, krächzte sie.

»Ich versteh nicht.« Liam schaute fragend zu mir herüber, doch ich zuckte nur ratlos mit den Schultern.

»Emma hatte sich nicht verwandelt. Ich bin in das Haus rein und wollte ihr ein bisschen Angst einjagen.«

Oh ja, das hatte sie. Daran erinnerte ich mich gut. Ich hatte Todesangst!

»Und weiter?«, bohrte Liam.

»Dann hat sie sich doch verwandelt«, flüsterte Amilia und dabei weiteten sich ihre Augen vor Entsetzen.

»Und dann?« Er schien genervt, dass er Amilia jedes Wort einzeln aus der Nase ziehen musste.

»Dann ist sie vollkommen ausgerastet.« Sie legte ihre Hand auf seinen Arm. »Ehrlich. Sowas habe ich noch nie gesehen, Liam.«

»Was hast du noch nie gesehen?«, fragte Liam irritiert.

»Sie war nicht wie ein normaler Werwolf. Du erinnerst dich, ich hatte sie ja herausgefordert. Anfangs war auch noch alles normal, doch nachdem wir begonnen hatten, uns zu beißen, war sie nicht mehr zu bremsen. Es war kein üblicher Rangkampf, Liam. Es war ... Raserei! Sie ist viel stärker. Und wenn ich sage viel stärker, dann meine ich auch um einiges stärker als ein Alpha-Wolf. Und das Schlimme ist, sie hat sich nicht mal ansatzweise unter Kontrolle.«

»Die wenigsten haben sich unter Kontrolle, wenn sie verwandelt sind, Amilia.«

Doch Amilia schüttelte zaghaft den Kopf. »Nein, das ist nicht vergleichbar. Sie war völlig weggetreten.«

»Wie meinst du das?« Liam hob skeptisch die Augenbrauen.

»Auch Werwölfe, die sich während ihrer Verwandlung an nichts erinnern können, haben ein natürliches Sozialverhalten. Sie nicht. Wir haben mit dem Kampf begonnen und sie hat sich auf mich gestürzt wie eine Bestie. Nachdem ich merkte, dass ich ihr kräftemäßig völlig unterlegen war, legte ich mich auf den Rücken und bot ihr meine Kehle dar. Jeder normale Werwolf hätte abgelassen und wäre danach seines Weges gegangen. Sie nicht. Sie stürzte sich erneut auf mich und versenkte ihre Zähne in jede Ecke meines Körpers, an die sie herankommen konnte.«

Liam saß wortlos vor ihr und auch ich stand reglos im Zimmer und konnte kein Wort sagen. Ich sollte so gefährlich sein? Ich sollte schlimmer als alle anderen Werwölfe zusammen sein?

»Wie bist du entkommen?«, fragte Liam.

»Ein mir unbekannter Werwolf kam plötzlich aus dem Gebüsch gesprungen und half mir. Er stürzte sich auf Emma. Wie es dann weiterging, weiß ich nicht. Sowie Emma von mir abgelassen hatte, rannte ich um mein Leben. Wäre der andere Werwolf nicht gekommen, hätte sie mich womöglich umgebracht.«

Ich schluckte. Ich sollte fähig sein, jemanden umzubringen? Durch mein lautes Schlucken wurde Amilia erst auf mich aufmerksam.

»Du bist hier!«, rief sie panisch und begann am ganzen Körper zu zittern.

Ich wollte zu ihr gehen, doch als ich einen Schritt nach vorne machte, wurde es nur noch schlimmer. Sie versuchte sich aufzurichten, doch sie war zu kraftlos.

Liam bedeutete mir stehenzubleiben und ich folgte gehorsam. Ich wollte nicht, dass Amilia solche Angst vor mir hatte! Auch wenn ich sie auf den Tod nicht ausstehen konnte, wollte ich ihr keinesfalls etwas antun oder sie sogar umbringen! Natürlich hatte ich öfter schon mal gedacht, dass ich sie gerade mal meucheln könnte, aber das war doch nie ernst gemeint gewesen!

»Ist gut, Emma wird dir nichts tun«, beruhigte Liam sie.

»Lass sie bitte nicht zu mir. Bitte«, flehte Amilia und so wie sie es sagte, fühlte ich mich verdammt schlecht. Sie schien wirklich Angst vor mir zu haben.

»Es tut mir leid. Ich wollte nicht ...«, begann ich, doch Amilia schaute mich nur aus erschrockenen Augen an.

»Warum hast du eigentlich immer noch Verbände an dir?«, fragte Liam und starrte auf Amilias Arm.

Wortlos wickelte sie den Verband ab und zeigte ihm die darunter verborgene Wunde.

»Oh Scheiße«, entfuhr es ihm und auch ich starrte völlig geschockt auf den Arm.

Ich wusste nicht, ab welchem Schweregrad eine Fleischwunde anfing und ab welchem es etwas Schlimmeres war, doch das hier war eindeutig Letzteres!

Ihr halber Arm war zerfetzt und Haut hing in blutigen Stücken herunter. Dazu kam, dass die Haut um die Wunde rot und glänzend gespannt war und der blutige Teil gelb schimmerte.

»Sie hat sich entzündet?«, fragte Liam fassungslos.

Amilia nickte leicht. »Sowas ist mir noch nicht passiert. Bei mir hat sich noch nie was entzündet! Ich hab keine Ahnung, warum, aber die Wunden, die sie mir zugefügt hat, heilen nicht wirklich.«

»Aber, du bist doch ein Werwolf! Deine Wunden müssen doch ganz schnell heilen«, mischte ich mich verzweifelt ein und betrachtete die Stellen, wo sich bei mir heute Morgen noch Kruste befunden hatte. Meine Haut war noch nicht mal mehr rosa.

Liam nahm eine frische Bandage aus ihrem Nachttisch und verband ihr den Arm neu. »Das sieht wirklich übel aus, Amilia.«

Nachdem er die Wunde neu verbunden hatte, legte sie ihre Hand abermals auf Liams Arm. »Liam?« Ihr Blick wanderte kurz zu mir und dann wieder zurück zu ihm. »Wir alle wissen, dass Emma und ich uns nicht besonders gut verstehen.«

Liam rollte mit den Augen. »Wem sagst du das.«

»Aber das, was ich jetzt sage, ist vollkommen neutral und vor allem ernst gemeint, hörst du? Ich möchte sie nicht angreifen, aber es ist wichtig, dass du das ernst nimmst, ja?«

Oh Backe ... Was kam denn jetzt? Emma ist zu gefährlich für dich, nimm lieber mich als Freundin? Mit hochgezogenen Augenbrauen wartete ich darauf, was sie zu sagen hatte.

»Versprich mir, dass du es ernst nimmst.«

Liam nickte betroffen.

»Emma ist eine Killermaschine. Extrem gefährlich! Und das sogar für Werwölfe! Es wird nicht lange dauern, bis sie ihren Körper so beherrscht wie ein geborener Werwolf, und dann ist sie uns allen haushoch überlegen und …« Amilia schluckte laut und beendete den Satz nicht.

Ich stand wie versteinert da. Was wollte sie damit sagen? Was sollte das für Konsequenzen haben?

»Wir müssen ihren Erzeuger finden und ihn umbringen. Du weißt, ich bin der friedliebendste Werwolf von allen, doch das können wir nicht zulassen. Schwör es mir! Egal, wer sie verwandelt hat, er muss sterben!«

»Und wenn es jemand war, den wir kennen?«, warf Liam ein.

»Dann muss er sterben«, sagte Amilia kalt.

»Und wenn wir ihn mögen?«, schob er nach.

»Dann muss er sterben«, wiederholte sie hartherzig.

»Du scheinst es wirklich ernst zu meinen«, sagte Liam nachdenklich.

»Und bis dahin müssen wir uns überlegen, wie wir dieses Untier im Zaum halten.« Sie schaute mich an. »Nichts für ungut, Emma.«

Amilia schien sich, was meine Anwesenheit betraf, wieder beruhigt zu haben, also hockte ich mich zu ihr vors Bett, um besser mit ihr sprechen zu können.

»Es tut mir so leid, Amilia. Ich wollte dich bestimmt nicht so verletzen. Das musst du mir glauben.«

Sie warf mir einen spöttischen Blick zu. »Na ja, sagen wir, ich glaube dir, weil ich gesehen habe, dass du tatsächlich nicht mehr Herr deiner Sinne warst. Also noch extremer als sonst.« Ein leichtes Lächeln umspielte ihre Lippen und ich war ehrlich gesagt froh, sie wieder so zu sehen.

»Danke«, murmelte ich.

Wir verabschiedeten uns und Liam fuhr mich nach Hause.

Der Weg von Amilia bis zu mir nach Hause dauerte zwar gerade mal fünfzehn Minuten, doch selbst diese fünfzehn Minuten verkraftete ich nicht, dass Liam mich anschwieg.

»Und, was denkst du jetzt?«, wollte ich wissen, doch Liam reagierte nicht. »Liam?«

Er fuhr in unsere Hofeinfahrt und starrte stur geradeaus.

»Kannst du bitte etwas sagen?«, fragte ich unsicher.

Dann schaute er mich an. »Ich weiß nicht was, Emma.«

Ich nickte niedergeschlagen. »Bist du enttäuscht von mir?«

»Nein, das bin ich nicht. Eher von mir«, antwortete er und stieß einen tiefen Seufzer aus.

»Von dir? Du hast doch gar nichts damit zu tun«, sagte ich verblüfft.

»In gewisser Weise schon. Oder hattest du schon mal mit einem Werwolf Kontakt, bevor du mich kanntest?«

Nachdenklich schüttelte ich den Kopf. »Zumindest nicht bewusst.«

»Na also.« Liam seufzte erneut.

»Hast du jetzt Angst vor mir?«

Liam lächelte schwach. »Nein. Solange man dir nicht im verwandelten Zustand begegnet, bist du ja harmlos.«

»Und was machen wir jetzt?«, fragte ich vorsichtig.

»Na ja, feststeht, dass wir dich weiterhin an den Vollmondtagen weit wegbringen müssen. Und du wirst Amilia bitten, wenn sie wieder gesund ist, mit dir Übungen zu machen, damit du lernst, deinen Geist zu kontrollieren.«

Ich verzog das Gesicht. »Und wie soll das gehen, wenn ich angeblich so aggro bin?«

»Amilia sagte, man könne einige Übungen davon auch als Mensch machen. Das wäre doch schon mal ein Anfang.«

Ich seufzte. Na, da hatte ich ja Lust drauf! Doch Liam reagierte direkt gereizt.

»Du machst diesbezüglich, was man dir sagt, ist das klar?«, fragte er barsch.

»Ja, ich wollte ja gar nicht …«, verteidigte ich mich, doch Liam ließ mich nicht ausreden.

»Ist das klar?«, wiederholte er noch einmal.

»Ja«, antwortete ich beleidigt.

Die Situation war für mich immerhin viel schlimmer als für ihn. Natürlich würde ich alles dafür tun, dass sowas wie mit Amilia nicht nochmal vorkam, aber dennoch musste ich ja nicht davon begeistert sein, demnächst meine Freizeit mit ihr zu verbringen. Ich stieg aus dem Auto aus.

»Kommst du nicht mit?«, fragte ich überrascht.

»Nein, wir sehen uns morgen. Ich werde noch ein paar Telefonate führen. Unter anderem mit Dr. White. Ich bin sicher, ihn wird interessieren, was vorgefallen ist.«

Ich nickte. Gut, dann hatte ich ein wenig Zeit, meine Gedanken zu sortieren. So, wie es momentan war, war mir noch nicht so ganz klar, wie ich mich fühlen sollte. Es waren einfach zu viele Eindrücke, um mich gefühlsmäßig schon festzulegen.

Ich ging hinauf in mein Zimmer, legte mich auf mein Bett und ließ das Gespräch mit Amilia nochmal Revue passieren. Ich fühlte mich unglaublich leer. Wie ausgebrannt. Und je mehr ich darüber nachdachte, umso schlechter kam ich mir vor. Das war alles so unglaublich.

Ich dachte darüber nach, was Dr. White von den anderen Werwölfen erzählt hatte. Dass sie übergeschnappt wären und sich umgebracht hätten. Und wenn sie waren wie ich? Wenn sie unfreiwillig jemanden getötet hatten? Und das nicht mehr ertragen konnten? Was ist, wenn ich auch jemanden umbringen würde? Würde ich dann auch sterben wollen?

Unwillkürlich begann ich zu weinen. Erst leise vor mich hin, dann drückte ich mein Gesicht schluchzend ins Kissen.

Wie konnte das alles nur passieren? Bis vor kurzem war ich doch noch eine unscheinbare gerade siebzehn Jahre alt gewordene Schülerin, die sich darüber Gedanken gemacht hatte, ob sie ihren Führerschein bestehen würde oder nicht, und nun hatte ich mich zum Werwolf-Schreck gemausert und fast meine Klassenkameradin auf dem Gewissen.

Wie konnte ich damals nur so dämlich sein und das alles so auf die leichte Schulter nehmen? Erst jetzt begriff ich, warum Liam immer so verständnislos reagierte, wenn ich das Thema Werwolf so leichtfertig abgetan hatte.

Er hatte mich immer gewarnt, mir immer gesagt, dass das kein Spaß sei, doch ich war zu blauäugig, um den Ernst der Lage zu erkennen. Selbst als ich gebissen worden war und sich herausgestellt hatte, dass ich ebenfalls infiziert war, war das kein Weltuntergang für mich gewesen. Natürlich war ich anfangs absolut entsetzt darüber und hatte Angst, was nun weiter passieren würde, doch ich tröstete mich damit, dass das bei mir sowieso nur eine Sache auf Zeit wäre, bis wir den anderen Werwolf gefunden hätten. Und da Liam mit diesem »Handicap« schon sein ganzes Leben lang lebte, dachte ich, würde ich ein paar Wochen oder Monate schon irgendwie überstehen. Dachte ich.

Jetzt sah die Sache allerdings anders aus und ich musste ernüchtert feststellen, dass bei mir alles ganz anders lief als gedacht. Ich hatte mich in ein Monster verwandelt und damit nicht genug. Ich war nicht *irgendein* Monster. Ich war ausgerechnet das Monster, vor dem sogar die anderen Monster Angst hatten!

Ich weinte weiter in mein Kissen und als meine Mom mich zum Essen rief, stellte ich mich schlafend. Ich wollte lieber allein sein. Ich konnte nicht begreifen, wie ich so dumm und naiv gewesen sein konnte.

26. Kapitel

In der Nacht träumte ich wieder. Diesmal jedoch nicht von ein paar Hühnern, sondern von Amilia. Der Traum begann, als ich panisch über das Bett sprang und vor ihr davonrannte, mir das Wolfskraut griff und die Verwandlung einsetzte.

Der Amilia-Werwolf rannte aus der Haustür heraus und ich folgte ihr, nachdem meine Verwandlung vollständig abgeschlossen war. Draußen wartete sie bereits auf mich. Wir umkreisten uns und aus beiden Kehlen kamen dumpfe Knurrgeräusche. Immer wieder sprang Amilia in meine Richtung, doch ich wich jedes Mal blitzschnell aus, was sie zu verunsichern schien. Ich fletschte die Zähne und Amilia hatte drohend ihr Nackenfell gesträubt.

Plötzlich wechselte die Perspektive wieder. Ich stand weit abseits in einem Gebüsch und beobachtete, wie Amilia immer wieder den Versuch unternahm, mich zu beißen. Beim vierten oder fünften Mal erwischte sie mich und ich sah, wie ich mich aufrichtete und dann frontal auf sie zuging.

Ich begann, auf mich selbst zuzurennen. Ich hatte das Gefühl, ich wollte mich selbst davon abhalten, mir oder Amilia weh zu tun, doch dann wechselte erneut die Perspektive und ich war wieder der Wolf, der drohend vor Amilia stand.

Dann wurde alles undurchsichtig und ich bekam nur noch schemenhaft mit, was passierte. Ich fühlte Wut, doch ich war auch unsicher. Ich stürzte mich auf Amilia und im nächsten Moment war ich schon über ihr. Alles wurde rot.

Ich sah Ausschnitte, wie ich sie in das Vorderbein biss, daran zerrte und zog. Alles wurde wieder rot.

Danach war ich an ihrer Hinterhand und auch da biss ich so kraftvoll wie möglich rein. Ich wusste nicht, warum ich das tat. Ich wusste nur, dass es sich richtig anfühlte und ich nicht wollte, dass sie wieder aufstand und das gleiche mit mir machte. Auch danach wurde alles wieder rot.

Plötzlich wurde ich von der Seite angegriffen. Ich schnappte in alle Himmelsrichtungen, doch der andere Werwolf war zu stark. Er verbiss sich in mein Hinterbein und Amilia konnte fliehen. Ich schaute ihr nach, wurde aber im nächsten Moment von dem anderen Werwolf zu Boden gedrückt. Ich schaffte es, mich zu befreien, doch er biss in meine Vorderpfote und zerrte mich erneut zu Boden.

Ich wachte auf. Mein Puls raste und mein Herz schlug heftig. Ich zwang mich zur Ruhe. Mittlerweile wusste ich ja, dass es sich hierbei nur um einen Traum handelte. Ich stand auf, ging ins Badezimmer und klatschte mir erstmal eine Ladung Wasser ins Gesicht. Dann legte ich mich wieder schlafen und hoffte, dass ich die restliche Nacht traumlos verbrachte.

***

Es war sechs Uhr und ich war hellwach. Zum Glück hatte ich nichts mehr geträumt.

Nachdem ich mir gestern Abend noch ziemlich lange den Kopf zermartert hatte, hatte ich mich wieder ein bisschen beruhigt und einen Entschluss gefasst. Da meine Situation sowieso nicht so schnell zu ändern war, hatte ich mir fest vorgenommen zu versuchen, einen klaren Kopf zu bewahren und jetzt einfach das Beste daraus zu machen. Es würde schließlich niemandem helfen, wenn ich jetzt genauso überschnappen würde, wie die anderen verwandelten Werwölfe. Und das Letzte, was ich wollte, war ein Grund, mich ebenfalls umbringen zu wollen.

Außerdem hatte ich ja immer noch Liam und ich klammerte mich an sein Versprechen, dass er den Werwolf, der mich gebissen hatte, finden und umbringen würde. Dann wäre dieser ganze Spuk endlich vorüber.

Wie es Amilia wohl heute ging? Obwohl es noch sehr früh war, wanderte meine Hand zu meinem Handy und ich schrieb ihr eine SMS. Ich fragte, wie es ihr ginge, doch natürlich kam keine Antwort.

Ich machte mich für die Schule fertig und wollte gerade das Haus verlassen, als ich meine Eltern hörte, wie sie über einen Zeitungsartikel sprachen, in dem es um einen Todesfall ging. Da ich noch ein bisschen Zeit hatte, ging ich neugierig in die Küche und gesellte mich kurz dazu.

»Was steht in dem Artikel?«, fragte ich so belanglos klingend wie möglich.

»Ach, Emma, nichts, was kleine Kinderohren hören sollten«, meinte mein Dad und las weiter.

Ich rollte mit den Augen.

»Es ist ein junger Mann tot in den Wäldern aufgefunden worden«, klärte meine Mom mich auf.

Ich wurde hellhörig. »Wo?«

»Nicht weit von hier.«

»Was ist passiert?« Ich merkte, wie mein Herzschlag schneller wurde.

»Es sieht so aus, als wäre er von einem Tier angegriffen worden«, entgegnete mein Dad und hielt mir den Zeitungsartikel hin. Begierig fing ich an zu lesen, doch in dem Artikel stand nichts weiter.

»Es war bestimmt das gleiche Vieh wie damals bei Tyler, weißt du noch, Honey?«

Meine Mom ging zu meinem Dad und legte ihm den Arm um die Schultern. »Das glaube ich auch.«

Mit den Worten »Ich muss zur Schule« verabschiedete ich mich schnell und schmiss die Zeitung auf den Tisch. Das musste ich sofort Liam erzählen. Ob er auch schon davon gehört hatte? Ein mulmiges Gefühl beschlich mich. Ich hatte Angst, etwas mit der Sache zu tun zu haben, also rannte ich förmlich den Weg bis zu der Laterne und war froh, Liam bereits dort stehen zu sehen.

»Liam«, schnaufte ich. Er sah mich verwundert an. »Hast du heute Morgen schon Zeitung gelesen?«

»Ja, hab ich«, entgegnete er völlig gelassen.

»Und???«, fragte ich und konnte nicht verhindern, dass meine Frage leicht vorwurfsvoll klang.

»Was und?« Liam sah mich fragend an.

»Hast du von dem Todesfall gelesen?«, hakte ich nach.

»Ja, hab ich.« Er war immer noch die Ruhe selbst.

»Und???« Meine Stimme wurde vor Ärger höher. Er wusste doch genau, auf was ich hinaus wollte.

»Was und?«

»Frag doch nicht so doof. Kann es sein, dass ich was damit zu tun habe?«

Liam schaute mich ernst an. »Nein, Emma, ich denke, da musst du dir ausnahmsweise keine Sorgen machen. Das ist hier in der Nähe passiert. Wir haben dich nicht umsonst so weit weggebracht.«

Schlagartig wurde ich ruhiger. »Bist du sicher?«

»Ganz sicher.« Liam legte den Arm um mich und wir gingen gemeinsam zur Schule.

»Ich habe heute Morgen übrigens schon Amilia geschrieben. Ich wollte wissen, wie es ihr geht«, berichtete ich.

Liam nickte. »Das hab ich auch schon. Ganz schöner Mist, dass der Arm nun komplett eitert, was?«

Ich kniff die Augen zusammen. »Keine Ahnung, bei mir hat sie sich nicht gemeldet«, knurrte ich und ärgerte mich jetzt darüber, dass ich ihr überhaupt geschrieben hatte.

Ich erzählte Liam von meinem Traum und er berichtete, dass er gestern noch lange mit Dr. White gesprochen hatte.

»Was hat er gesagt?«, wollte ich natürlich direkt wissen.

»Nun ja, um ehrlich zu sein nicht so viel. Ich habe ihm erzählt, was Amilia über deinen Verwandlungszustand gesagt hat, von wegen außer Kontrolle und so weiter, aber so richtig konnte er sich darauf auch keinen Reim machen.«

»Hmm … wenn verwandelte Werwölfe so selten sind, wie ihr sagt, hatte er wohl auch noch nicht so viele Versuchskaninchen.«

Liam nickte. »Das stimmt wohl. Ich selbst kenne ja auch keinen und ich habe mich bei uns im Rudel umgehört. Von denen kennt auch niemand einen. Aber ich habe dir ja schon mal gesagt, dass eine Verwandlung im

Normalfall nahezu unmöglich ist. Man müsste seinen Geist schon überaus gut unter Kontrolle haben, um sich wirklich so zusammenzureißen, dass man die Person nur beißt und ihr nicht das Leben nimmt.«

Fragend schaute ich ihn an. »Den Geist so unter Kontrolle haben wie zum Beispiel Amilia?« Mir wurde heiß, als ich sah, wie Liam stockte. Hatte ich etwa genau ins Schwarze getroffen? »Hat sie mich etwa verwandelt?«, fragte ich wutschnaubend. »Und dann besitzt sie noch die Dreistigkeit zu sagen, wir müssten meinen Erzeuger platt machen?! FEIN! DAS KANN SIE HABEN!«

Ich drehte mich um und wollte zu Amilias Haus gehen, da hielt Liam mich am Arm fest. »Reiß dich zusammen, Emma. Das ist Unsinn, was du sagst.«

»So? Ist es das?« Mit verschränkten Armen stand ich vor ihm.

»Bitte, Emma. Du steigerst dich da gerade in was rein. Denk darüber nach, woher deine Wut kommt«, versuchte er mich zu beruhigen.

»Von Amilia«, sagte ich bockig, doch ich wusste, dass er damit meine neue Zweitidentität – den Werwolf – meinte. »Gut. Dann sag mir einen Grund, warum es Unsinn ist, was ich sage. Für mich klingt das sehr plausibel. Und, es würde auch dazu passen, dass du dir sicher bist, den Geruch des anderen Werwolfs schon mal gerochen zu haben. Schließlich kennst du Amilia ja.«

»Trotzdem ist das absolut unrealistisch. Du hast doch mitbekommen, dass verwandelte Werwölfe bei den Gebürtigen nicht besonders hoch angesehen sind. Wie ich schon sagte, kenne ich zwar keinen, aber man behauptet, sie seien unkontrollierbar und würden dadurch unsere ganze Existenz aufs Spiel setzen. Das würde Amilia nie riskieren. Glaub mir.«

Ich schnaufte verärgert. »Na schön. Aber wer soll es denn sonst gewesen sein? Ich dachte, Amilia wäre die Einzige, die du kennst, die ihren Geist so unter Kontrolle hat.«

Liam nickte verhalten. »Das schon. Doch wie du schon sagst, ist sie lediglich die Einzige, die ich kenne. Es gibt ja noch ein paar mehr Werwölfe. Außerdem muss der Werwolf, der dich gebissen hat, ein Alpha-Tier gewesen sein und das ist Amilia nicht.«

Grrr! Egal ob er Recht hatte oder nicht: Ich hasste es, wenn er Amilia immer so in Schutz nahm.

»Und was ist mit Kyle?«, fiel mir ein. »Ich meine, könnte er mich infiziert haben? Aus Rache? Weil ich ihm die Nase gebrochen habe?«

Doch auch hier schüttelte Liam den Kopf. »Ebenfalls unmöglich. Kyle hat sich ja schon als Mensch kaum unter Kontrolle. Wie soll er es dann schaffen, sich als Werwolf so zusammenzureißen, dass er dich *nur* beißt? Außerdem ist auch er kein Alphawolf.«

Liam sah meinen missmutigen Gesichtsausdruck und legte versöhnlich den Arm um mich. »Ich habe dir schon mal gesagt, Emma, ich verspreche dir, dass wir den Wolf finden werden. Und dann werden wir genau das mit ihm machen, was Amilia vorgeschlagen hat.«

»Und wie sollen wir ihn finden? Er könnte doch überall sein«, seufzte ich hoffnungslos und meine Augen füllten sich mit Tränen.

Ich wollte von Anfang an kein Werwolf werden, doch dass ich jetzt auch noch ausgerechnet so eine Missgeburt geworden war, damit kam ich schlecht bis gar nicht klar.

»White hatte da eine sehr gute Idee. Er möchte, dass wir ihn nochmal besuchen kommen und er hätte gerne eine Speichelprobe sowie Blut von dir.«

»Mmmhhh ... und was will er damit?«, fragte ich neugierig.

»White erzählte mir, dass einige Werwölfe aus der Umgebung bei ihm in Behandlung seien und er generell mit ihnen Bluttests macht. Er würde dein Blut gerne mit deren Blutproben vergleichen. Wenn es stimmt, was man über verwandelte Werwölfe sagt, müssten deine Viren im Blut identisch mit denen deines Erzeugers sein. Womöglich könnte man so schon herausfinden, wer dich gebissen hat.«

Mein Gesicht erhellte sich. Vielleicht war die Sache doch nicht ganz so aussichtslos?

»Außerdem habe ich ihm erzählt, dass Amilias Wunden nur ganz schlecht heilen. Er meinte, dass er sich gerne mal unter dem Mikroskop anschauen würde, was dein Speichel mit unserem Blut macht und dass er dann eventuell eine Heilsalbe für Amilia herstellen könnte.«

»Alles klar, wenn du möchtest, können wir ja nach der Schule dort vorbeifahren«, willigte ich ein.

»Ja, ich habe Dr. White schon Bescheid gesagt.«

Ich machte einen fragenden Gesichtsausdruck. »Du wusstet doch noch gar nicht … ach, vergiss es.«

Der Unterricht verlief wie immer eher schleppend und ich sehnte das Ende herbei. Nicht nur, weil wir heute zum größten Teil Mathe hatte, sondern weil ich unheimlich neugierig darauf war, was Dr. White zu sagen hatte und was er mit Hilfe meines Blutes herausfinden würde. Nachdem endlich die Schulglocke ertönte, ging ich direkt mit Liam nach Hause und wir fuhren los zu Dr. White. Nach einer guten Stunde kamen wir dort an. Der Doktor begrüßte uns schon von weitem und wir gingen schnurstracks in seine Praxis.

»So, Emma, darf ich direkt loslegen? Ich hab auch extra Kakao für dich besorgt, damit sich dein Körper nach der Blutentnahme erholen kann.«

Verunsichert schaute ich ihn an. »Ähm … Wieviel Blut wollen Sie denn von mir haben?«

Dr. White lächelte mich beruhigend an. »Keine Sorge, Emma. Lediglich acht Röhrchen.«

»Acht Röhrchen?!« Meine Augen weiteten sich.

»Das ist nicht so viel, wie es sich anhört. Schau«, sagte er und hielt mir eins der kleinen Röhrchen unter die Nase. »Eins davon werde ich direkt untersuchen. Ich werde mir anschauen, wie dein Virustyp aussieht und ihn mit dem der anderen Werwölfe in meiner Datenbank vergleichen lassen.«

»Und was ist mit den anderen sieben?« Auch wenn ich Spritzen hasste, hatte ich nichts dagegen, dass er das Blut brauchte. Ich war einfach nur neugierig, was er damit anstellen wollte.

»Ein weiteres werde ich dafür benutzen, um zu schauen, wo die Unterschiede zwischen deinen und unseren Viren liegen. Vielleicht kann ich eine Salbe herstellen …«

»… um Amilia zu helfen«, beendete ich den Satz. »Ich weiß. Und was ist mit dem restlichen Blut?«

»Das werde ich sicher aufbewahren. Ich möchte schauen, ob sich die Viren mit der Zeit verändern. Du weißt ja bestimmt noch, was ich euch über die anderen verwandelten Werwölfe erzählt habe.«

»Die Übergeschnappten, die sich umgebracht haben.«

Dr. White nickte. »Ich möchte sichergehen, dass das eine rein psychische Angelegenheit war und nichts Körperliches. Das heißt, wenn du dich damit einverstanden erklärst.«

»Ist okay«, bejahte ich prompt. Wichtiger war mir jedoch der Abgleich mit den anderen Werwölfen aus der Datenbank. Hoffentlich war das Arschloch, welches mich gebissen hatte, bei ihm gelistet. Ich würde ihm höchstpersönlich den Allerwertesten aufreißen.

Der Doktor entnahm mir etwas Speichel und danach die Blutproben. »Setzt euch doch bitte«, wies er uns an und zeigte auf zwei Stühle, die auf der anderen Seite des Tisches standen, auf dem er das Mikroskop platziert hatte. Er setzte sich uns gegenüber und zapfte sich selbst etwa Blut ab, wovon er ein Tröpfchen auf einen Objektträger träufelte und es danach mit einem dünnen Glasplättchen darüber unter das Mikroskop legte.

»Ah …«, machte er und ich schaute ihn erwartungsvoll an. »Mögt ihr mal schauen?« Er drehte das Mikroskop zu uns herüber.

Liam schaute kurz hinein und schob es dann weiter zu mir. Auch ich linste hindurch, doch mir war nicht klar, worauf ich achten musste. Ich hatte schließlich noch nie Blut unter dem Mikroskop gesehen, also wusste ich nicht, wo hier die Absonderlichkeit im Vergleich zu normalem Blut lag.

»Sieht du es, Emma?«, fragte der Doktor.

Ich schüttelte den Kopf.

»Siehst du die kleinen länglichen Stäbchen, die sich langsam durch das Blut bewegen?«

»Diese würmchenartigen Dinger?«, fragte ich.

»Genau die. Das sind die Werwolf-Viren.« Er tauschte den Objektträger gegen einen neuen und tropfte etwas von meinem Speichel darauf. Wieder legte er es unter das Mikroskop.

»Hoppla, Emma. Das ist ein Anblick, den man nicht alle Tage hat«, sagte er.

»Was? Was?«, fragte ich aufgeregt und er drehte verblüfft das Mikroskop in unsere Richtung.

Liam schaute hindurch, doch diesmal blieb sein Blick länger haften. »Ach du liebe Zeit«, rief er und schaute White an. »Du hast mich ja schon öfter mal schauen lassen, doch sowas habe ich noch nie gesehen.«

Dr. White nickte zustimmend.

»Was ist denn?«, wollte ich ungeduldig wissen, doch nachdem ich keine Antwort bekam und White nur auf das Mikroskop zeigte, nahm ich es Liam ab und schaute selbst hindurch.

Diesmal waren jedoch keine kleinen Würmchen zu sehen, die sich langsam durch die rote Flüssigkeit zogen. Diesmal war es ein einziges Gewusel. Meine Würmchen waren auch nicht länglich und langsam, sie waren spiralförmig und flitzten hektisch umher. Und es waren wesentlich mehr als in Whites Blut.

»Was fällt euch dazu ein?«, fragte White.

Ratlos sah ich Liam an, doch auch dieser schien nicht zu wissen, auf was White hinauswollte.

»Okay, ich frag anders. Welches Adjektiv fällt euch dazu ein?«

»Schnell?«, gab ich als Antwort, doch der Doktor schüttelte ärgerlich den Kopf.

»Gebt euch mal ein bisschen mehr Mühe«, raunzte er uns an. »Liam?«

»Ähm ... wild vielleicht?«, rätselte dieser.

»Ach, ihr Banausen. Was sagt man denn verwandelten Werwölfen nach, hmm? Also wenn ich mir die Viren anschaue, fällt mir nur ein Wort ein. Und zwar unkontrolliert.« Dann nahm er seine Blutprobe und vermischte sie mit meinem Speichel. »Ach du Schreck!« Dr. White war sichtlich darüber geschockt, was er unter dem Mikroskop sah.

Liam zog es zu sich herüber und wurde weiß wie eine Wand, nachdem er hindurchgeschaut hatte.

Mir wurde mulmig. Wollte ich es wirklich sehen? Andererseits, was sollte so schlimm sein? Also griff ich das Mikroskop und schaute selbst, was so furchtbar sein sollte. Doch auch mir stockte der Atem.

Die spiralförmigen Viren, die ich in meinem Speichel hatte, stürzten sich wie von Sinnen auf Whites längliche, und jede von seinen Viren war plötzlich von mindestens fünf von meinen umgeben. Es sah so aus, als würden sie daran fressen und seine Viren regelrecht blockieren.

»Na, wenn das keine Überraschung ist«, sagte der Doktor, »sieht so aus, als wärst du tödlich für mich, Emma. Deine Viren scheinen unseren ganzen Organismus lahmlegen zu können.«

Beschämt schaute ich zu Boden. Ich hatte die Nase voll davon, ein Ungeheuer zu sein, vor dem selbst Werwölfe Angst bekamen.

White sah Liam an. »Liam? Könnte ich auch etwas Blut von dir haben?«

Ohne großartig nachzufragen streckte Liam ihm seinen Arm entgegen, sodass er ihm ebenfalls Blut entnehmen konnte. Auch das tropfte er auf einen Träger und legte es unters Mikroskop.

»Hmm …«, machte White.

Neugierig sahen Liam und ich den Doktor an. Er schob das Mikroskop zu uns herüber und wir schauten hindurch. Liams Viren waren ähnlich wie meine. Er hatte zwar nicht so viele und seine waren auch nicht so schnell, doch dafür waren sie wesentlich dicker und sahen standhafter aus. Der Doktor vermischte Liams Blut mit meinem Speichel und wir waren alle gespannt, was passierte.

Offensichtlich ist Alpha-Blut doch noch das einzig Wahre«, schlussfolgerte White und ließ uns wieder schauen.

Wie auch bei Whites Blut stürzten sich meine Viren auf die von Liam, doch denen schien das nicht so viel auszumachen. Zwar verlangsamten auch sie sich, doch nach und nach dockten Liams Viren an meinen Viren an. Es schien, als würden sie sie festhalten. Jedenfalls verloren meine Wusel-Viren ihre Schnelligkeit, während Liams Viren allmählich wieder beweglicher wurden und meine wie blinde Passagiere mit sich zogen.

»Hmmm«, machte White wieder, »sieht so aus, als wären deine Viren in der Lage, die von Emma im Zaum zu halten.« Er grinste Liam an. »Bekomm ich noch mehr Blut von dir? Ich werde versuchen, ein Gegenmittel herzustellen. Wenn ich mich nicht irre, müsste es Amilia mittlerweile ziemlich schlecht gehen.«

»Klar«, antwortete Liam und hielt ihm den Arm erneut hin. Der Doktor entnahm noch mehr Blut und verschwand damit in einen anderen Raum.

»Vielleicht sollten wir mal Amilia anrufen und ihr sagen, dass Hilfe naht«, meinte Liam.

Nachdem ich gesehen hatte, was meine Viren mit denen eines »normalen« Werwolfs anrichteten, war ich durchaus damit einverstanden. Liam nahm sein Handy und stellte es auf laut. Es klingelte, doch es ging nur die Mailbox dran. Was das wohl zu bedeuten hatte? Mein schlechtes Gewissen meldete sich. Liam wollte das Handy wieder wegstecken, doch ich bat ihn, es weiter zu probieren. Nach etlichen Versuchen ging Amilia endlich dran.

»Hallo?«, krächzte sie ins Telefon. Ich war erschrocken, wie elend sie sich anhörte.

»Amilia? Wie geht's dir?«, fragte Liam besorgt.

»Schlecht.«

»Warum? Was ist los?«

»Ich habe ziemlich hohes Fieber und ich bin sogar zu schwach, um überhaupt aufzustehen«, flüsterte sie in den Hörer.

»Mach dir keine Sorgen, Amilia. Wir sind bei White und haben Emmas Blut untersucht. Er ist gerade dabei, eine Medizin für dich zu erstellen. Sowie sie fertig ist, bringen wir sie dir vorbei.«

»Danke«, säuselte sie leise.

Liam legte auf und sah mich an.

Ich hatte auf einmal tierische Schuldgefühle. Sicher hatte ich mir nicht nur einmal gewünscht, dass Amilia von meiner – und vor allem von Liams – Bildfläche verschwand. Und ich musste zugeben, dass ich mir auch nicht die schönsten Todesarten für sie ausgemalt hatte, aber das waren ja alles immer nur leere Worte gewesen. Einfach so leichtfertig dahergesagt. Nie würde ich einem Menschen ernsthaft den Tod wünschen. Und schon gar nicht würde ich dafür verantwortlich sein wollen! Erst recht nicht, nachdem ich gesehen hatte, was meine Viren mit dem

Blut von »normalen« Werwölfen machten. So einen elenden Tod hatte niemand verdient.

Ich begann, in dem Raum auf und ab zu laufen. Wann hatte White endlich diese blöde Medizin fertig? Konnte er sich nicht mal beeilen?

Auf und ab.

Auf und ab.

Auf und …

»Emma! BITTE setz dich hin! Du machst mich wahnsinnig!«, maulte Liam mich an und ich sah zu ihm herüber. Auch er saß angespannt auf einem Stuhl und wippte mit dem Fuß hin und her.

»Das musst du grad sagen«, entgegnete ich und zeigte auf seinen Fuß. Sofort hielt er still.

»Du hast Recht. Aber ich mein ja nur, es bringt nichts, sich jetzt verrücktzumachen. Dr. White wird schon helfen können, da bin ich sicher.«

Ich nickte und setzte mich neben ihn. Stunden vergingen, bis White endlich aus seinem Kämmerchen zurückkam, doch seine Miene sah eher besorgt als erfreut aus.

»Was ist? Haben Sie nichts gefunden?«, rief ich bei seinem Anblick aufgeregt und sprang auf.

White zuckte mit den Schultern. »Ich bin nicht sicher, Emma. Ich dachte, ich hätte was, doch … ach, kommt und seht selbst.«

Wir gingen mit White zu seinem Mikroskop und er ließ uns hindurchsehen. Ich sah Liams Viren, die sich wieder langsam in Bewegung gesetzt hatten und ich sah meine, die bewegungslos an ihnen dranhingen und mitgezogen wurden.

»Aber das sieht doch gut aus?«, fragte ich verwundert.

»Zumindest haben Emmas Viren aufgehört, hektisch meine anzugreifen?« Auch Liam schien etwas verwirrt.

»Ja«, nickte White, »das ist der Objektträger von eben.« Er legte diesen weg und holte einen anderen. »Jetzt schaut nochmal«, wies er uns an.

Liam sah als Erster hindurch. »Ist es das, was ich denke?«

»Ja, Liam. Das ist der Objektträger von heute Mittag.«

Liam schob das Mikroskop zu mir herüber und ich starrte fassungslos hindurch. Zu sehen waren meine Viren, die sich alle wieder gelöst hatten und erneut Liams Viren angriffen. Hier und da heftete sich eine von Liams Viren wieder an ein paar von mir, sodass diese wieder bewegungsunfähig waren, doch schon bald lösten sie sich und das Spiel begann von vorne.

»Was hat dieses Hin und Her zu bedeuten?«, fragte ich.

Wortlos nahm White den Objektträger und träufelte ein bisschen von Liams Blut darauf. Danach legte er ihn wieder unter das Mikroskop. Liams Viren wurden kurzzeitig angegriffen, doch dann klammerten sich seine wieder an meine Viren und machten sie unschädlich.

Ich schaute zwischen Liam und Dr. White hin und her, die sich beide wissend anschauten. »Was? Was ist?« Ich hasste es, wenn ich nicht wusste, um was es ging.

Liam drehte sich zu mir um. »Dr. White hat«, ein kurzer Blick zu ihm, »dem Anschein nach kein Heilmittel gefunden. Sondern eher ein Behandlungsmittel.«

»Und das bedeutet?«

Nun ergriff White das Wort. »Das bedeutet, dass die Viren stetig frisches Alpha-Blut benötigen, um in Schach gehalten zu werden. Ich habe versucht, Liams Blut mit einer Flüssigkeit zu strecken und zu konservieren, damit Amilia etwas auf Vorrat hat, doch wie ich leider feststellen musste, funktioniert das Alpha-Blut nur in seiner frischen reinsten Form.«

Ich zog entsetzt die Augenbrauen nach oben. »Und wie soll das gehen? Amilia ist doch überhaupt kein Alpha-Wolf!«

White blickte mich ernst an. »Genau das ist das Problem an der Sache.«

Ich schluckte laut. Hieß das jetzt etwa, dass ich sie unheilbar krankgemacht hatte? »Und es gibt nichts, was ihr helfen kann?«, fragte ich kleinlaut.

White hob beschwichtigend die Hände. »Amilia braucht einfach in regelmäßigen Abständen etwas von Liams Blut, beziehungsweise das Blut eines Alpha-Wolfs. Zumindest so lange, bis ich etwas gefunden habe, was sie heilen kann. Oder sie muss selbst ein Alpha-Wolf werden. Diese Möglichkeit besteht natürlich ebenfalls.«

»Und welche Möglichkeiten gibt es, ein sogenannter Alpha-Wolf zu werden?«, hakte ich nach, obwohl ich die Antwort eigentlich schon kannte.

»Du kannst dich entweder hochkämpfen oder du kannst dir einen Alpha-Wolf als Gefährten nehmen.«

Ich kniff verbittert die Augenbrauen zusammen. Das waren ja super Aussichten. »Das mit dem Hochkämpfen. Ist das schwierig?«, wollte ich vorsichtig wissen.

Liam sah mich an. »In Amilias Fall schon. Sie ist kein besonders starker Wolf. Außerdem verbraucht das viel zu viel Zeit. Wenn man an fünfzehnter Stelle der Rangfolge ist, kann man nicht einfach hergehen und den Ranghöchsten herausfordern. Das heißt, man könnte schon, aber es gäbe kein Alphatier, das das mitmachen würde. Du musst von Platz fünfzehn auf vierzehn, von vierzehn auf dreizehn, von dreizehn auf ...«

»Ich hab's verstanden«, knurrte ich. »Und was schlägst du dann vor?«

»Die schnellste Variante wäre, sich einen Alpha-Wolf als Gefährten zu nehmen.«

Entsetzt starrte ich ihn an. »Und du willst das großzügigerweise übernehmen oder was?«

Liam rollte mit den Augen. »So ein Quatsch, Emma. Es gibt zwar nicht viele Alpha-Wölfe, aber ein paar mehr als mich schon noch. Bedenke, dass ich allein noch zwei Brüder habe.«

»Die Amilia dafür erst mal leiden können müssen«, warf ich ein und er nickte.

»Die Amilia dafür erst mal leiden können müssen«, wiederholte er. »Das Problem ist, dass Alpha-Wölfe sich ungern unter den Schwächeren umsehen. Wenn überhaupt würden sie maximal jemanden von Rang zwei oder drei nehmen. Aber fünfzehn? Sehr unwahrscheinlich ...«

»Also kommen deine Brüder auch nicht in Frage.«

Liam schüttelte nachdenklich den Kopf.

»Hmm … also wäre der Einzige, der das machen würde, du?«, fasste ich das Dilemma zusammen.

Liam sah mich mit großen Augen an, als wollte er fragen, ob ich noch ganz klar in der Birne sei, doch bevor er dazu etwas sagen konnte, fragte ich weiter: »Was bedeutet das denn, der Gefährte von jemandem zu sein? Ist das wie verheiratet sein?«

Liam sah mich immer noch pikiert an.

»Wenn das so ist, könntet ihr das ja machen. Quasi wie eine Scheinehe?«

Liam schüttelte plötzlich energisch mit dem Kopf. »Nein, Emma, das hat nichts mit der christlichen Auffassung einer Ehe zu tun. Wenn man bei Werwölfen von einem Gefährten spricht, spricht man ausschließlich von dem Sexual-Partner.«

»Bitte, was?!«, fragte ich verdattert.

»Der Partner, mit dem man sich verpaart, um Junge zu zeugen«, antwortete Liam nüchtern.

Ich spürte, wie ich rot wurde. Doch ich versuchte, cool zu bleiben. Immerhin hatte ich Amilia die ganze Sache ja einbrockt. »Und wenn ihr das nur behauptet, es aber nicht … na ja, miteinander treibt?«

Ich hörte White leise lachen. »Du hast eine vorzügliche Art dich auszudrücken, kleine Emma«, warf er ein, doch ich missachtete ihn. Ich hatte jetzt keine Zeit für sowas.

»Also?«, fragte ich Liam.

»Nein, Emma, so einfach geht das nicht. Werwölfe unterliegen ja keiner Regierung, die man mit Falschaussagen betrügen kann. Amilia würde erst zum Alpha-Wolf werden, wenn sie auch den Akt vollzogen hat.«

»Okay«, sagte ich relativ ruhig, doch meine vor Entsetzen geweiteten Augen sprachen eine andere Sprache, »dann … ähm … fällt das schon mal flach.«

Nun lachte White laut los. Ich verdrehte die Augen und sah Liam unverwandt an. Ich wollte sehen, was er dazu zu sagen hatte.

»Natürlich fällt das flach«, entgegnete er scharf, »du glaubst ja wohl nicht, dass ich aus solchen Gründen mit jemandem in die Kiste springe, oder?!«

Ich wollte erst antworten, dass das schon im Bereich des Möglichen lag, doch ich verkniff mir meinen Kommentar, als ich Liams vor Wut blitzende Augen sah. Wir starrten uns gegenseitig an, doch keiner sagte etwas.

»Hört mal, ihr beiden, ich will eure überaus amüsante Unterhaltung ja nicht stören, aber ich glaube, es ist langsam Zeit, Amilia eine Spritze zu verpassen. Außerdem muss ich mich auf die Suche nach dem Heilmittel begeben, bevor ihr euch wegen Nichts die Köpfe einschlagt.«

»Dr. White?«, sprach ich ihn erneut an.

»Ja, Emma?«

Ich wusste gar nicht, wie ich es am besten ausdrücken sollte. Aber in Anbetracht dessen, dass mein Gesicht durch das ganze Sex-Geschwätz vermutlich eh schon stärker als jeder Alarmknopf leuchtete, stellte ich die Frage ohne Umschweife.

»Können Liam und ich uns denn jetzt noch unbesorgt küssen? Also, ich meine … äh … wenn die Dinger auch in meiner Spucke drin sind?«

White grinste mich an, während meine Wangen weiter vor sich hin glühten. »Keine Angst, Emma. Die Viren sind zwar in deinem Speichel, aber für eine Infektion müssten sie schon in den Blutkreislauf des anderen gelangen.«

»Sind Sie sicher?«, fragte ich vorsichtshalber noch einmal nach. Eine Person, die durch mich todkrank geworden war, reichte mir schließlich.

»Ganz sicher. Sonst hättest du dich bei deinem ersten Kuss mit Liam ja ebenfalls angesteckt. Außerdem wäre es speziell in Liams Fall eh nicht so schlimm. Wir haben ja vorhin festgestellt, dass die Alpha-Viren die stärkeren sind und da Liams ganzer Körper damit regelrecht vollgepumpt ist, bräuchtest du dir da sowieso keine Sorgen zu machen. Selbst wenn du es mal etwas wilder angehst und ihm die Lippe blutig beißt oder so.« Whites schiefes Grinsen in Kombination mit seinem flachen Witz beruhigte mich etwas.

Mit diesen Worten schob er uns beide aus der Haustür raus und verabschiedete sich.

»Er hat Recht. Warten wir erstmal ab, ob er nicht doch ein Heilmittel findet. Ansonsten muss sie halt für den Rest ihres Lebens Spritzen bekommen«, meinte Liam und schaute mich aufmunternd an.

Ich lächelte dankbar und auch er lächelte zurück.

»Wir sagen ihr aber erstmal nichts davon, oder?«, fragte ich zaghaft.

Liam schüttelte den Kopf. »Wozu im Vorfeld die Pferde scheu machen? Wir sagen, dass es nur übergangsweise ist, bis White sein Heilmittel fertig hat.«

Ich nickte und wir beide machten uns auf den Weg zu Amilia.

27. Kapitel

Liam wollte gerade auf die Klingel drücken, da machte der Butler schon die Haustür auf.

»Miss Amilia erwartet sie bereits«, sagte er und ließ uns eintreten.

Wir gingen die Treppe zu ihrem Zimmer hinauf und auf halben Weg kam uns bereits ihre Mom entgegen.

»Was wollt ihr denn schon wieder hier? Habt ihr nicht schon genug Schaden angerichtet?«, polterte sie direkt los.

Anstatt sich großartig mit Erklärungen aufzuhalten, zeigte Liam ihr die Spritze gefüllt mit seinem Blut.

»Was ist das?«, fragte sie misstrauisch.

»Wir werden helfen«, sagte Liam knapp und ging an ihr vorbei.

Skeptisch schlich Mrs Benett hinter uns her, während wir uns auf den Weg zu Amilias Schlafzimmer machten. Dort angekommen schlug uns ein widerlicher Geruch entgegen. Es roch faul und leicht nach Verwesung.

O mein Gott! Was wohl in der Zwischenzeit passiert war?

»Amilia?«, rief Liam vor der Tür und klopfte an. Doch niemand rührte sich.

»Ihr könnt reingehen. Sie wird dir nicht antworten können.« Mrs Benetts Stimme erstarb und ich sah, wie sich ihre Augen mit Tränen füllten.

Wir gingen in Amilias Zimmer und ich musste mich echt zusammenreißen, dass ich dort nicht rückwärts wieder rauspurzelte. Der abartige Geruch, der mich vorhin schon kurz würgen ließ, war jetzt hundert Mal intensiver. Es roch fast, als wäre Amilia schon seit drei Jahren tot und würde in ihrem Zimmer weiter vor sich hin schimmeln.

Vorsichtig näherten wir uns ihrem Bett und auch ihr Anblick war nicht gerade ermunternd. Amilia lag dort tatsächlich wie tot. Die Augen geschlossen, die Haut bereits grau, ganz zu schweigen von den Wunden, die ich ihr zugefügt hatte und die nun munter vor sich hin eiterten.

Als Mrs Benett meinen entsetzten Blick auf die durchgeweichten Verbände sah, begann sie sich zu rechtfertigen. »Ich wechsele sie alle halbe Stunde, doch es wird immer schlimmer.«

»Daher kommt also der Gestank.« Ich wollte das gar nicht sagen, es war mir einfach so rausgerutscht, doch anstatt mir die Hölle heißzumachen, blickte Mrs Benett beschämt zu Boden.

»Ich weiß, es riecht wirklich widerlich. Als ob sie schon tot wäre, doch sie lebt. Glaubt mir«, sagte Mrs Benett verzweifelt.

Wir setzten uns zu ihr ans Bett. Liam nahm einen Gürtel und schnürte ihr damit das Blut im Oberarm ab. Es dauerte eine Weile, bis es sich zu stauen begann und die Venen an die dünne Hautoberfläche traten.

»Was ist das?«, fragte Mrs Benett und deutete dabei auf die Spritze, die Liam dabei hatte.

Während Liam Amilia sein Blut injizierte, erklärte ich ihr, was White herausgefunden hatte und was es mit der Spritze auf sich hatte. Mrs Benett schien erleichtert, auch wenn ich ihr sagte, dass es erstmal nur eine Behandlungsmethode sei und kein richtiges Heilmittel. Zumindest so lange, bis White eins gefunden hatte, doch das schien ihr egal zu sein. Offensichtlich war sie froh, dass wir überhaupt irgendetwas hatten, was ihr helfen konnte.

»So, den Rest muss ihr Blut machen«, sagte Liam und wandte sich uns zu.

Mrs Benett lud uns zu einem Stück Fleischpastete und Rinderbouillon ein und erst jetzt bemerkten wir beide, wie hungrig wir waren, also nahmen wir das Angebot dankend an. Eine Stunde später, nachdem ich drei Stücke Pastete vertilgt und auch die zweite Tasse Bouillon geleert hatte, sahen wir nochmal nach Amilia. Sie war zwar noch sehr schwach, doch eindeutig auf dem Weg der Besserung. Ihre Haut hatte wieder einen leicht rosigen Schimmer und auch die dunklen Augenringe gingen langsam zurück und: Sie schaffte es und begrüßte uns.

Ich seufzte. Als ich Amilia so sah, fiel mir eine gigantische Last von den Schultern. Sie war zwar noch nicht gesund, aber sie schien nicht mehr in akuter Lebensgefahr.

»Amilia?« Sie horchte auf und Liam sah sie eindringlich an. »Ich weiß nicht, ob du es vorhin mitbekommen hast, aber das hier ist nur eine Übergangslösung, bis White ein Heilmittel gefunden hat. Solange wirst du alle paar Stunden etwas Blut von mir brauchen.«

Amilia nickte.

»Die richtigen Abstände, wann du neues Blut brauchst, müssen wir erst noch herausfinden, also ruf einfach an, sowie es dir schlechter geht und ich komm vorbei.«

Wieder nickte Amilia. »Ich danke dir.« Dann blickte sie zu mir. »Euch beiden. Ich hoffe, ich kann mich irgendwann dafür revanchieren.«

Wir verabschiedeten uns und Liam brachte mich nach Hause.

»Meinst du, Dr. White findet überhaupt ein Gegenmittel?«, fragte ich niedergeschlagen.

Liam zuckte mit den Schultern. »Ehrlich gesagt weiß ich es nicht, Emma. Hoffentlich.«

Ich nickte zustimmend. »Das hoffe ich auch – ganz ehrlich.«

Als ich mich an dem Abend ins Bett legte, musste ich ununterbrochen daran denken, was mit Amilia geschehen war und auch an das, was sie zum Schluss gesagt hatte. Vielleicht war sie doch nicht so verkehrt, wie ich sie immer eingeschätzt hatte? Mit diesen Gedanken schlief ich ein.

***

Am nächsten Morgen wachte ich schweißgebadet auf. Ich sprang auf, rannte ins Badezimmer und übergab mich. Das konnte nicht sein! Nein, das durfte nicht sein! Zitternd und fassungslos saß ich vor der Toilette.

Was hatte ich getan?

Mein Blick wurde unscharf und Tränen rollten meine Wangen herunter. Mein Herz raste. Allein der Gedanke daran schnürte mir den Hals zu und erschwerte mir das Atmen. Ich rappelte mich auf und ging hinüber zum Waschbecken. Kaltes klares Wasser spritzte in mein Gesicht, aber das verschaffte nur kurz Linderung. Mir wurde erneut übel und ich erbrach mich ein weiteres Mal.

Ich hatte wieder geträumt und obwohl kein weiterer Vollmond dazwischen war, hatte sich mein Traum verändert. Er begann damit, dass ich durch einen Wald schlich. Behutsam, um ja keine Geräusche von mir zu geben, denn ich war auf der Jagd und witterte Beute. Köstliche Beute!

Dann ein Rascheln. Still verharrte ich in meiner Position und lauschte, woher es kam. Ich sah ein Reh, das meinen Weg kreuzte und davonsprang. Hunger und die Gier auf Fleisch überkamen mich. Ich setzte zum Spurt an. Ich wollte es haben, es fangen, es erlegen. Oh, es würde zauberhaft schmecken! Das Wasser lief mir bereits im Mund zusammen. Noch ein paar Sprünge, dann war es mein.

Ich schlug mit meiner Pranke seine Hinterläufe weg und brachte es damit zu Fall. Dann stand ich über ihm. Ängstlich strampelnd versuchte es, sich mir zu entwinden, doch es hatte keine Chance. Ich war zu stark. Voller Vorfreude ließ ich es noch ein wenig länger zappeln. Das Adrenalin würde Fleisch und Blut besonders gut schmecken lassen. Ich schloss genussvoll die Augen. Gleich würden sich meine Zähne in seinem Hals versenken und süßes Blut würde mir die Kehle hinunter rinnen. Kurz bevor ich zubiss, machte ich die Augen wieder auf und hielt kurz inne.

Anstatt des Rehs lag nun ein junger Mann zwischen meinen Klauen, der mich mit angsterfüllten Augen anstarrte und die Hände abwehrend vor sein Gesicht hielt. Mir stockte der Atem. Ich versuchte zu schreien, wollte ihm sagen, dass er nicht aufgeben und vor mir wegrennen sollte, doch es kam kein Laut heraus. Einzig und allein ein tiefes Knurren verließ meine Kehle, bevor ich meine Zähne erwartungsvoll in sein Fleisch schlug.

Der junge Mann schrie auf, doch das war mir egal. Immer und immer wieder biss ich zu. Der Geschmack seines frischen Blutes legte sich auf meine Zunge, doch es schmeckte mir nicht mal besonders. Warum zur Hölle hörte ich dann nicht auf?

Ich begann zu weinen, doch ich machte einfach weiter.

Ich schnellte zurück zur Kloschüssel. Wieder musste ich kotzen, während mir Angstschweiß den Rücken hinunterlief. Das durfte alles nicht wahr sein. Bis jetzt hatte ich doch nur Tiere gejagt! Wie konnte es nur dazu kommen? Ich saß zusammengekauert vor der Toilette und stützte meinen Kopf in meine Hände. Liam hatte mich doch extra weit weggebracht, damit ich keinem Menschen Schaden zufügen konnte?

Dann erinnerte ich mich, wie ich nach dem letzten Vollmond wunde Füße und Hände gehabt hatte und daran, wie Liam sagte, ich hätte eine beachtliche Strecke zurückgelegt haben müssen, dass man die wunden Stellen noch am Morgen sah. Ich war wohl zurück in die hiesigen Wälder gelaufen.

Plötzlich fiel mir der Zeitungsartikel über den jungen Mann wieder ein, der angeblich von einem Wildtier getötet worden war. Hoffnung überkam mich. Vielleicht war das hier tatsächlich nur ein blöder Albtraum gewesen und der tote Mann war ein ganz anderer?

Ich rannte hinunter zur Mülltonne und durchsuchte sie. Irgendwo musste doch noch die blöde Zeitung sein. Während ich den kompletten Müll ausräumte, betete ich inständig, dass ein Foto des jungen Mannes in der Zeitung war und dieser weder dunkle Haare noch blaue Augen hatte.

Endlich fand ich sie. Nervös blätterte ich darin herum und suchte den Artikel über das angebliche Wildtieropfer. Meine Augen überflogen die Seiten, bis sie die riesige Schlagzeile entdeckten »Junger Mann brutal von Wildtier getötet«.

Weiter unten war tatsächlich ein Foto des Verstorbenen. Der Mann hatte dunkles Haar und blaue Augen. Ich hatte das Gefühl, mein Herz setzte aus. Es war genau der Kerl, den ich in meinen Träumen gesehen hatte.

Ich hatte einen Menschen auf dem Gewissen!

Völlig schockiert brach ich vor der Mülltonne zusammen und begann bitterlich zu weinen.

***

Der Werwolf sah das Mädchen, das er gebissen hatte, weinend vor ihrem Haus sitzen. Die Kleine hatte Feuer. Sie war stark, sehr stark, doch er musste aufpassen, dass mit ihr nicht das Gleiche geschah wie mit seinen anderen Versuchen. Verwan-

delte Werwölfe wurden nicht in ein Rudel hineingeboren, sie kannten keine Hierarchie, deshalb war es äußerst schwierig, sie zur Zusammenarbeit zu bewegen. Aber ihre Stärke und ihre Wildheit waren genau das, was er für sein Vorhaben brauchte. Er müsste den psychischen Druck noch etwas erhöhen, aber nur so viel, dass sie Anlehnung suchte und bereit für ein Rudel war. Für sein Rudel.

Möglicherweise könnte ihm auch das eingebildete Blondchen von Nutzen sein. Sie wusste, wie andere erlernen konnten, ihren Geist zu kontrollieren. Das würde die Kommunikation zwischen ihm und seiner kleinen Werwölfin immens erleichtern. Aber würde das Mädchen ihm dann noch helfen? Wenn sie mitbekäme, wofür er sie benutzen wollte? Er musste einfach noch ein bisschen daran arbeiten, dass sie ihr Leben genauso hasste wie er. Dass sie Werwölfe genauso hasste wie er. Dann bestimmt …

Der Werwolf beobachtete das Mädchen. Die Kleine sah echt fertig aus. Ob er zu ihr gehen sollte, um ihr in Menschengestalt schon mal eine helfende Hand zu reichen? Vielleicht würde das die spätere Arbeit vereinfachen?

Gerade, als er sich dazu entschlossen hatte, sah er von weitem einen anderen Werwolf herannahen. Den, dessen Familie ihm diese ganze Scheiße eingebrockt hatte. Dafür würde er büßen! Seine ganze Familie würde dafür büßen! ALLE Werwölfe würden dafür büßen!

Der Werwolf wendete ab und ging einen anderen Weg. Seine Zeit würde schon noch kommen …

ENDE des zweiten Bands

© privat

Carina Mueller wurde 1984 im schönen Westerwald geboren, wo sie heute immer noch lebt und arbeitet. Neben ihrem Hund und ihren Pferden zählte das das Lesen schon immer zu ihren gößten Hobbies, woraus sich dann die Idee entwickelte, eigene Romane zu schreiben. Sie selbst liebt Jugendbücher und auch Fantasy-Romane, vor allem die ganz spannenden, weshalb sie auch in diesen Genres schreibt.

Der Dämon an meiner Seite

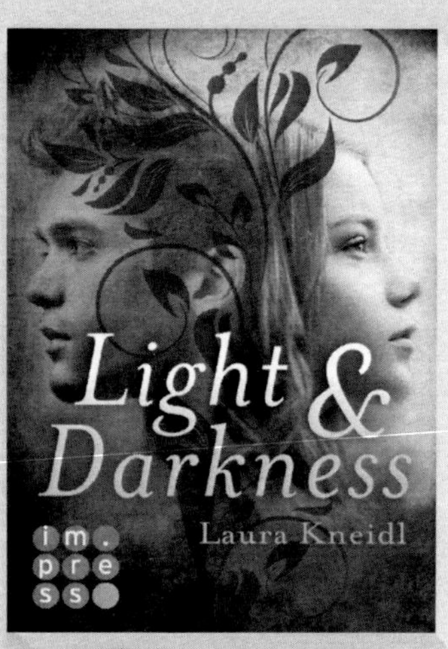

Laura Kneidl
Light & Darkness
316 Seiten
Taschenbuch
ISBN 978-3-551-30036-2

Die Existenz von Vampiren, Feen und anderen Paranormalen ist längst kein Geheimnis mehr. Doch ist es ihnen verboten, sich ohne die Begleitung des ihnen zugeteilten Delegierten in der Öffentlichkeit zu bewegen. Ausgerechnet bei der warmherzigen Light versagt jedoch das raffinierte Auswahlsystem: Ihr erster Paranormaler ist der rebellische und entgegen aller Regeln männliche Dämon Dante. Und schon bald muss sie sich fragen, ob sie ihn vor der Menschheit oder sich selbst vor ihm schützen muss …

www.impress-books.de

Hinreißend komisch!

Teresa Sporrer
Verliebe dich nie in einen Rockstar
325 Seiten
Softcover
ISBN 978-3-551-30029-4

Ein Rockstar in ihrer Klasse! Zoey kann es noch gar nicht richtig glauben. Der angeblich coolste Junge aller Zeiten sitzt in Mathe plötzlich neben ihr. Alex alias Acid. Ja, genau – DER Acid. Ungekämmtes Haar, auffällige Sonnenbrille und natürlich tiefschwarze Klamotten. Vollkommen übertrieben, findet Zoey, und versteht nicht, warum ihre Freundinnen bei jeder seiner Bewegungen loskreischen müssen. Aber es kommt noch viel schlimmer: Acid braucht Nachhilfe in Mathe – und die will er ausgerechnet und ausschließlich von Zoey.

www.impress-books.de

im.
pre
ss